河东河西

牛力军 ◎ 著

图书在版编目（CIP）数据

河东河西 / 牛力军著. -- 长春：长春出版社，2025.1. -- ISBN 978-7-5445-7565-2

I. I247.5

中国国家版本馆CIP数据核字第20248Y7T80号

河东河西

著　　者	牛力军
责任编辑	贺　宁
封面设计	宁荣刚
出版发行	长春出版社
总 编 室	0431-88563443
市场营销	0431-88561180
网络营销	0431-88587345
地　　址	吉林省长春市南关区长春大街309号
邮　　编	130041
网　　址	www.cccbs.net
制　　版	长春出版社美术设计制作中心
印　　刷	长春天行健印刷有限公司
开　　本	880mm×1230mm　1/32
字　　数	255千字
印　　张	11.125
版　　次	2025年1月第1版
印　　次	2025年1月第1次印刷
定　　价	59.80元

版权所有　盗版必究

如有图书质量问题，请联系印厂调换　联系电话：0431-84485611

闲来闲扯（四版序）

那年夏天的那天晚上，我和陈琛先生茶饮，正天南海北地杂侃，他突然轻轻地冒出一句：你小子书卖得不错，我打算再版一次。就这样，警察三部曲之一的《河东河西》自2007年初版之后的第十个年头，又迎来了它的第四次出版，之二《派出所长》跟着第三次出版，之三的《刑警江湖》因为"出生"比较晚，第二次出版。

再版意味着原来书中的序言时过境迁，和当下环境、语境、心境相距甚远。遥想，仅《河东河西》，自己已经写了三个序了，现在再度执笔竟然不知说点什么才好。高朋指点迷津，要帮我约一位在全国文学界很有影响的大家为我作序，还可在书的腰封上写下某某强力推荐一类的话，既可以提高我的知名度，还可以增加销量。始觉可行，转瞬一想不可，论对本书的了解，没谁能超过作者各个儿，就像父母对自己孩子的熟悉（必须是亲生的）。找大家写，大家需要细读、细品，再拨冗写，这一竿子直奔下个猴年。通用之法是自己代大家写序，让大家润色署名，越想越觉得有点复杂，弃了初心，违了性情。至于某某推荐更是拉大旗做虎皮。联想到近来微信朋友圈，好多人在晒，在刷，据说刷的是存在感，让朋友们别忘了还有这么个人，想来可笑，入心的不刷也存在，不入心的，刷也不存在。人、书皆如此。

美国电影《阿甘正传》中的阿甘有句话：要把上帝给你的恩赐发挥到极限。上帝给我的恩赐就是创作的欲望和灵魂。那就好好写吧！作家终归是要拿作品说话的！

作　者

2016年深秋

1

人生就是等待死亡的过程。这是任何人都无法回避的现实。只不过有的人这个过程长一些，有的人短一些而已。我的人生只走过了三十年，再有一个多小时，就将画上句号。我现在能做的事情就是等待死亡的来临。这恐怕是人世间最痛苦的等待了。回想我的人生历程，从学生到农民、到警察、到涉黑犯罪团伙的老大，最终到死囚，这是多么令人震惊的人生轨迹呀！

十分钟之前，省高法驳回了我和胡晓凯等四人的上诉，维持宜春市中级人民法院的原判。这意味着我在这个世界上的时间只有一个多小时了。审判长的宣判不时地在我耳边回荡着，我几乎听到了远处渐渐驶来的死亡列车的轰鸣声。

被告人，何东，男，三十岁，被捕前系宜春市公安局城东分局刑警大队重案中队中队长。自一九九六年十月至一九九九年四月间，何东纠集胡晓凯（外号"眼镜蛇"）、张常五（外号"片刀"）、徐予国（外号"国子"）等"两劳"释放人员、无业人员，以发展"线人"、开办"据点"为幌子，组成带有黑社会性质的犯罪团伙，在宜春市作案二十九起，致死一人，致伤十九人，非法获得赃款折合人民币二百余万元。何东身为人民警察、刑警队长，为谋私利，置法律于不顾，私藏枪支，收取"保护费"，乱伤无辜，参与谋杀，介绍、容留、威逼妇女卖淫，严重扰乱了社会治安秩序……

以故意杀人罪判处何东死刑，剥夺政治权利终身；以组织、领导、参加黑社会性质组织罪判处有期徒刑十年；以故意伤害罪、敲诈勒索罪……合并执行死刑。

胡晓凯、张常五、徐予国也被判死刑，其他十三名团伙成员都被判处有期徒刑六到十五年。这个结果完全在我的意料之中。作为新中国成立以来，宜春市第一个组织、领导、参加黑社会并且有人命案的警察，在宜春市中级人民法院一审判我死刑后，我就没指望能改判。国家的法律政策是首恶必办。我不仅是首恶，还是警察，涉黑、涉黄、涉赌，执法犯法，不杀不足以弘扬正义，平息民愤。

我扫了几眼旁听席，来的人不少，还有不少熟悉的面孔。我的未婚妻孟可欣坐在第三排，她穿一身白色裙装，双眼红肿，像是在那祈祷。离她不远坐着的是潘越，城东区公安分局刑警大队原大队长——我的顶头上司。对我的严重犯罪行为，他负有领导管理教育不力和失察的责任，引咎辞职。城东分局红石嘴派出所的所长孙洋也来了，他是我从警后的第二位师傅，事业上的引路人，助我飞黄腾达，对我恩重如山。但也是他，无意之中将我介绍给宜春黑道大哥陆文正，使我步入黑道，落得今日下场。孙洋的旁边坐着一位穿黑裙、戴墨镜的女人，是文萱——我生命中的第一个女人，也是我最爱的女人。在第四排，我还看到了康敏，城东分局重案中队的副中队长，我的搭档，犯罪心理学专家，也是我最佩服的女刑警。她曾经苦口婆心地劝我，提醒我，不要陷在新东方餐饮娱乐有限公司，不要掺和到经营娱乐场所及黄、赌之中，可我根本就没把她的话当回事。

宣判结束，法警把我们往外带的时候，徐予国挺不住了，几乎瘫在地上，一边哭，一边骂我："何东，你坑死我了，我不该听你的话去杀人啊，我才二十七岁呀！我娘谁照顾啊！"徐予国是我的老乡、邻居。他本想进城跟我混出点名堂，谁知成了我的杀手、帮凶。

我没有理会他的喊叫。法警把我们带到审判庭旁边的小屋。法医过来，对准徐予国的后颈部打了一针。不一会儿，他就平静下来。我小时候听说死刑犯行刑前都挨一针不能说话的哑针，怕他们死前喊反革命口号，今天才知道给死刑犯打的是镇静剂。

其实组织、领导、参与黑社会性质的犯罪最高刑期是十年，没有死刑。如果我不逞一时之勇，安排胡晓凯、张常五和徐予国用枪杀死要跟我一争高低的宜春另一位黑道人物谭耀宗，我就能躲过这个死劫。

谭耀宗一九八二年开始在宜春混社会，经常组织流氓之间殴斗，是个颇有名气的老混混儿。一九八八年，他和十多个一起混的哥们上火车"蹬大轮"（黑话，多指歹徒专门在火车上盗、抢旅客财物），被称为"南下支队"。一次，在北京开往广州的列车上，"南下支队"的三四个人将软卧的一对双胞胎姐妹给轮奸了，并抢走了大量钱物。案子惊动了铁道部和公安部。公安部特别行动队和上海市公安局联手作战，历时两个月，将"南下支队"的成员一网打尽。谭耀宗为躲避追捕，从疾驰的列车上跳下，摔断了腿，被抓获。"南下支队"的人被法院毙了八个。谭耀宗被判刑十年，其腿折后没接好落下了残疾，走路一瘸一拐的，在狱中得了个"跛豪"的外号。一九九八年，他出狱回到宜春，为重振黑道雄风，他树起大旗，招兵买马。但他已不再像十年前那样出手作案了，而是以大哥的身份处理各派小流氓之间的纷争。还有一批小混混儿拜在他的门下，打着他的旗号到宜春的娱乐场所收保护费，向他进贡，听他调遣。后来，他的手下和我的弟兄在收保护费时发生冲突，打残了我一个好兄弟的腿。我派人找他谈，他根本不买账，还扬言说他出来混的时候，我还穿开裆裤呢。这分明是向我示威。我和谭耀宗在宜春黑道上都是人物，这人和事僵那了，谁都下不来这个台。要么他倒下，要么我倒下，我选择了先下手为强，杀死了他。原以为在我的地界杀人，由我这个重案中队长去破，不会出问题。然而世事难料，聪明反被聪明误，我把自己送上了通往刑场的囚车。

　　刑场到了，法警到了，子弹上膛。身边，风在吹，草在动；天上，云在飘，鸟在飞。我跪在地上，几乎能闻到黑土和青草的味道。这味道曾经是那么的熟悉。我即将与它们为伴了。我贪婪地呼吸着清新的空气，睁大眼睛看着无限留恋的大地、蓝天。人生能重来吗？如果能重来，我会怎样选择。说到选择，我不得不对"命运"两个字五体投地。如果没有那次神奇的车祸，我的人生轨迹也许将是面朝黑土背朝天。

2

我的家在东北松花江边的一个屯子里,松花江自南向北流淌着。离屯不到五里,还有条东西走向的小河,名叫状元河。传说明清两代,屯里出了两个状元,故得此名。河边出才俊,江边多枭雄。江河纵横交错之地多是人才辈出,听屯里上年纪的人讲,我们屯风水好,出官。新中国成立以来,土生土长的本屯人干到县长的就有三个。七十年代,连到我们屯下乡的知青都沾了光,回城后有六个当上了厂长和处长。屯里有个风俗,住家在河东,死人葬在河西。我出生时,父亲说,三十年河东,三十年河西,何家到他这代无声无响的,到我这代该发达了,就给我起了何东这个名字。

其实父亲在屯里并非无声无响,也算是能人,被乡亲们誉为"双枪将",意思是说他有两手绝活。第一绝是做豆腐。东北的大豆,松花江的水,到了父亲的手里,就成了块大味正,远近闻名的何家豆腐。父亲做豆腐很辛苦,头天晚上把豆子泡上,第二天凌晨两点就得起来拉磨,过包,点卤水。父亲靠做豆腐虽没发家,但我家的日子过得还算殷实,供我和妹妹读书还是宽绰的。父亲的第二绝是吹唢呐。在农村,吹唢呐的人被叫作喇叭匠。前村后屯,谁家要是有个红白喜事,就会把父亲请去,好烟好酒好招待,让他给吹上一阵儿。

十八岁那年,我考上县里唯一的一所重点高中——一中。我们屯一共考上两个。父亲认为我给他和何家长了脸,整日喜气洋洋的,干得更来劲儿了。他说人生在世,光学习好不够,还要有一技之长。尤其农村孩子，多门手艺多条路。他利用放暑假的时间，教我做豆腐、吹唢呐。我前后只用三个多月就把这两样手艺学到手了。父亲说我聪明，悟性强，换别人，怎么也得一年半载的才能出徒。

我家离一中有四十多里路，天天跑不方便，我就在学校住宿。同寝室还住着三十多个像我这样的农村学生。大家的目的只有一个，考上大学，出人头地。在同学中，我是最活泼，也是最爱闹，最能搞恶作剧的。每晚临睡前，同寝的同学们都喜欢侃大山。别看我们是学生，可侃的最多的是女人。那时，对爱情和女人懵懵懂懂，但十分向往。有天晚上，一个叫李兴家的同学说，一个好女人是本好书。我一听来了灵感，说一个好女人应是瓶好酒，并让大家以此为标准，按长相给我们班的女生，挨个起酒外号。众人冥思苦想，最终把外号起好了。长得好看一点的女生，被冠以西凤、竹叶青等名酒；长得一般的，差的，就是两块钱一瓶的苞米香、老高粱了；长得最差的丁莲被称为散装白酒，连商标都没混上。我们班最漂亮的女生叫沈晓凤，一米七左右的个，白皮肤，丹凤眼。男同学背地里都叫她校花。我们把五粮液放她头上了，以表示对她美貌的认可。

沈晓凤的父亲是县粮食局的局长。她家条件好，加上长得漂亮，造就了她高傲的性格。她很少和班里的男生来往。我在班里男生中长相算一流的，大高个，四方脸，面容清秀。我自以为配得上她，想碰碰这个冷美人。我们前后桌，我总找借钢笔或问道题之类的小借口和她搭话。她每次把我的借口应付完，多一句话都没有。怎么才能让这个大小姐动心呢？我想试探一下她对爱情的态度。就模仿李兴家的笔迹和口气给她写了封求爱信。谁知第二天,她竟把这封信贴到学校的墙报上,引来许多师生观看。李兴家不知是我写的,撕下信找老师评理。老师没有追究谁写的,只是在班里批评了这种做法,并讲了早恋的危害,让我们把心思用到学习上。通过这件事,我清醒地认识到以我当时的境况,想博得冷美人的好感是不太现实的,甚至会留下笑柄。

我那时痴迷于读书,看了许多名著,尤其喜爱司汤达的《红与黑》。我对书中主人公于连倍加赞赏和崇拜。他和我一样,都是农民的儿子,虽出身低微,但他并不卑贱,具有平民的反抗意识和个人进取的野心,为了能够飞黄腾达,摆脱贫穷的命运,不择手段,一往无前,虽然结局凄惨,但他奋斗的过程和精神鼓舞着我。我暗暗发誓,一定要好好学习,考上大学,光宗耀祖,娶个像沈晓凤那样的漂亮女人当老婆。然而,世事难料,就在我想通过考大学,做官来改变自己命运的时候,一场突变袭来,打碎了我所有的梦想,一度将我逼入了绝境。

3

我刚上高二那年,父亲得了尿毒症,花光了家里的积蓄,借了七千多块钱,病也没治好,撇下我们娘仨走了。父亲一死,母亲又病倒了。妹妹何多才十一岁。地没人种,豆腐坊撂荒了。我不得不终止学业,挺起何家的大梁。我想缓一缓,等家里境况好些,再去念书。无论多难,考大学这个念想儿不能断了。

当家后，我面临着两个问题：吃饭、还债。如果光种地，刚够吃饭的。要想还债，只有做豆腐卖。幸亏父亲有远见，教会我做豆腐的手艺。我像父亲那样，深夜两点起床，钻进潮湿的豆腐房，一干就是三四个小时，望着一板板冒着热气的大豆腐，我仿佛看见一张张钞票躺在那，等着我去拿。可想不到的是，我做的豆腐卖不动。乡亲们信不着我的手艺。很快，外屯豆腐占了本屯的市场。屋漏偏逢连夜雨，债主们像约好了似的到我家讨债。无论我怎么恳求，都无济于事。我面对的是一张张毫无表情的脸，我第一次体会到世态炎凉。

想起父亲生前帮助过那么多人，可人一死，茶就凉了。望着病中的母亲和尚小的妹妹，我已无路可退。物竞天择，适者生存。善良是不当饭吃的。狼要是善良，就得饿死。要达到目的，就得不择手段。要想把豆腐卖出去，就不能让外屯豆腐进入本屯。我想出一个办法，把邻居徐予国等七八个十四五岁的孩子找来，让他们以买豆腐为名，偷偷扎外屯豆腐车的车胎。扎一次，我给五毛钱。一连扎了八回，外屯卖豆腐的少来了不少，可仍有来的。我弄了点巴豆，熬好了，抽进注射器，趁外屯卖豆腐的不注意，将巴豆汤打进豆腐桶。结果本屯买外屯豆腐吃的都拉了肚子，有的拉了好几天。我借机散风说，外屯人心眼坏，用发霉的陈豆子做豆腐，专卖外屯人。此事一传出，本屯人不再买外屯豆腐了。何家豆腐又火了起来。

农民忙活一年，就盼着年关卖粮挣点钱。卖粮中最重要的环节是检斤验等。一等玉米的价钱是二等、三等玉米不能比的。一九九〇年是马年，俗话说，牛马年，好种田。那年风调雨顺，再加上我勤快，我家的玉米粒大饱满水分少，内行人一看就知道是一等玉米。春节前的一天，我兴高采烈地赶着马车，拉着全家人的希望往粮库送粮。去之前，屯里的娄二叔让我买两盒好烟，验粮前给粮库的化验员塞兜里。我没听，也不信那个邪。我寻思凭本事吃饭，靠质量卖钱，就我家的玉米，想给二等都难。让我想不到的是，化验员是个揩油高手，不给好处，玉米等级就上不去。他见我不懂规矩，没说话，用验粮扦子往麻袋里一捅，将抽出的玉米倒在木盘上，看了看，又拿起两粒放在嘴里，嚼了嚼说："三等。"

"什么？三等？这玉米三等？重新验，我不服。"我的火气一下就上来了。"不服？粮库是你家开的？你想重验就重验。后面排大队呢，我没那工夫，滚一边去。"化验员用扦子扒拉我说。我上前拽住他的衣领，不让他走。他到粮库外喊来一帮小流氓，打得我满脸是血。我本想忍了算了，怕母亲知道我挨打着急，再犯病，可又咽不下这口气。这一差就是几百块呀！因为这钱既要还债，还要过年。我还答应妹妹给她买套新衣服呢！这么一来，还咋过年啊？我咬了咬牙，忽然有了主意，非得把一等玉米的钱拿到手。我让徐予国到我家把唢呐拿来，又打听到化验员的家。天一黑，我就在他家的柴火堆边上，冲他家的门吹吊丧曲。他家一出来人，我就跑。我连吹三天，把化验员父亲的心脏吹犯了。他父亲骂他在外面干了缺德事，败坏门风。化验员服软了。他可以找流氓揍我，但他架不住这种折腾。他托人找到我，给我的单子改成一等。我终于拿到一等玉米的钱。不少受过化验员气的老农见我就竖大拇指，说我给大伙出了气。

后来，县里一个流氓头听说这事，认为我挺有一套，找我跟他们干。我没去。我不想当流氓，想上大学。

4

距我们屯西头二百米远的地方，有一条连接宜春到滨市的国家级公路。榆树林就位于国道边的一个小高坡上。说是林子，其实不过是七八棵大榆树长得比较高，挨得比较近而已。夏天的时候，翠绿的叶子在空中搭在一起，遮住一片天。树下成了好大一片阴凉地。屯里人干活累了，都愿到树下歇息乘凉。人聚多了，侃大山、吹牛皮的也就多了。尤其那些在宜春打过工的回来，说起城里男女间的花花事，能让我们这些没见过啥场面的乡巴佬笑破肚皮。有一次，邢二哥给我们讲了他家二嫂在宜春给一对小夫妻当保姆时遇到的尴尬事。小夫妻住的是二层别墅。有天晚上，二嫂刚要睡，忽听楼上传来女主人的呼喊声："饶命啊！快点，我不行了。"二嫂以为女主人病了，赶忙上楼打开房门，原来是小两口正在干那事，臊得二嫂恨不能钻地板缝里。在宜春当保安的二愣子说，城里人都玩疯了，竟在汽车里干那事，弄得车直呼扇，他还以为车出毛病了呢。这是我第一次听荤段子，乐过之后想，啥时能过上那样的日子。农村人叫活着，城里人那才叫生活。

一九九一年夏天的一个中午，我浇完地，来到榆树林乘凉。巧得很，树下空无一人，只有几个石凳子孤零零的在那。我望着公路上来来往往的汽车，再看看不远处我家的玉米地，想爹去世快两年了，家里的债还剩三千。等来年债还清了，我就去复读，一定要考上大学，上宜春念书去，指望这玉米地光宗耀祖根本不可能。我脱下小褂，铺在石凳上，躺下眯一会儿。刚睡着，就听一声闷响，我一下就醒了，我往响处一看，原来一辆黑色轿车撞到道边的大树上。我连小褂都没穿，光着上身，直奔出事的地方。我是第一个到达现场的。车的前身冒着热气，已变了形，和树粘在了一起。司机趴在方向盘上不动，看样子已没了气。副驾驶的窗户已碎了，座位上坐着个穿护士服的正在呻吟着的女子。血从她的鼻子、嘴里流出来。我刚要去救她，忽听车后排有人发出很弱的"救命"声。我向后一看，一个满脸是血的老太太望着我。老人的脸好慈祥，好像在哪见过。她的眼神告诉我，她很痛苦，让我救她。当时自己都不知咋想的，没去救女护士，而是费力地打开后车门，把老人抱下车。我光着膀子在公路上拦车，想送老人上医院，可车都不停。我急中生智，把老人横放在公路中间，啥车也别想过去。一辆哈尔滨市的小轿车停了下来，拉着我和老太太直奔宜春。

车到了宜春医大一院。我把老人送进了急救室。老人还清醒，告诉我一个电话号，让我找她儿子。此时的我光着膀子，身上除了汗就是血，没个人样，上哪打电话呀？我把救人的过程跟一个岁数挺大的医生讲了。他帮我打通了老人儿子的电话。

这个电话的神奇作用是我想不到的。不到二十分钟，急救室门外至少来了三十人。其中一个四十多岁的男子找到主治医生，并在手术单上签了字。听他说话的口气，知道他就是受伤老人的儿子。当医生告诉他是我把他母亲送到医院时，他有些激动地来到我面前,握住我带血的手,连连称谢。

这时,那些一同来的人将他围住,争先恐后地问候着。其中两个人以汇报的口吻说:"郑副书记,市交警支队、市医院的人都去现场了,现场情况一会儿就能知道了。"

"郑副书记,我是本院的院长许春光。正在给老太太主刀的是本院的技术权威。您放心吧,看样子问题不大。"

"谢谢,您忙吧!不要兴师动众的。我母亲和其他患者一样,没啥特殊的,全力抢救就行。"郑副书记对许院长说。许院长不停地点着头,脚未挪半步。

郑副书记拿过一把椅子,刚坐下,又一批干部模样的人进来了。他们像自己的母亲进了手术室那般焦急,围着郑副书记说着什么。郑副书记对身边的一个小伙子说:"小秦,怎么来这多人?你告诉的?""不是,大伙正开会,听到信儿就都来了。"小秦低声回答。"你留下就行了,让他们都回去,正常工作,影响多不好!"听了郑副书记的话,来的人都回去了。

郑副书记?多大官呀?怎么他母亲遇到车祸,竟有这么多人关心,跑前跑后的。连医院的院长都寸步不离地守候着。我们村也有书记,这个郑副书记和村书记差别有多大呢?

两个半小时过去了,手术室的门开了。一个满脸是汗的老教授出来了,他说老太太已脱离了生命危险,幸亏送医院及时,再晚十分钟,老人就没命了。

教授的这几句话,让郑副书记又望了我一眼。就是这一眼,彻底转变了我的命运。他让小秦带我去洗澡,买套干净衣服,把我送回家。小秦告诉我,郑副书记叫郑红生,是省委的第三把手。他的母亲叫王秀荣,是在去哈尔滨看望老同事的路上出的事。司机和副驾驶位置的女孩儿都死了。那个女孩儿是市医院的护士。

5

我救人的事在屯里传开了,许多人听说我救的是一个大官的母亲,都问我大官赏了我多少钱。当我说就领我洗了个澡,买了件衬衫时,乡亲们都说我太傻,咋不多要点钱。我妈说救人是应该的。如果见死不救,人的心灵会一辈子不安。我记着妈的话,没把这事放在心上,照样侍弄我的地,做我的豆腐。

一个月后的一天早晨,小秦坐着奥迪轿车找到我家。他说被我救的老太太当天出院,要见我。我跟妈打了个招呼,上了奥迪,直奔宜春。这一走,就结束了我面朝黑土背朝天的日子。

我和小秦走进病房时,屋里人不少。郑副书记见我进来,起身和我握了一下手,把我领到老太太跟前说:"妈,他就是救你的农村孩子。"

老人握着我的手,满脸慈祥,眼角有些湿润。

"唉,都快七十的人了,没也就没了,就是有点舍不得我那宝贝孙女。你救了我,就是我的救命恩人。我得好好谢你。这孩子又高又膀,长得也漂亮,给我做干儿子吧!"

没等我回答。病房里的人都羡慕地说:"小子好福气,有这干妈可妥了。"能认省委副书记的母亲做干妈,我们屯谁家也没有这么大官的亲戚啊!有这靠山,看谁还敢小瞧我家。

"来时我妈说了,救人是积德行善,换谁都能那么做。认亲行,那我就叫您一声干妈吧!"说完,我给老太太鞠了一个躬。老太太让我到她家住一段,帮她康复,我答应了。

在宜春,最有名的居住地要数锦江区的阳光路了。因为新中国成立以来,很多高级干部都在此居住。郑副书记的母亲就住在阳光路北侧一座独楼里。我走进郑家方知,老太太绝非子贵母荣。她一九四三年参加革命,两年后任宜春市委的组织科长,第二年与时任四野团长的郑铁结了婚。郑红生一岁时,郑铁在一次剿匪战斗中牺牲了。新中国成立以后,她历任宜春市委组织部部长、市委副书记。"文革"中受到冲击,被投进监狱。"文革"后官复原职,一年前在省政协副主席的岗位上离休。凭着烈士子女的头衔和老太太的教诲,郑红生根红苗壮,茁壮成长,大学毕业后,受母亲牵连,下乡务农。"文革"后,他随母亲落实政策,进入政府机关,并从副区长干起,直到省委副书记的位子。郑红生有个女儿,叫郑文萱,在上海复旦大学读大三。妻子王璐在宜春市医院当医生。郑副书记另有住房,阳光路的房子只有老太太和保姆王姨居住。

住进郑家大小六个房间的小楼,我既兴奋,又惶恐,非常小心,生怕哪件事做错了,让老太太反感。可干妈没有我想象的那么高贵,她吃的简单,说话随和,有时土的和我亲妈一样。她非常喜欢听我讲农村的小事,那些张家狗咬李家鸡的家常让老人乐得合不上嘴。在老人家一住就是一个月,我有点想家,想回乡下看看妈和妹,可又不知干妈怎么安排的,不敢开这个口。后来,我把心事跟王姨说了,王姨也是农村人,很实在,她说:"你救了老太太后，郑副书记打算给你一笔钱作为报答。可老太太说，你在救大姑娘还是救老太太之间选择了老太太，足以看出你正派、朴实。她认定你们有缘分，不想给你俩钱拉倒，而是要把你的户口办进宜春，再帮你找个好工作，彻底改变你的命运。"

啊！我恍然大悟，没想到救人时的一念之差竟会有这样的结果。我不知道老太太会帮我找个什么样的工作。我寻思能把户口转到宜春，让我从农民变成市民，再找个班上就行了。老太太好像看出了我的心事，一天晚上，她把我叫到客厅说："你的事有谱了。以红生的想法，原打算让你去外贸，学做买卖，又怕你农村孩子适应不了商场。正好宜春市公安局招考巡警，我觉得你当个警察也挺好，旱涝保收，一年连衣服都不用买。还有一个多月考试，你不是念过高中吗，我给你找个补习老师，你再加把劲儿，只要考分够了，没问题。"

6

和豪华、舒适的奥迪相比，宜春通往乡下的长途客车就像一头气喘吁吁，负重而行的老黄牛。如果没有四个轮子，客车简直就是在爬行。车内前排挨窗户的位置坐着一个年轻的警察，他一身崭新的警服，挺拔的脊梁，一双炯亮的眼睛盯着窗外。公路两边是一望无际的玉米地，那一棵棵高大的玉米秆就像列队的士兵接受着首长的检阅。天虽热，但警帽仍端正地戴在他的头上。

这个警察就是我。世事沧桑，人生多变。半年前还在乡下种庄稼、做豆腐的我,如今已是宜春市公安局的巡警。

宜春招巡警的公告贴出后,竟有八百多人报考,竞争的激烈程度可想而知。当我到招考办报名时,竟被当场拒绝了,就因为我是农村户口。干妈让我不用急,她坐在沙发上打了两个电话就把我的户口办进了宜春。当我连闯考试关、政审关,满以为大功告成时,新的麻烦又来了。进录取线的人都不是善茬,都有关系都找人。招生领导接到的条子一把一把的。干妈深知招生幕后说道多,她让小秦跑了两趟,终于使我铁板钉钉地成为一百人中的一个。这次招考让我见识到竞争的残酷,远远超过我和外屯卖豆腐的竞争。

从住进干妈家,到当上警察,我已经四个多月没回家了。趁巡警大队还没正式上班,我跟干妈提出回家看看,干妈同意了,她知道我家还欠三千块的债,给我拿了五千块钱。我跟她撕巴,她瞪着眼睛把钱塞进我的兜里。

我下了长途客车,进了屯,走进我家小院时,妈和小妹正在园子里择豆角。

"妈,小妹。"我声音有些哽咽地跑过去,跪在妈的脚下,抱着她的腿,哭了起来。我哭的那么放肆、痛快,发泄着父亲去世两年多来的艰辛和苦难。妈和妹也哭了。一家人的泪水融在一起,包含着太多的内容,有屈辱,有辛酸,有痛苦,还有对父亲的思念。当警察的何东回来了。这个消息像长了翅膀,飞遍了全屯,也传遍了十里八村。几袋烟的工夫,我的家就挤满了人。有邻居,有亲戚。大伙都是来看看当警察的何东啥样。母亲眼含着泪花,给客人们倒水。我从兜里拿出三百元钱,给屯里杀猪的齐二叔，请他杀头猪，弄些菜，让乡亲们吃喜儿。

当晚，我家院里摆了七桌。村里的几个有头有脸的干部都不请自来。大伙吃着、喝着，人人脸上都挂着笑容，好像我是他们的儿子，为他们争了光似的。的确，我也算得上衣锦还乡，光宗耀祖了。我们屯，这么多年，头一次出了个穿警服的。在宜春，我不过是个小民警，可在农村，这相当于当官了。大檐帽就是当官的标志，是权力的象征。村主任主持了酒席，他先说我妈含辛茹苦，通晓大义，教育出个好儿子，又说我穷人家的孩子早当家，自幼知书达理，孝顺父母，自强不息。那天我喝了多少杯酒，记不得了，反正喝到最后，全凭惯性往嘴里倒，喝完吐，吐完喝。我不听母亲的劝阻，来者不拒，喝，尽情地喝，李白不是说过吗，"人生得意须尽欢，莫使金樽空对月"。望着那一张张充满了巴结笑容的脸，我有一种从未有过的满足。那个我家欠他五百元钱的叔伯哥何三怪也来了，去年春节，他来要债，我还不起，他说了一堆难听的话。可这回我把五百元塞给他时，他跟我推了半天，红头涨脸地说不急，让我感受到人世间趋炎附势的丑态。

我在家待了五天，有四天的晚上是在醉酒状态下睡的。亲朋好友排着队请我。有的因为安排撞车争得面红耳赤。我第一次感到被人重视的感觉真好。过去那个卖豆腐、吹吊丧曲的穷小子一下子成了屯里的新闻人物，成了家长教育孩子的范例。人一出息，什么说法都有，有的说我面带官运，有的说我爹埋在河西的地方风水好，还有的说我，生下来就是当官的命。

这次还乡，对我来说，不仅仅得到了从未有过的风光，一扫何家的颓势，而且更加深深地刺激了我。我发誓要在警界混出样来，我要的是无限风光。带着这个梦想，我又一次离开了家。光荣、神秘的警察生涯开始了。

7

巡警是巡逻警察的简称。在美国，对巡逻的重视，超过了侦查破案。尤其是步行巡逻，以减少市民对犯罪的恐惧，提高市民对警察的满意度，减少刑事犯罪的三大作用而大行其道。作为和国际接轨的公安改革项目之一，宜春市公安局正式组建巡警大队。我被分到特勤中队，负责人民广场及其周边的巡逻。

初当警察，从头到脚都兴奋。我身着警服，全副武装，走在宜春的大街上，自豪、光荣和使命感油然而生。仿佛有了我，一切罪恶都将停止似的。那时最大的梦想就是亲手抓住几个劫匪，立功当英雄。可巡了一个月，别说抓贼，连个贼影都没见到。每天不变的上下班时间、巡逻路线。渐渐的，单调、乏味、枯燥感袭来。最让我失望的莫过于我的对手不是杀人越货的罪犯，而是在广场内算卦、乞讨、拉皮条的，还有暗娼。

起初，我拿这些社会底层的小人物没太当回事，可一交手才发现，他们对付警察都有一套，经常跟我们打游击，玩"警来我走，警走我来"的战术。更让我感到惊奇的是，这些"下九流"中竟藏龙卧虎，不乏高人。算卦的"乔铁嘴"就是其中的代表。

"乔铁嘴"究竟多大岁数没人知道。看他的外表，清瘦，小个，弱不禁风的身材，让人看了担心。倒是那双眼睛炯炯有神，好像一下子能把你的心事看透。"乔铁嘴"名气大，算得准，据说在广场已有四十年的"卦龄"，连"文革"十年他都没歇业，偷偷摸摸地算。在宜春，他算是卦行业中的大腕了。

作为广场内的对手，我和"乔铁嘴"打过几次交道。我每次撵他，他总是笑呵呵地应付，但就是不走。我说他搞的是封建迷信，他却说算卦是科学，我让他讲科学依据，老乔很想在我面前露一手，把我说通，也方便他在广场混饭吃，就给我讲起来。

"算命是心理学、面相学、骨骼学、星相学的综合运用。""乔铁嘴"点上一支自卷烟说。

"要说看相还贴边，跟心理学有什么关系呀？"我不解地问。

"来算卦的大多有心事、心疑，有的甚至是心病。只有掌握了对方的心理规律，才好对症下药。从这个角度说，算卦先生还是心理医生呢。"

"人的面相咋能看出好坏？"我听出点兴趣，甚至觉得他讲得的确有道理。

"人的面相大体可分为三种，福相、凶相、平相。何为福相？额头圆，即天庭饱满，双眼有神，鼻不漏口，鼻梁略弯，两腮略鼓，下巴宽厚上扬，耳垂大而下垂；凶相则反之，额头不平，鼻子漏口，下巴尖小，双眼混浊；平相特征不明显，福凶各半都为平相。"

"骨骼学是咋回事？看骨头能看出啥？"我接着问道。

"看人的骨骼，一方面是看，另一方面是用手摸。高手从头摸到脚。像我这样的，主要看头骨。头骨方圆者多富贵。头骨尖小者，多贫贱。头骨大小不对称者，多孤贫且贱。头有露骨者，主凶终。"

"看来，这里还真有学问。那你咋给人掐算呢？"

"算卦的分为主动型和被动型两种。主动来算卦的百分之百是因家或人遇到事了，要判断吉凶。对这类人，关键是察言观色。察言就是套话，听他说，弄清他的来路，琢磨他的心理，看他要问哪方面的事，达到什么目的。观色就是看他的面部表情。人的面部是人内心世界的最大反射区，愤怒、忧愁、喜悦都能从人的面部体现出来。通过察言观色，再看他的面相、头骨，基本就能说个八九不离十。对来算卦的，多倾听，说顺话、好话、吉利话，既解心疑，又能恢复其信心。对一些心事特重，确有大难的，不妨把事说得严重一些，说得越不吉利，对方越深信不疑，甚至格外佩服算卦者。随后，再给他讲点化灾消难的话，定会让来者如释重负，千恩万谢。被动算命的是算卦先生对过路人'袭击'，恭维路人，讨个口彩，蒙俩钱花。"

"哈哈！说说就说漏了，说白了还是蒙人。"

"不能这么说，这是老祖宗经过上千年的实践总结出来的，不能说应验到每人身上都准，十有七八吧！此外，还有按生辰，按占星术算的。"

出于好奇，我让"乔铁嘴"给我算算。他端详我一阵，说了十六个字：深不可测，福祸相倚，天堂地狱，一纸之隔。说我是大起大落之人，在天堂地狱间摇摆。

"乔铁嘴"给我看相后，再也没在人民广场出现过，听说他去了香港，成了名震港澳的风水大师，备受富豪、高官的推崇。在我出事的前三个月，我在香港见到了他，他说我祸已临门，只有一走。可惜，我没听。

8

在广场巡逻的日子，除了和这些算命先生打交道外，再就是打击"鞋底族"了。

"鞋底族"是对活动在人民广场一带暗娼的称呼。为何叫"鞋底族"呢？因为暗娼把卖淫的价钱用粉笔标在鞋底，遇到"老嫖"（对嫖客的称呼），只要亮鞋底就行了。

广场的暗娼中大多是四十岁左右，略有一点姿色，要价低廉的农村妇女，她们招揽的对象大体是两类人：第一类是退休老人，这些人年轻时恰逢禁锢、封闭的年代，不敢越轨，老了赶上开放，诱惑难挡；第二类人就是农民工，他们收入少、出身低，进城务工，多无女友及妻子跟随。于是，要价低廉的"鞋底族"成了他们解决生理需要的最好对象。打击"鞋底族"最好的办法就是跟踪暗娼和"老嫖"，抓现行。"鞋底族"的特征较为明显，一是浓妆艳抹，二是她们在广场既不锻炼，也不散步，而是四处张望，遇有单身男子，主动搭讪，并故意亮鞋底。我们每次抓获"鞋底族"和"老嫖"后，也很同情他们。农民工们每天干活、吃饭、睡觉，性生活的确是个难以启齿又不得不面对的难题。再有就是那些老年人，正经了一辈子，却晚节不保，一旦被抓，死的心都有。

和这些算卦的、民工、老人、妇女们斗，既不刺激，也有损警察形象。在我心底，警察只有和杀人放火的大盗斗才够味。

可有一天，当我面对真正的窃贼时，我才发现，自己尚不具备"严打"的功夫与本领。我险些败在一个小偷的手里。这个小偷改变了我从警的轨迹，否则，我有可能干一辈子巡警了。

一九九二年夏天的一个早晨，我从干妈家出来，途经青山公园的侧门时，忽听不远处有个女孩儿在喊："抓小偷啊！"我定睛一看，一个小个子的男子正往我这边跑，一个穿白色连衣裙的女孩儿在后面追。

小偷？我全身的血好像一下子都涌到脸上。好机会，我迎面冲上，脚一伸，将小个子绊倒，而后将他摁住。这时，女孩儿跑到跟前。

"他在六路车上偷我钱包。包里面有我进货的三千元钱。"女孩儿边指着小个子，边上气不接下气地说。

我把小个子拽起来，从他的里怀搜出一个钱包，包内有三千块钱，还有张月票，月票上的照片正是眼前的女孩。人赃俱获，我把钱包还给她。她说了声"谢谢"就走了。

我押着小个子来到队里。当我像老民警那样把小偷铐到暖气管子上时，心里甭提多美了，感觉自己就像一个做了件大事的孩子。望着自己的头一件"战利品"，我乐呵呵地找韩队交差去了。

韩队是我们中队长，有十五年的警龄。

"韩队，抓了个小偷，偷了三千多块呢！"

"在哪抓的？咋抓的？"韩队的嘴角闪过一丝喜悦。

我把抓获的过程添油加醋地讲了一遍，着重讲了我如何英勇。

"被害人呢？"韩队好像觉得不大对劲。

"走了，她接过钱包走了。"

韩队脸上的喜悦一下子消失了。他一拳打到我肩上，我毫无防备，险些跌倒。

"打我？"我愣住了，难道我抓小偷抓错了？

"为什么不把被害人一起带回来？证据共有七种，其中最重要的就是被害人的陈述。没有被害人，这个小偷只有放了。"我这才明白，自己犯了个多么低级的错误，如同做豆腐，忘了点卤水。

我们来到铐小个子的房间。他斜眼看着我，嘴角露着奸笑说："你们谁是领导？我早上出去晨练，被这位警察打了，还把我铐起来，我要告他。"

小个子倒打一把让我意识到这事很棘手。

"能把你抓来，就有办法把你送进去。少跟我来这套，消停点儿。何东，搜他的身。"韩队毫不客气地把他顶了回去。

我搜遍他的兜、腰、腿，什么也没有。

"把鞋脱了。"韩队冲小个子喊道。

小个子不情愿地脱下鞋。我在他的鞋垫下翻出一个锋利的刮胡子用的刀片。

"干清子（黑话，意思是小偷用刀片割包偷窃的一种方法）活的。你等着进去吧！跟我斗，你还嫩着呢。"韩队轻蔑地说。

韩队的这一手果真让小个子老实多了。我们回到队长室，他把我和另外五个巡警找到一起。

"当务之急是找到被害人，这和大海捞针差不多，不过也不是一点路数都没有。被害人用的是月票，看来是六路公交车的常客。她说三千块钱是进货用的，有可能是做买卖的。你们马上去六路车调度室，找早上发生窃案的公交车，再找售票员，没准会有点线索。"

韩队简直就是中国的福尔摩斯。我们按他的话竟找到了被害女孩儿。原来她是站前荣光大商场卖化妆品的，六路车不少售票员都买她的化妆品，与她很熟。我们找到售票员，就找到了她。

同事取被偷女孩儿的材料，当她说到小个子在她后面用什么东西顶她的屁股时，韩队让她转过身，在她裙后发现了一块不易发现的精斑。

"这小子还是个'老顶'（黑话，意思是流氓在公交车上用生殖器顶女人屁股）。"

女孩儿没想到会是这样，脸羞得通红。小个子在韩队略带调侃的问话中败下阵来，去了他该去的地方。

我彻底服了，服韩队的功夫和老到，我渴望成为韩队那样的警察。韩队告诉我，要想做一个优秀的警察，必须到派出所练基本功。那里才是学本事、锻炼人的地方。可市局有规定，巡警人员三年内不动。想调走，必须市公安局局长程宇光点头。可咋能让程局点头呢？

9

我首先想到干妈。从她把我的户口办进宜春，到帮我穿上警服，足见她的能力。可又不敢跟她说，我能穿上警服，已感恩戴德了。刚上两天半班，就想调走，我怕老太太批评我不安心工作。可这事别人也办不了啊！忽然，我想起小秦，他见多识广，点子多。

小秦接了我的电话，沉思一会儿说："这样吧，我先跟程局长的秘书打听一下，看巡警的规矩究竟咋回事。"没几天，小秦告诉我说："巡警的事是程宇光定的，他就怕这批新警不安心巡大街。不过也有个变通的办法，市警校刚毕业一批新生，要往巡警队分，这进一个，就能出来一个。要办这事，真得跟老太太说，她不点头，我背后瞎捅咕，长几个脑袋呀！"

没办法，最终还是没绕过干妈。好在这也是正事。我壮着胆子跟老太太讲了，并把小秦打电话问的事也说了。干妈说："孩子，你刚当警察没几天，不该这山望着那山高，你应把基础打牢些再说。"我就把让小偷戏弄以及韩队长的话说了，干妈想了一会儿说："是这么个理儿。程宇光我认识，当年我叫他小程，现在是老程了。你让小秦给程局长捎个话，就说有这么个事，他给面子就给，不给肯定有不给的难处。"

小秦给程宇光的秘书打完电话的当晚，我正陪干妈在院子里散步。忽听有人摁门铃，我开门一看，竟是程宇光，他左手拎着一兜水果。我在巡警大队成立大会上见过程局，他那道浓眉给我的印象很深。

"是王大姐家吧？"程宇光声音不高，但很亲切。

"是的，程局长好，快进院。"我不知所措地应着。

"小程啊！快进来，你可胖多了。"干妈走过来，和程局长打招呼。

"上次您出车祸,我没去看您,怕郑副书记批评我攀权附贵。这回小秦给我打电话,我一听是老大姐的事,就来了。一则看看大姐,二则把事办了。"

"这是我干儿子,上次车祸,就是他救的我,现在在巡警队工作,这不,想上派出所锻炼锻炼,学点本事,这倒是好事,可又怕给你添麻烦,就让小秦问了一下。"

"巡警三年内不进不出,是我定的。不过,市警校新毕业一批学生,局里准备挑几个当巡警,有进就得有出,就让何东调走吧,再给他找个好派出所。我已经跟政治部说了,明天就让他去办手续。"堂堂宜春市公安局局长亲自登门拜访让我又见识了老太太的厉害。

"咋给我分城东分局站前治安派出所去了?"第二天上午,在市局政治部,我问干部处干事小马。因为韩队让我去户籍派出所管户籍区,到旮旯胡同,和居委会的老大娘、市场卖菜的、修鞋的多接触,能学到不少东西。我这类新民警最需要补的就是群众基础课。可站前派出所是治安所,没有户籍区。

"程局让我们挑治安最复杂的标兵派出所,我们就挑了站前。不过,你挺有力度,巡警一百号人包括程局长的四公子程小宇都想上基层学点业务,可程局长为稳定军心,放下话,程小宇不满三年,不能动。这次出巡警大门的,就你一个,偷着乐吧!"小马说完,把报到证递给我。

程小宇?我认识,他是三中队的。想不到他是程局的儿子,更想不到出巡警门竟这么难!

我拿着报到证,到城东分局报到。当天下午,我就到了站前治安派出所，接待我的是所长林英男。他四十左右，很魁梧，表情不冷不热，上下端详了我一阵儿说："上面有话，说你是上面的上面直分下来的，点名到站前。当几年警察了？哪个警校毕业的？"

"半年，我是巡警那批。以后在您手下，请多关照。"我有点紧张，小心地回答着。

"半年？净扯淡。刚穿上警服就到站前,还不得让人当猴耍。"林所的语气中流露着不满。不像是冲我，而是冲我半年的警龄。他叹了口气，思索了一会儿，打了个电话，让一个人到他的办公室。不到十分钟，一个三十多岁的民警走进所长室。

"徐厚，这是新分来的，叫何……何什么？"林所忘了我的名字。

"何东。"我连忙说道。

"何东先到你们二警区，归孙洋警长领导。孙警长去佳木斯抓人了，何东先和你共管一片，你带他，不能出差，三个月后再给他另派活。"林所交代完，又对我说："站前治安派出所是荣立过公安部一等功的老先进，是全市的标兵派出所。进了站前的门，就是站前的人。我脸白，但嘴黑，要求严，不管你是谁的门子，根多深，到我这就得听话、干净、干活，要知道谁大谁小，谁轻谁重。所里的规章、制度、纪律，教导员曲成会教你。业务方面，孙警长会告诉你咋干，你先跟徐厚熟悉情况吧！"

10

林所说完话走了，屋里只剩下我和徐厚。

"徐老师，所长说的干净、大小、轻重是啥意思？"我得弄明白，别触犯了领导的禁忌。

"可别叫我老师，传出去会闹笑话，好像我有多大学问似的，还是按工厂的叫法，叫我师傅吧！"徐厚说得很实在，我忙点了点头。

"林所可不是一般人物，在所长堆儿里得是这个。"师傅边说边竖起大拇指。"他曾两次荣立二等功，三次荣立三等功，两次被评为全国优秀人民警察，是全市标兵所长。他说的干净是不能违法违纪，大小、轻重是说所里林所最大，领导的话最重。所长是家长，他说咋干就咋干。总之一句话，既要出活，又不能出事，要维护站前的荣誉。不过，你得注意，他要求手下可严了。别说你我，就是所里的警长，他说撸就撸一顿，但他对事不对人，撸完拉倒，大家都服他。"听了师傅的话，我心想，可得加小心，初来乍到，一定得好好表现，别出差。可谁知越怕出事越出事。

到站前上班的第三天早上，我坐的公交车半路抛了锚，我只得又换了一辆车。这一停一倒折腾了二十多分钟。等我到单位时，八点四十分了，所务会已经开始十分钟。我走进会议室，刚要找个座位坐下，林所说话了："何东，知不知道几点上班啊？"

"八点半。"我有些不好意思地回答，看样子他对我迟到有些生气。

"现在几点了？"

"八点四十分，我坐的公交车抛锚了，扔在半道，又倒了一辆，就晚了。"我觉得这个理由说得出口。

"我没问你迟到的原因，如果按你的说法，你、我以及全所每个民警都有理由迟到，我就不信，你要是早上六点从家出来还能迟到吗？咱们是标兵派出所，你要是不能按照标兵所的民警要求自己，那就到别的派出所去。会后写份检查送教导员那，下不为例。"林所说完，继续部署工作。

我坐在那，汗都下来了，腿直哆嗦，满脸通红。好一个治军严整的林所长。

初到站前，我跟着师傅，穿梭于辖区的公共场所，做基础调查，熟悉情况。谈起站前的治安，师傅如数家珍。他告诉我，站前有"三多"。酒店、宾馆、个体旅店多，大商场、批发市场多，流动人口多。宾馆、旅店有一百三十多家，商场有六十多家，每天流动人口总量在二十多万人。他还给我念了段顺口溜：黑旅店，小黑车，小小偷，特别多；擦皮鞋，小商贩，坑蒙拐骗啥都干。黑旅店是指不挂牌的黑店，靠接站女接站，提供色情服务，敲诈钱财；黑车是指没有营运手续却进行客运的车辆；小小偷是那些不满十四岁的儿童，他们受控于家长或团伙头目，明目张胆地偷。因为不到十四岁，是不负法律责任的；还有擦皮鞋的，他们随便摆个摊擦鞋，擦鞋标价一元，可擦完要十元，按他们的解释，一元是擦鞋费，九元是鞋油钱，连蒙带唬，由此引发的治安案件几乎天天都有。这么大、这么乱个摊子，仅靠站前四十一个民警维持、控制，管理任务相当重。

孙警长回来了。我到站前所的第二周，徐厚把我带到一个消瘦精干的三十多岁的男子面前。

"你就是何东吧？我在佳木斯就知道咱们警区又添人进口了，小伙儿挺精神，咋样？适应不？"

与林所的严肃和居高临下相比，孙警长更像一个大哥哥，热情、亲切、毫无架子，让我心里暖暖的。

"挺好的，孙警长，以后在您手下，哪做得不对，您多批评。"

"别警长警长的，以后叫我大哥就行了。批评谈不上，相互帮助吧！晚上我有个饭局，你陪我去。"孙警长像布置工作似的把我安排到晚上的饭桌上。

那晚的饭是站前工商所的朋友请孙警长。主人还特意请来他们所长作陪。工商所长见请的只是个警长，和他不是一个级别，在酒桌上有些装大，言谈举止中流露出对孙警长的轻视。孙警长在言语上与他针锋相对，在酒上更是寸步不让。俩人半斤对八两，谁也不服谁。这时，孙警长拿过一个大号空啤酒瓶，他用食指抠瓶底，用大拇指按住瓶壁，仅用两个指头就把大瓶子倒拎起来，悬空不落地。这一手让我和全桌人都看呆了，掌声顿起，赢得满堂喝彩。工商所长见落了下风，也如法炮制，怎奈这看似简单的手法并不简单，这回瓶子不是悬空，而是落地摔了个粉碎，工商所长好没面子。

一顿酒让我对孙警长心悦诚服。更让我惊讶的是孙警长和什么人都能交上朋友，像擦皮鞋的、搓澡的、录像厅把门的，都跟他像哥们似的。对此，我有些弄不明白，以孙警长的身份应多跟上层领导、老板打交道，理这些下层人干啥？

孙警长告诉我，当警察的，什么朋友都要交。别小瞧这些看似不起眼的小人物，他们经常能给警区提供破案的线索。果然，没几天，录像厅把门的给孙警长提供一条线索，就抓回个逃犯。与孙警长相比，我师傅徐厚简直就是另外一种人。人如其名，厚道、少言、俭朴。他是每天到点就回所里食堂吃饭的民警之一，抽的烟是三毛多钱一盒的低档烟，社会交往也不多。在侦查破案上，他也无可取之处。我对他有点失望。我希望有孙警长这样的师傅，想做像孙警长那样的人。

11

我的内心变化不经意间在言语、行为上流露出来。徐厚看得真切。三个月后的一个晚上，我们师徒对酌。

酒酣耳热之际，徐厚道出肺腑之言："何东，你知道站前是个什么地方吗？是个大染缸啊！无论是人是布，进了这个缸，染黑容易染红难，保持本色更难。能在火车站前这个宜春最大的码头混事的，个个都有来头，都有几下子。不过，不管是谁，无论是哪条道的，想在站前立足，都离不开咱们派出所。他们既需要警察的保护、帮助，又需要咱们收拾他们的敌人、对手，所以想方设法和咱们处。想一想，他们凭啥请咱们吃饭？凭啥给咱们好烟？还不是看重咱们这身警服和权力吗？你不信，你今天离开派出所，明天他们就不搭理你了。"师傅呷了口酒，接着说："警察这个职业是一脚门里一脚门外的职业。这个门就是监狱的门。弄好了，在门外，弄不好就进门里。当警察第一重要的是什么？是保护自己，试想连自己都保护不了，还能保护别人吗？这个保护不是说不挨别人欺负，而是确保自己不出事，不违法违纪，说白了就是别进监狱去。咋保护自己？第一，见啥人说啥话。见人说人话，遇鬼唠鬼嗑；第二，接触人要注意。社会上，利益第一，很难交到真心朋友。不是什么人都能交，什么酒都能喝，什么事都能办的。与人相处，要有立场、界线和分寸，更要掌握法律、纪律和原则，要有底线，过线的事坚决不能办。现在的人很坏，要防备有些人背地里坏你。不怕没好事，就怕没好人啊！孙警长在这方面驾轻就熟，功夫很深。人没少交，但违反原则的事从来不办，这个度把握得很好。另外，林所对你三个月试用期比较满意，孙警长也说你人稳当，悟性高，是棵好苗子。从明天起，你不再与我共管一片了。你负责录像厅、包裹寄存处的管理。今天的酒算是给你壮行，明天起，你就单飞了。"

师傅的酒没少喝，话说得也很透。我的情绪也被他感染了，我举杯敬他说："师傅，您永远都是我师傅，将来何东如有出头之日，一定报答您的恩情。"

"傻小子，其实师傅没啥教你的，只不过在站前待的时间长点罢了。林所之所以让我带你，就是因为我人老实，他让你学本分点，怕你初来乍到，没啥经验，被人算计了。不过，师傅有些活法你别学，我的心思太重，太封闭，太小心，不适合社会发展形势，你年轻，要多交朋友，多沟通。今后，你多向孙警长请教，听说组织上正考核他呢，可能要派他到红石嘴派出所当教导员。用不了几年,他就能当上所长。"

"师傅,我感觉林所和曲教之间好像不太和。"

"现在的班子,大多面和心不和。他俩还算不错的,面上说得过去,没啥原则性矛盾。曲教是刑警学院毕业的,有两下子。不过林所功底太深,曲教根本扳不动他。可在林所之下,他还不甘心,只想把林所这尊佛送到大庙,他好出头。林所升官是早晚的事,曲教接班的可能性大,你两面都别得罪,多点头,少说话,谁的账都要买。尤其是曲教,既不像林所威严,也不像孙警长豪爽,城府很深。你还没入党,要多向他汇报思想,争取入党。另外,我发现所里开会时,林所讲话,你都记,曲教讲的不咋记,这不行,都得记。一旦曲教看出来,他会认为你拿他不当回事,这细节很重要。"

我终于分到责任田,管站前的录像厅和包裹寄存处。可我还未正式开展工作,就赶上全国范围的"严打整治"专项行动。这次"严打"自上而下,是自一九八三年全国"严打"以来规模最大的一次。省、市公安机关接连开会部署,城东分局也召开了全体动员大会,分局局长胡玉楼提出,要把这次"严打"成绩作为下次调整中层干部的依据。一石激起千层浪,事关乌纱帽,各一线领导都不敢大意。

如果没有这次"严打",市局将新提拔一批干部进副处。林所作为标兵所长、全国优秀人民警察,将顺理成章地升迁,可偏偏赶上全国"严打",处级班子调整推迟。这对林所是个不小的考验。所务会上,林所提出"大干一百天,拿下一百人,全市争第一"的口号,这意味着全所每个民警至少要抓获两到三名犯罪嫌疑人。曲教也明白此战对他前途的重要性，一扫往日的寡言，配合林所做动员。他亲自找我谈话，让我写入党申请书，在"严打"中体现自己的价值。

人无压力轻飘飘，可压力大了，滋味不好受。我们警区七个民警，根据年龄分指标，年龄越大，指标越少，年龄越小，指标越多。我最小，孙警长给了我抓获四名犯罪嫌疑人的任务，还说，这小子年轻，多干点，压不垮。看得出，他是在有意培养我。

我带着任务走在站前茫茫的人海中，不知从何处下手。我走遍了分管的录像厅、寄存处，没发现有价值的线索。管内发案子，我跟着上现场，跑前跑后地忙乎，可毫无所获。一周过去了，眼见别的民警线索不断，犯罪嫌疑人络绎不绝地被押回，我满嘴起泡，急啊！尤其一开所务会，林所公布一周战果，我是零，恨不能把头塞进抽屉里。

12

孙警长看出我抓不到人的急切和窘境，把我找到他办公室说："任何事物都有它的规律，破案子也如此，找到了规律，就找到了破案的路数。像你这样没目的地瞎跑，永远都上不了道，累死也抓不到人。站前这地方，指望发了案去破，难度很大。因为在车站一带作案的大多是流窜犯，干完就上火车了，上哪抓去？这条道行不通，咱们要走从人到案的路子，靠现行出活。今晚你带两个联防，跟我上'卡子'。"

当晚十一点，孙警长带着我们来到管内新业路与东兴街交叉口设卡，对过往嫌疑车辆和行人进行盘查。到第二天凌晨三点，我们已盘查了七十多辆车，一百多人，没发现什么。刚要收队时，发现三四十米外驶来一辆出租车，孙警长看了一眼车内的乘客，抬手将车拦住。孙警长将车门打开，我紧跟上去。

"警察，请出示您的身份证。"孙警长冲剃板寸头的男乘客说。

"没带，谁这么晚带身份证。""板寸"有点不耐烦地说。

"下车，我检查一下出租车。"孙警长命令"板寸"。

"板寸"下车的同时把右手伸进他的裤兜，孙警长闪电般地抓住他的右手，轻松地说："如果没猜错的话，你兜里有刀，千万别冲动，你的刀永远没有我的枪快。"

"板寸"的脸色变了，更加显得急躁而惊慌，起身要跑。

"何东，扑他，这小子有事。"孙警长大喝一声，狠狠地抓住"板寸"的手腕。我毫不犹豫地冲上去，抱住"板寸"的脑袋，将他摔倒。孙警长迅速在他裤兜搜出一把半尺长的三棱刮刀，好险啊！

我把"板寸"铐上，并在出租车内搜出一个 BP 机，据出租车司机讲，这是"板寸"扔在座位下的。

回所没半小时，"板寸"就招供了。一小时前，他和两个同伙在南市区抢了一个出租车司机的 BP 机，他刚和同伙分手，准备打车回家，谁知碰到了我们。我和孙警长一鼓作气，连夜将"板寸"的两个同伙抓获，一宿三个犯罪嫌疑人到位了。

高兴激动之余，我有些不解，孙警长怎么知道这车有情况呢？

"其实，发现、抓获犯罪嫌疑人并不难，关键在于发现异常，异常就是反常，反常的背后就有问题。再就是察言观色，察言就是听对手说话，有问题的人说话大多不正常，有矛盾的地方，抓住矛盾，让他无法自圆其说，破绽就出来了。观色就是看他脸色，要点是看眼神，眼睛是心灵的窗户，有事的人见到警察心都慌。心慌，眼神就慌，顺着慌摸下去，基本准了。当我与车内'板寸'的眼神相对时，他的眼神突然慌了，而且边看我边掏钱给司机，他这是想跑，正常人或没有问题的乘客见到警察后是不会惊慌的，更不会想跑。当然最重要的是抓捕，抓人时要果断、勇敢、快速。你刚才的抓捕动作非常漂亮，很专业，咱哥俩挺合手。"

孙警长把"板寸"等三个犯罪嫌疑人给了我，说这是我破案的"第一桶金"，让我一下就完成了四分之三的战役指标。更让我感动的是，为了培养我的自信心，他向林所汇报时，把发现情况，抓人都记在我身上，而他只是配角。林所在全所大会上，足足表扬了我五分钟，让我露足了脸。

不过，和那些老民警比起来，自己的差距还是不小，尤其是在老庞面前，我更是无地自容。老庞四十九了，个头一米六，体重不到一百一。"严打"开始后，也没见他贪黑起早，可他不到一个半月，竟抓获了二十二个犯罪嫌疑人。他哪来这么多线索呢？孙警长告诉我，老庞手下养着一批神龙见首不见尾，本领高强，屡见奇功的"帮办"。

"帮办"是帮助、协助民警破案的人。站前的外勤民警都有"帮办"。这些人个个都很神秘，从不讲真实姓名，都以外号相称。如"铁拐李""大柿子""大脑袋",他们只对所内某个民警负责。别看所里不给他们开工资,但他们以在派出所帮忙为荣。因为"帮办"在车站一带大多有点买卖,一旦有了派出所这个护身符,对他们的买卖有很大的帮助。不过,林所对"帮办"管得特严,谁要是打着派出所的旗号在外面胡来或干坏事,被所里抓住,轻则开除,永不录用,重则依法惩处,毫不手软。

"帮办"最大的能耐就是能无须伪装地混进站前任何一个角落和阶层,而且善于发现线索。用公安内部的话讲,能打进对手内部,获取核心情报。站前所的"帮办"中,名气最大、参与破案最多的要数"铁拐李"了。

"铁拐李"归孙警长管。他的大名叫啥,家住哪里,干啥的,连孙警长了解的都不全。之所以叫他"铁拐李",是因为他的一条腿有点残疾,走路一瘸一拐的。就这么个残疾人,竟然能接二连三地协助民警破案。

13

有天晚上,"铁拐李"和两个朋友在华艺剧场附近的小酒馆喝酒,见两个男青年领着一个七八岁的小男孩走了进来,小男孩进屋就哭。"铁拐李"觉得可疑,上前一问,两个男青年前言不搭后语,"铁拐李"和他的朋友将这两个男青年及孩子带回派出所。

原来,这两个男青年是宜春郊区乡下的。他们绑架了本村油坊主的八岁的儿子,刚写好敲诈八万元现金的恐吓信,就被

"铁拐李"抓到了。当民警将孩子送回村里时,因孙子丢了,一股急火险些咽了气的孩子奶奶竟从炕上跳下地,跪在民警面前就磕了三个头,管民警叫活菩萨。

知道"帮办"的厉害,我开始组建自己的"帮办"队伍,并悟出了建"帮办"的门道。最重要的一点是民警要利用自己的身份为"帮办"遮风挡雨,做他们的后台。"小丹东"就是我的第一个"帮办"。

"小丹东"的家在辽宁丹东,自幼父母双亡。他八岁从乡下流浪到宜春火车站,靠乞讨为生。十五岁时,他买了套擦皮鞋的家什,在站前擦皮鞋。他给我擦了两次鞋后,我们就熟了,也许都是从农村出来的,我俩特投缘。从此,无论是工商、城建的人撵他,还是站前的流氓欺负他,我都帮他摆平。"小丹东"说了,这辈子,只要东哥不要他脑袋,其他啥都能豁出去。

"严打"战役还有十来天结束时,"小丹东"气喘吁吁地跑到所里找我说:"东哥,刚才有个拎皮箱的中年人在我那擦皮鞋。看他那身行头像个老板,可他竟问我哪有小旅店,问话时还偷偷摸摸的。我把他安排到传福旅店了。"

我们马上来到传福旅店,找到这个中年人。当我亮出身份对他审查时,他把我拽到一边说:"兄弟,我是遇难之人,是华容道上的曹操,你能否学学关云长给我让出条道,我给你十万。"十万?天哪!这人一定是条大鱼,否则怎舍得花十万买条道。我没答应,将他带回所里。我打开他的皮箱,里面全是百元大钞,一查竟有一百八十五万。原来他是秦皇岛的无业游民,用假合同骗了一家企业二百万元,现金就有一百八十五万。他准备先在宜春躲一阵儿，没想到碰上了"小丹东"。凭这起案件，让我一战成名，市局给我记了个人三等功一次。

"严打"三个月，我逮捕了九名犯罪嫌疑人，是我们警区的头号"射手"，在全所排第三。所里战役中立功的只有我一个，初次参战就得此佳绩是我没想到的。说实话，我打心眼里感谢孙警长，他就像我亲哥一样，无私地扶植我。没有他，我出道的头三脚还不一定踢成啥样。

"严打"之初，为了表示打好战役的决心，我把行李从干妈家搬了出来，吃住在所里。战役一结束，我洗了个澡，拿着立功证书回老太太那，想给她一个惊喜。

当我敲干妈家门时，给我开门的是一个十八九岁的漂亮女孩。她一米六五左右的个头，一身海军服连衣裙，两个小辫搭在肩上，显得清纯俏丽，皮肤白里透红。最让人吃惊的是那双眼睛，仿佛一眨眼就会挤出水来，流露着妩媚，一双蓝色拖鞋上伸出一双穿着白袜的小脚。我有些看呆了，这个集性感、纯洁、美丽于一身的女孩是谁？

我的失态让她笑出了声，也许她已见惯了男人看她的阵势，先开口说："你是何东，一九七〇年出生，身高一米七六，金牛座。我奶奶的救命恩人，站前治安派出所的破案能手。"她怎么对我这么熟？她说我是她奶奶的救命恩人，那她一定是郑副书记的掌上明珠，老太太的宝贝孙女了。

"你就是郑文萱，上海复旦大学的大三学生。"我脱口而出。

"这孩子，都二十了，也没礼貌，一口一个何东、何东地叫，你得叫何叔叔。"干妈不知什么时候从屋里出来，看着我俩说。

"警察叔叔好，以后我在马路边捡到一分钱是不是得交到你手里呀？"文萱调皮地说。

"干妈，可别让她叫我何叔叔了，我才比她大两岁，各论各叫，还是叫我哥哥吧！"当时，我都不知道为啥会这么说，也许觉得我们之间会发生点什么故事吧！

"我看也是，哪有这么年轻的叔叔啊！"文萱在一边有点委屈地说。

"行，你们爱咋叫就咋叫吧！别在院里待着，快进屋吃饭。"

文萱自小在奶奶身边长大，对奶奶感情最深。这次放暑假，要在家住上一个月。据干妈讲，文萱是学校的校花，追她的男生足有一个连，可她看上眼的不多，好像和同学中的一个广东男孩挺合得来。

饭桌上，我向干妈讲起这次"严打"，尤其把我破的案子讲得有声有色。干妈特高兴，夸我干得好还说我到派出所锻炼这步走对了。文萱在一边听得入了神，那表情像是一个追星的女孩，不时地提出一堆问题。

"东哥，你怎么就知道'板寸'不是好人？你不怕他手中的刀吗？"

我把孙警长讲给我的那一套讲给她听，她连呼过瘾。警察破案抓人，刺激而又神秘，对文萱很有吸引力。

14

认识文萱之前，只有高一的女同学沈晓凤闯进过我的感情世界，但晓凤给予我的只有傲慢和轻视。进城当警察后，对城里的爱情世界有所了解，同事也给我介绍过两个对象，但见了第一面，就拉倒了，关键是没什么感觉。都快二十三了，我还没真正碰过女人。不过，毕竟处在青春期，倒是在梦里与女孩儿接触过、拥抱、接吻，荒唐到底，醒来感觉生理异样，直骂自己好笑。今天遇到文萱，这个美丽而又充满诱惑的天使，让我难以抑制内心的激动和喜爱。尤其她那坚挺的乳峰罩在内衣里，不安分地摆动着，仿佛随时都会破衣而出，让我惊叹。

晚上睡觉前，我刚要进卫生间洗漱，发现里边有动静，我从门缝一看，是文萱在里面冲凉，这是我第一次看裸体的女人，文萱的身体几乎完美。白嫩的皮肤、长长的秀发、高耸的乳峰，让我第一次领略到青春的力量和魅力，我几乎凝固地站在卫生间前。文萱洗完澡，穿上睡衣，洗她的白袜子。我敲了一下门，她把门打开，笑着说："东哥，一会儿到我房间，再给我讲几个破案故事，我没听够。"

"明天吧！晚上不好。如果我是你叔叔还行，是你哥嘛！这男女大半夜在一个屋，会让人说闲话的。"我故意试探她一下。

"封建脑瓜，假正经。"文萱瞪了我一眼，把袜子晾好，回自己房间去了。

我回到卧室，躺在床上，翻来覆去怎么也睡不着，我的眼前不时地闪着文萱的脸、眼睛、嘴唇、丰乳，还有雪白的脚丫。和文萱第一次见面，我给她的印象不错，她对我也有一些好感。不过，这好感是建立在我对她奶奶的救命之恩上，还是对我真的有感觉，还很难说。唉！文萱是省委副书记的女儿，名牌大学生。而我,一个小警察,农民的儿子。我们之间不可能,根本不可能,别胡想了。我紧了紧被子,很快就睡着了。梦中,文萱走进我的房间,躺在我怀里……那个梦,好香,好甜,真不想醒来。

文萱闯进了我的心里,使我萌生了恋爱的念头。让我惊喜的是,这个疯丫头对我这个警察哥哥有超乎寻常的好感。那时我们都没有手机,她几乎天天都往单位打电话找我,不是让我陪她逛街,就是请我吃饭,有时甚至买文胸之类的事她也不回避,让我陪着。

有天晚上,我们在加州牛肉面吃完面条,就去旁边的金城电影院,看张艺谋、巩俐主演的《古今大战秦俑情》。当影片演到冬儿投火自焚前把长生不老药嘴对嘴送进蒙天放嘴里时,文萱流泪了。她把头紧紧地埋在我的怀里,一股淡淡的体香袭来,将我陶醉。我把她搂在怀里,她那对结实、浑圆的乳房靠在我的胸膛,我们的心几乎同步快速地跳着。我情不自禁地低头吻了一下她的额头,文萱抬起头,看了我一眼说:"为什么不吻我的嘴唇?你没见蒙天放吻东儿的嘴唇吗?"

"傻丫头,吻嘴唇的是情人,吻额头的是哥哥。"

文萱瞥了我一眼,冲我做了个鬼脸。电影结束了,没想到在电影院门口,我俩碰上孙警长夫妇。我把文萱介绍给孙警长,孙警长上下打量了文萱后说:"好小子,在哪找到这么美的林妹妹?"弄得文萱不好意思起来。

第二天上班,我把我和文萱的事跟孙警长说了。他问我:"你到底喜不喜欢她吧?"

"那还用说。不过，她家是高干，我家农村，门不当，户不对。另外彼此的学历相差太多，没啥戏。这个暑假，我陪她玩玩，乐和乐和得了，想多了，自找苦吃。"

"错了，错了，你的思维完全错了。都什么年代了？还讲门第。她就是皇帝的女儿，也得嫁人吧！难道省委副书记的女儿非得找省长的儿子才算美满？封建残余。你呀，得抓住机遇，现在这个社会，容貌也是生产力，也能创造价值。你要个有个，模样有棱有角，双目有神，再加上这身警服，那叫酷！这就是本钱。你没见咱分局的唐副局长，八年前不过是个小科员，就因为找了个省公安厅副厅长的女儿，你看人家这几年，一步跟一步。我们当时是一起进公安局的，你哥这么扑腾才混个警长，副科级，可他已经是副处了。听哥话，抓紧时间把她拿下，到时生米煮成熟饭，也不怕他省委副书记不认可。"孙警长苦口婆心地对我说。

其实不用他说我也明白，攀上这么高的门第对我今后的路会产生多么大、多么好的影响。可现实不像他想象的那么顺畅、简单。我的命运已经转得够快了，能有今天多亏了干妈一家。如今，再去惦记人家的宝贝丫头，有点癞蛤蟆想吃天鹅肉，有这种想法都是罪过。老太太和郑副书记要是知道，他们会怎么看我？让我如何再面对他们，我还是消停点儿吧！

打这以后，我干脆住在所里，不回干妈家。文萱打电话约我，我总找各种借口推掉。她也感觉到我的冷淡和回避，可我越不主动，她在我面前越不自信，好像她不如我。没想到我的冷淡反而刺激了文萱。

15

一个周五的下午,我接到文萱的电话,她说老太太想我了,晚上炖笨鸡,让我回去。一想到老太太,我没想太多,一下班,就回到干妈家。

院门没锁。我一进楼,就感觉不对,转了半天,干妈、王姨都没在。最后在厨房,我看到扎着围裙的文萱,她正往锅里放调料。看见我,她诡秘地一笑说:"怎么,非得奶奶调你才回来?我这个小公主调不动你是不?"

"不是,不是,干妈呢?"我边解释边问。

"省政协组织老干部去大青沟旅游。奶奶坐车坐怕了,本来不想去,让我给劝去了。"文萱边往嘴里塞块鸡肉,边说。

"王姨呢?"

"她儿媳妇生孩子,我给她放了三天假,回乡下去了。"

"就剩咱俩了?"

"对,我爸在外地视察,妈妈晚上有个手术。家里就剩下我一个弱女子,今晚全靠你这个警察保护了。"看来,我只有在家陪她了。

文萱的鸡肉炖得很香。她从酒柜里拿出一瓶洋酒,法国货,是郑副书记出国时带回来的。我们说好一人一半。这是我第一次喝洋酒,酒味怪怪的。一瓶下去后,文萱起身,又开了一瓶。我本不胜酒力,加上不习惯洋酒的味,感觉有点晕,想离开酒桌,又怕文萱笑话。我在男人与警察的尊严下硬撑着,到后来,实在撑不住了。我迷迷糊糊地离开酒桌,躺床上睡着了。

不知过了多久我醒了。原来我躺在文萱的大床上，脸上敷着凉毛巾。我拿开毛巾，起身一看，文萱正在不远的沙发上看电视，两条修长的腿和穿着白袜子的脚丫搭在脚墩上。

"臭丫头，到底给我喝多了。"我挣扎着起身。

"哈哈，醒过来了，就这么点酒量？还指望你保护我呢。这酒量，当警察就不合格。如果让你打进黑社会卧底，赶上喝酒，让人家给灌醉了，赙等把自己的真实身份暴露了。还得练哪，我的警察哥哥。"文萱边揶揄我边倒了杯温水送到我跟前。

"我得罚你，害我醉酒。"我冲她做了个恶狠狠的动作。

"咋罚呀？"文萱用挑战的口吻问道。

"我要好好胳肢你。"说完我把文萱按在沙发上，摸她的胳肢窝。她说过那是她的软肋。我还没碰到她，她已经笑得不行，边笑边躲。不经意间，我的手摸到她的胸口，顿时，天、地、人混为一体，我已无法再控制自己。

我把文萱压在身下。她的嘴唇被我的唇盖住，几乎喘不上气来。她的嘴里还留着洋酒的味道，不时地把舌头送进我的嘴里，翻滚着。我一边含着她的舌头，一边脱去她的衣服。乳罩、内裤、白袜飞到一边，青春的气息扑面而来，夹杂着生理的咸气……

"你是第一次吧？"文萱趴在我胸口，红着脸问我。她一下子点中了我的死穴。

我没正面回答,怕她嘲笑我,反而装作一副久经情场的样子，既不承认，也不否认，抿着嘴，幸福而得意地笑着。

"你爱我吗？"文萱接着问道。

"不爱。"我都不知道为什么会这么回答。

"为什么？"文萱有些吃惊，也许还没有哪个男孩这么对她说。

"你是名牌大学生，省委副书记的女儿，老革命的孙女，又年轻漂亮，简直就是时代的宠儿。而我呢，家在农村，是个小警察，高中都没念完。我根本配不上你，只能说不爱。"

"可我爱上你了。我在上海时就听奶奶夸你，说你放着大姑娘不救，却救了她一个老太太，就凭这点你也是好样的。我想暑假时一定要会会这个救老太太的男人。说实话，一见你面，就被你迷住了。我见的帅哥多了，可你和他们不一样，你身上有一股味道吸引着我。"

"味道？"我有些不解。

"对，还有你的眼神。你的眼神跟别人不一样，看得深、透、狠，好像能把人看穿似的。"

文萱的回答让我有些惊讶。

"这回我人都给你了，你怎么对我呀？"文萱钻进我怀里，撒娇地说。

"今生今世愿听公主调遣，上刀山，下火海，在所不辞。"我做出一副大义凛然的样子。

"油嘴滑舌。你在电影院吻我额头时，我还想，这小子真行，挺住了。换成别的男人，还不把我当猪手舔得干干净净的，没想到才隔几天你就成了一只大色狼。"文萱使劲地掐了我脸一下。

我再一次被她的娇嗔激活，这回我轻松了许多，不那么紧张，一切都顺其自然。此时的文萱已不再是省委副书记的女儿，名牌大学生。她只是一个女人,我的女人。这一晚,我们几乎没睡多少,轻微的刺激都让我们纵情宣泄。

第二天早上,我到单位。孙警长端详了我一会儿说:"小子,脸色不对呀!发黄,好像瘦了一圈,昨晚是不是到极乐世界去了?"

"没,没有,有点感冒。大哥净拿我开涮。"我连忙掩饰。

"得手了吧!你小子骗不了我,都从那时候过来的。你将来要是成了省委副书记的乘龙快婿,前途似锦时,可别忘了我推波助澜之功啊!"我见瞒不过他,嘿嘿地傻笑着。

"先别说这个,一会儿到金皇后洗浴中心三个六包房,有事跟你说。"孙警长说完先走了。

"市局要调整处级班子了。"我一进包房,孙警长就对我说。他穿着睡衣,坐在沙发上,品着茶。屋里没有别人。

"处级班子?跟我有什么关系吗?"我觉得处级和自己的距离太远,刮不上边。

"你呀!木讷,缺乏政治敏锐性,关系大了。昨天市局政治部的哥们告诉我,这次市局共有三十二名处级干部'一刀切',也就是说要腾出三十二个处级位置。"孙警长点燃一根烟,吐了一个大大的烟圈。

"别说三十二个,三百二十个也轮不到我呀!"我边笑边答。

"三十二个处级位置倒出来,将有三十二个正科级干部进副处,咱所的林所长是副处后备,这次要提拔他到南市区公安分局任副局长。林所一走,咱所谁当所长?新所长是你的上司,关系到你入党提拔,你咋说这事跟你没关系呢?"

16

"噢,这么回事,太有关系了,我还真没想这么远。"

"曲教这段时间活动得厉害,据说他找了市里一位大领导为他说话,工作已做得差不多了。曲教即使不原地提拔,也会安排到其他所当所长,这样咱所教导员的位置就倒出来了。之前,分局想让我到红石嘴派出所当教导员,可那所又远又穷。这回我不想去红石嘴了,争取咱所教导员的职务。"孙洋点燃一支烟,吸了一大口说。

"大哥要是在咱所当上教导员,所里就有人罩着我了。需要我做啥,您直说吧。"

"老弟,你到所就跟着我,我拿你也不当外人,你给我帮个忙,在所里散散风,就说我要到红石嘴派出所当教导员,风吹得越大越真越好。"孙警长低声说。

"行,为啥这么做?"我有些不解。

"现在争曲教这个位置的人不少,其他所的教导员、警长有争的不说,就说咱所那四个警长吧,贺警长年龄偏大,已没了雄心壮志,他不会参与的。剩下这三个,都不是省油的灯,都在暗中用劲。你这风散下去,会转移他们的注意力,让他们觉得我没和他们竞争。否则,用不上几天,市局、分局纪检部门就会收到反映我各种问题的黑信。以前就出过这样的事,平时都挺好的,风平浪静。一要提拔、调整干部时,黑信就出来了。一封信,八分钱,能让纪检查半年。昨晚,分局纪检组的薛干事告诉我,纪检已收到关于谢警长违法违纪问题的举报,让我注意点。"孙警长的声调更低了，生怕门口有人偷听。

天哪！这么复杂。市局一个"一刀切"竟会引起上上下下这么大的震动。

"大哥，按理说，提也应提你。我打听过，你连续三年在分局警长考评中都是第一。如果不提你当咱所教导员，那还有没有公道了。"我觉得孙警长的政绩没的说。

"你呀！说白了，还嫩，不成熟。你对现在的事还不甚了解，提拔重用一名干部是多方面因素的综合，首先，得有政绩，不一定多突出，反正得差不多，太差了肯定不行；其次，后台要硬，要有分局长一级或比分局领导还大的领导给你说话，也叫推荐；第三，不能有'硬伤'，比如说近几年来违纪受过处分；第四，要有好的人缘，民主测评起码要及格。当然，这得是在风气比较正的单位。若是单位一把手作风不民主，独断专行就完了。什么政绩，民主测评，'硬伤'啊！说一千道一万，关键在于分局一把手想不想用你。"

我离开"金皇后"往所里走，边走边寻思怎么帮孙哥把风散出去。我刚进所，内勤许月告诉我，有个姓郑的女孩让你一回来马上往家回电话，有急事。是文萱，这丫头准是又想我了，我拨通了干妈家电话，文萱接的。

"警察哥哥，你去哪了？急死我了。马上给我订一张明天回上海的火车票，我得提前回校。"

"又胡闹，还有两周才开学，回去这么早干吗？是不是学校有男生催呀？"

"刚才校学生会主席给我来电话，为迎接教师节，学生会准备搞一台慰问老师的文艺会演,我是校学生会文艺部部长,必须早回去准备一下。"

"真的?"我有些着急了,心里舍不得她早走。我们的爱刚开个头,她就要走,真够郁闷的。

"晚上奶奶张罗全家人吃顿饭,为我送行,要你来。爸、妈也来。你早点回来。"文萱说完,把电话挂了。

我赶紧去订票处订了张去上海的卧铺,随后,又来到站前玩具商店,给她买了个玩具熊。她说过她最喜欢玩具熊,还说我的脚像熊掌。我让她把熊带在身边,看见熊就会想起我。

晚上,全家人坐在饭桌边。郑夫人提议喝点酒,并到酒柜取了瓶红酒。郑副书记的心情不错,喝了两小杯。一想到初恋情人要走,而且要四五个月后的寒假才能见面,我心里酸酸的,很沉重。我的脸有些阴,表情发木。文萱看出我的心事,怕郑副书记觉察出什么,悄悄用脚踩了我一下,我马上就明白了,为了掩饰自己的心事,我提了一杯酒说:"何东从一个农村孩子,到能穿上警服,到立功受奖,这一切都是干妈一家的恩典,我一定要报答干妈和郑哥的恩情。祝干妈健康长寿,祝郑哥和嫂子永远幸福,祝文萱学有所成。"说完,我一饮而尽。郑副书记和我碰了一下杯,也干了。

"文萱,回校后一定要考过英语四级,将来毕业英语不过关,工作都难找啊!对了,在校处没处男朋友啊?"郑副书记边嘱咐边问。

"追我的人多了,可看上眼的没有,放心吧!老爸,我一定牢记您的教导,重视学业,不处朋友,一辈子不找。"文萱做了个鬼脸回答。

"现在的男孩子,优秀的少,平庸的多;正派的少,花心的多。我劝你找个学历高,人品好的,最好是个博士。家境,钱财都无所谓。"郑副书记喝掉半杯酒,起身去了卫生间。

文萱没言语,偷偷地望了我一眼,在桌下又踩了我一脚,她是让我品她爸最后这段话。

17

饭后,郑副书记夫妇回自己家了。干妈因前两天去旅游像是累着了,不到八点就睡了。王姨忙完也回到自己的小屋。文萱在自己的房间收拾完东西,光着脚,穿着睡衣推开我的屋门,我冲过去,把她抱在怀里,狠狠地吻着她的嘴唇,文萱边吻边把门的暗锁锁好,我们吻着拥到床上。

"明天我走了,你会想我吗?"文萱把头放在我的胸前,边听我的心跳边问。

"当然,我现在就有些受不了了。你一走,我的精神支柱一下子就会塌下来。没有你,我怎么过呀?"这是心里话,我已经深深地爱上了这个丫头。

"我爸的话你听见了,他喜欢那种有学问的。从现在起你要努力了,懂吗?如果你还是个小警察,别说立三等功,就是一百个一等功也没戏。我爸喜欢学者型的,我走后,你就去报自学考试,争取拿下本科文凭。还有英语,我爸的英语特棒,每次带团出国,他都不用翻译,你要是能用英语和我爸聊天,就不怕他不认你这个女婿了。对了,把这个戴上。"文萱边说边把脖子上的一块玉石摘了下来,戴到我的脖子上。

"这是我的护身符,在云南买的。玉石在《说文解字》上被称作神石,代表仁、义、智、勇、法五种德行。你戴上它,一能随时想起我,不忘这段情,二是要做到仁、义、智、勇、法,做一个出色的警察,一个学者型的警察。"我把文萱紧紧地搂在怀里。

文萱走了。我没有去车站送她。因为郑副书记两口子都去送。我担心我俩离别前失态,让郑副书记看出来。都说初恋才是人一生的最爱,最珍贵的,我深深地体会到这一点。文萱走了,我的心也被她带走了,像丢了魂似的,除了想她还是想她,想她的笑容,想她的调皮,想她娇小的脚丫,想我们在一起时的激情。不过,稍微冷静下来,我很担心,文萱那么漂亮、多情,追她的人太多了,还有那个广东男孩。我虽然得到了她,但心里总不踏实,有一种自卑感在作怪,感觉配不上她,我们也许只有短暂的激情,而不会有长久的爱情和婚姻。不过,无论怎样,这段初恋已让我刻骨铭心,郑文萱三个字已刻在我心里。

我努力调整初恋分别后的痛苦和迷茫,强迫自己回到没有文萱的世界。孙警长在"金皇后"跟我谈的事,我没忘。我按他的意思有鼻子有眼地把他要到红石嘴派出所当教导员的风散了出去。孙警长也在不同场合流露出要离开站前的意思,回味在站前六年的工作时光,充满了离别前的伤感和留恋。我和孙警长的这一套组合拳打出去后,的确起到了烟幕弹的作用。连红石嘴派出所的人都四处打听孙警长的为人咋样。所里王、李、谢三个警长放松了对孙警长的警惕,全力争夺教导员的位子。

竞争的残酷性超乎我的预料。没过几天,分局纪检派出工作组进驻站前所。工作组秘密地找个别民警、"帮办",还有管内的业户谈话,做笔录。我私下里打探明白,工作组是来查王、李、谢三位警长的。因为市局纪检组收到有关三位警长的举报信。信虽是匿名的,但反映的问题却很严重。反映王警长在车站养了五个倒火车票的,充当保护伞,从中收取好处费;李警长在办理一起治安案件中,收了当事人委托中间人送的四千块钱;谢警长的事最大,说他和两个"帮办"在出站口,抓获一名逃犯,并在其身上搜出五万元现金,在押解逃犯回所路上,谢警长使了个眼色,两个"帮办"假装系鞋带,故意露个破绽,让逃犯跑了,他们仨人将钱分了。

不难看出,这些信是在竞争教导员这一背景下发出的。所反映的问题只有所内同志才能掌握这么多,这么细。可见,这次大规模的举报极可能是三个警长背地里搞的鬼。他们都想除掉其他两个竞争对手。我暗自佩服孙警长的超常预测,他的烟幕弹使自己避开了这场恶性竞争。

工作组忙了一周,取了不少材料,但没查到证据,只得做出一个事出有因,查无实据的结论。三个警长勾心斗角,暗中使坏,看似高明,却搬起石头砸了自己的脚。他们这阵内耗和纪检调查,使他们丢分不少。尤其在民主测评中,他们仨的优秀票都很少,而且彼此差不多。唯有孙警长悠闲地坐山观虎斗,获益最大,测评优秀票高居五个警长之首。

一周后,分局公布了处级及科级干部调整的结果。林所长升任南市分局副局长。曲成任站前治安派出所所长。孙洋任站前治安派出所教导员。王、李两位警长调离站前,与城西派出所两位警长对调。贺、谢原地未动。城南派出所的吴宇蒙警长调到我所,接替孙洋,成了我的顶头上司。孙洋大摆迷魂阵,使他成了这场竞争中的大赢家。当大家向他表示祝贺时,他表现出十分意外的样子,连说两个没想到,只是说他年龄大了,在站前时间长,领导照顾而已。

18

孙警长变成孙教导员,正科,成了所里主要领导。这对我今后的成长大有益处。但也有一丝遗憾,如果自己是党员,警龄再长一些,没准孙警长的位置就是我的。不过,我觉得孙警长的升迁背后肯定有内容,绝非他说的年龄大,领导照顾他而已。"铁拐李"是孙教的心腹,也是个小灵通,了解其中的奥妙,帮我解开了这个谜。

市局调整处级班子。城东分局林英男等三名同志荣升副处。站前所长的位置顿时炙手可热。谁坐上这把交椅,意味着这个所只要不出大事,用不了几年,所长就能像林所那样晋级。分局共有六个正科级干部竞争站前所长。通过考核测评,这六个人都相当优秀,不是在全局岗评中名列前茅,就是立过大功,当过标兵。在这样的形势下,后台和关系就显得十分重要了。曲教通过宜春市委的副秘书长找到程宇光,程宇光说话,曲成才坐上这个位置。分局胡局长原打算安排我所的李警长当站前的教导员，因为李警长的大哥和胡局在部队是战友。可反映李警长的举报信好几封，虽没查实，但如果带"病"提拔，党组会很难通过。胡局考虑到站前标兵派出所的重要性，准备将分局政治处副主任徐清派到站前所任教导员。在这节骨眼，城东区区委书记徐国章打电话给胡局，开门见山地谈孙警长就地提拔，并说是推荐贤能。胡局说公安局内部有条不成文的规定，大所教导员尽量从小所教导员中选，而大所警长最好先到小所当教导员，这样能平衡干部心理，调动干部积极性。孙警长提一格，变成教导员没问题，但要先到小派出所任职。徐书记说，连续三年考评第一都得不到重用，还得论资排辈？他放下句话，孙洋哪也不去，就在站前所，要么当教导员，要么还当警长。徐书记的话很重，胡局长别无选择，只得打乱事先的安排，重新洗牌。孙警长终于原地拔起。徐书记之所以肯为孙警长说话，是因为孙警长的爱人是市实验中学的校长，而徐书记的两个公子都在这所学校读书。

俗话说，人一当官脸就变。其实，人当官后，不光脸变，其他方面也在变。这点在孙教身上特别明显。孙洋当警长那会儿，身上的衣服板正的时候少，皮鞋上经常蒙上一层灰，头发乱蓬蓬的，没个形，走起路来风风火火，三步并两步，说话嘎巴脆，笑声不断，玩笑不绝，总爱拿同事开涮。"升教"后，孙洋变了个人，穿的无论是警服，还是便服，都干净、整洁，熨得平整，连个褶都找不到，皮鞋锃亮，头发也拾掇得有形有缝，走路的步伐明显慢了，说话的语气平缓了，玩笑不开了。以前请孙教吃饭没啥说道，现在则不同。他要问都有谁参加？谁是主宾？

去哪家馆子？有没有包房？

　　孙教的地位高了，待遇也上去了。所里的两台轿车，配给孙教一辆，还配了司机。他想去哪，动下嘴就行。人还没下楼，车已发动着了。最让孙教开心的是，他的住房也解决了。正在我所管内搞房地产开发的港口集团的宋总主动到所里和新领导见面，因为他的公司下一步拆迁、建设的任务很重，需要所里配合。当宋总听说孙教还住平房时，马上拍板，将孙教的平房收回，在市中心新开发的小区，为孙教换一套九十五平方米的楼房，扩大面积款只要再交七千元。

　　看着春风得意的孙教，我感受到这里面的魔力与神奇。孙教不过是副科变正科，可转瞬之间，地位、待遇、尊重、好处接踵而来。想到干妈，虽然离休了，但余威不倒，在家里随便打个电话，就能办成事。

　　曲、孙上台不久，就对全所民警岗位进行了一次大调整。我所的岗位分为热点、重点、一般三种。热点是指管理宾馆、洗浴、歌厅、个体旅店等娱乐场所、特种行业的岗位，管热点的民警权大，受人关注，实惠多，但也容易出毛病、犯错误；重点是指管理包裹寄存处、录像厅、大小商场等单位的岗位，一般是指工作内容单一、枯燥，权力小，不受人关注的位置，如夜巡、打击夜盗现行等。一朝天子一朝臣，曲所上台，来了个大掉个，以前管热点的林所的忠实部下刘成军、肖月强、史晋成、齐栋全都调到重点和一般岗位。曲成当教导员时就紧跟他的民警段誉、程立剑、陈英树都从一般到了热点。我因有孙教说话，也到了热点，负责个体旅店的管理。

曲所的大调整引来全所大地震。几家欢乐几家愁，有的民警喝酒庆贺，有的借酒消愁，拍桌子骂娘。刘成军他们四个直接到南市区林副局长那骂曲成，说他记恨他们过去与林所走得太近。如果林局在城东分局当副局长，曲成根本不敢这么做。

19

面对调整后的混乱，曲所召开了一次全所民警大会，就岗位调整及他的执政思路做了精彩的演讲。

"有人说一朝天子一朝臣，林所走了，他的人就不吃香；我上来了，我的人就得宠。真是笑谈，这不是封建王朝，是共产党领导下的公安派出所。刘成军他们四个在热点干了三年，在分局岗评排名，从没进过前三，对洗浴卖淫嫖娼打击不力，个体旅店'颠山炮'的事屡禁不绝，不该调整吗？这次岗位交流，依据的不是和所里领导关系的远近，而是政绩。段誉、程立剑在分局岗评中连续两年进入前五名。陈英树撰写的关于强化站前大治安格局的论文在市局获得了二等奖。何东到所里不到一年就立了个三等功。这样的人上热点，有什么不行呢？"

曲所讲到这，狠狠地敲了一下桌子，他的情绪很激动。

"下面，我代表新班子对全所同志提三点要求。第一，组织上让我当所长，肯定有组织上的考虑和道理，所以，大家必须服从命令。你要有能耐，坐我这，我肯定听你的。第二，搞好团结别整事，我和孙教及其他几位警长没有任何矛盾。我们的目标很一致，保持站前的荣誉，再创新的辉煌。我们承诺，不搞帮派，一视同仁，冲成绩、冲岗评说话。我喜欢干事，不喜欢整事，那些好琢磨人的、写黑信的、传谣的，一旦被我抓着，要么你走，要么我走。第三，要干干净净。大伙都不是第一天当警察了，我们穿上这身警服不易，挣这点钱更不易。大多数同志上有老，下有小。做事一定要讲究章法。咱们不讲大道理，别说对党、对事业负责，只要对你自己、对妻儿老小负责就行了。一旦违纪被开除，违法进监狱，我们怎么面对家人呀？一家老小怎么办哪？我就讲这些。"曲所讲得很精彩，全场没有一点声音，大伙被他的道理和气势镇住了。尤其是刘成军他们，被曲所击中了成绩不佳的软肋，低着头，无话可说。

  站前一带究竟有多少家旅店，谁也说不清楚。我从前任管旅店的肖月强手中接过个体旅店登记簿，上面有名有姓、证照齐全的是九十六家。可实际上不止这个数，因为无执照不挂牌的黑旅店太多。这些黑旅店以"颠山炮"为主业，就是通过色情勾引客人，敲诈勒索，抢劫钱财。有个顺口溜描写这些黑店，十分贴切：

  站前旅店说道多，没牌没照也能活。
  靓妹接站难抵挡，半夜小姐钻被窝。
  壮汉捉奸要钱财，不拿钱来走不脱。
  事关风流难启齿，酿杯苦酒让你喝。

  许多旅客，尤其是初进城的农民，没见过世面，更谈不上经验。一旦住进黑店，没几个能平安出来，都让黑店老板敲诈或抢劫一空。有的人被抢后,怕砢碜,不敢报案。真正到派出所报案的不到二十起,可实际发案远不止这个数。

其实,也不是管不住,收拾不了。关键是开黑店的人背后都有一定的背景,这些背景和派出所的人挂了钩,就难整了。肖月强管了三年,破获的"颠山炮"案件只有三起。曲所说,之所以让我管旅店,其中一个因素就是我来所时间短,接触关系不复杂,在管理旅店打击黑店上下得了手。他让我利用好这一优势,在收拾"颠山炮"上早出成果。

让我意想不到的是,在我接收个体旅店的当天,分局刑警队的副队长潘越请孙教、吴警长和我吃饭,说是和刑警队的几个弟兄聚聚。我和潘队只有一面之交,不明白他的用意,就问孙教我该不该去。孙教说,潘队在城东区是个人物,为人豪爽,好交朋友,他的面子必须给,让我必须去。

当晚,潘队在聚仙楼酒家准备了一桌丰盛的佳肴。很多菜我都叫不上名,最贵的一道是鱼翅,一百六十元一碗,像粉丝汤似的,喝起来特爽口。潘队举起头杯酒,嗓音洪亮地说:"首先,感谢站前几位老弟赏脸,光临晚宴。大伙都不知道,我和孙洋是发小,光腚娃娃。我兄弟这次由警长变教导员,不易呀!俗话说,士有百行,以德为首。我弟能有今天,关键是他为人做到那了,在此表示祝贺。另外,结识了一位新朋友,何东。听说何老弟当巡警不到半年就出巡警的门,全市派出所随便挑,到站前仨月就拿下携带一百八十五万现金的逃犯,立了三等功,堪称警界新秀啊!这样的干将,我早晚得把他调刑警队去。"

"去行,但你得给安排个一官半职的。如果当个小队员,成天跑腿，就不去了。"孙教接过话说。

"行，就按孙教说的，何东到刑警队就任职。来，为刑警队和站前哥们的聚会干一个，我先给大家打个样。"潘队一仰脖，一杯白酒进去了。同来的刑警见队长干了，也都一饮而尽。孙教、吴宇蒙都喝了。

我的酒量属于不喝正好，一喝就多。这一杯下去，少说也有三两酒。我有点打怵，举着杯，直摇头。

"何东，啥意思？潘队、孙教都干了，你咋不喝？"吴警长举着空杯看着我，仿佛在说，刚才潘队把你夸得都够当局长了，怎么这点酒还下不去。吴宇蒙只有二十八岁，市警校毕业，是分局最年轻的警长。

"不是，我的酒量有限，能不能分两次下去？"我用求情的眼光望着潘队。

"男子汉，抬手就干，怎敢在潘队面前讲条件，不懂规矩。"孙教红着脸训我说。

我张开嘴，把一杯白酒倒了进去。几乎还没感受到酒的味道，它已经进肚了。那一瞬间，我觉得自己一下子高大了许多，警察、英雄、好汉、爷们，这些豪迈的字眼在我头顶盘旋。能与这些大哥平起平坐地喝酒，对我来说是件幸事，看着潘队、孙教，我仿佛看到我的未来。

20

那晚的酒喝到最后乱了套，你敬我，我敬他，都多了。分别时，潘队的司机把我拽到一边，拿出两条良友牌香烟塞到我怀里说："兄弟，这是潘队送你的见面礼。"

"不行，无功不受禄，绝对不行。"我虽多了，但一见烟，脑袋清醒了许多，感觉不对劲。

"别推了。潘队的小姨子在站前开了个家亲旅店，以后你多罩着点就是，这烟是潘队给的，不犯毛病。"说完，他开车拉着直打晃的潘队走了。这是我第一次收礼，心"怦怦"直跳。这也许就是权力的作用吧！自己头无一顶乌纱，位虽不高，但权重。否则，潘队会看上我这个小警察吗？

继潘队之后，几乎每天都有各方人士约我吃饭，说是想和我交朋友。在我管个体旅店之前，可没有几个想和我交朋友的。我明白，他们要交的不是我这个人，而是我手中的权力。对这些有所图的邀请，我都回绝了。一则我觉得这些人目的不纯，二则吃人家的嘴短，吃完饭，下步工作没法开展了，岂不辜负了领导对我的期望。

我决定在个体旅店烧起三把火，一连三个晚上，突击检查。不查不知道，一查吓一跳。站前个体旅店的混乱程度比我想象的还严重。有的制度形同虚设，一些业主为了赚钱，无身份证的都敢接。我毫不手软，查出一个，处理一个，三天罚了十二家。

这一手，对站前旅店触动很大。不过，这些店主不是在如何改正毛病、守规矩上下功夫，而是认为没和我处好关系。找我的人更多了。就在我一如既往地回绝之时，"铁拐李"到所里找我，一脸严肃地对我说："兄弟，论身份，你比我高，你是穿制服的警察。我呢？帮忙的。不过，我在站前这个江湖混了十二年，看得透透的了。我有几句掏心窝子的话想讲给你。你要是觉得有道理，就往两耳进一进，要是认为没道理，全当我放屁了。"

"你说吧！这么长时间了，你啥人我还不知道。过去你没少帮孙教，以后多帮帮我。"我不知他要说什么，但感觉他很认真，也很坦诚。

"管旅店哪，要讲究方法。你前几天罚了十多家无证住宿的，这叫抓小放大。正确的打法应是抓大放小。抓大就是抓住那些黑店和'颠山炮'的，往死收拾。该抓的抓，该查封的查封。放小，就是对个体旅店中的无证住宿、登记不全等小问题睁一眼，闭一眼，只要没把杀人犯接回来住就行了。你管得太严、太死，既不符合站前实际，又没抓住要点，被罚的骂你，领导也未必满意。另外，我听说谁找你、请你都不去，给你送礼、送钱也不收。你以为你是谁？你买东西不花钱哪？肖月强他们为啥不愿离开热点？断了他们的财路啊。再说了，就你一个月那点工资，够干啥的？放着朋友不交，送到手的钱不要。这不有毛病吗？徐厚知道吧？前两天差点没郁闷死。他从不收黑钱，可有什么用啊！他女儿上初中，想去名校，择校费不用说，给中间人的好处费就两千。不给？行吗？他老丈人阑尾炎手术，给主刀的医生红包就五百元，麻醉师二百元，敢不给吗？甭说主刀的，麻醉师那关都过不去。他打麻药不够量，疼死你。"

"铁拐李"的直率让我吃惊。想不到我的三把火烧出这么多毛病。我的铁面无私和一身正气竟暗藏着这么多的问题。

"你说得有理，有些地方我得改，可睡凉炕，收黑钱，早晚是病，一旦漏了，扒警服不说，我没准都得进去。"

"你呀！还是当警察时间太短，没经验。你不利用现在手头有权多弄点钱还等啥时候呀？一旦你没权了，谁理你呀？在这个圈里，想交下几个推心置腹的朋友，难！利益第一，友情其次，有利益就有友情，没有利益就没有友情。"

是啊！回想我在农村种地做豆腐的日子，再想想我当警察后回乡，天差地远。管旅店前，谁认识我何东。一管旅店，不仅刑警队长把我当兄弟处，而且一下子冒出那么多想和我交朋友的。为利而来，为势而交，来者目的不纯，我还装什么正经？我不收黑钱，岂不是便宜了他们，亏了自己。人无论如何不能和钱过不去呀！"铁拐李"的一番肺腑之言让我认清了权与钱的关系，也认清了社会某些人的丑恶嘴脸。

热点岗位，众人关注的焦点，尤其是周围人对我兴趣的激增，让我惶恐而又难以承载。以我现在的道行，要想既干得出色，又左右逢源；既捞到钱，又不翻船，难上加难。更让我头疼的是，我跟吴宇蒙警长总也合不上拍，缺少和孙警长那样的默契和信任。我看不惯他少年得志的傲气、神气。他可能看不上我初露锋芒、咄咄逼人的架势。我曾试图扭转这种局面，毕竟，他是我的领导。可他不愿与我沟通。我只好任凭这种僵硬发展下去。好在孙教罩着我，他还不能把我咋样。

21

一百多家旅店，由我一人管，我实在有些力不从心。我决定找个帮手。思来想去,"铁拐李"挺合适。一方面孙教升官后,不搞案子了,他跟着孙哥无用武之地。另一方面他最近主动向我靠拢,递送各种信息,有意跟我干。最重要一点是他对站前太熟了,主意还多。

我把我的想法跟孙教说了,孙教想了好一会儿才说:"好吧!让他跟着你吧。不过,我得提醒你,'铁拐李'不是一般人物。他的脑袋,你我捆一起都算计不过他。民警不敢做的事他敢做,民警不敢收的钱他敢收。他早就想往旅店摊上钻,目的很明显,捞钱。你跟他别太近了,要保持距离。同流可以,但不能合污。另外,别让他抓住你任何短处和把柄,一旦让他控制了你,你就危险了。发挥他经验上的优点,遏制他胆大、手黑的缺点,做到收放自如,千万别让他利用你,最后把你陷进去。"

"您放心吧!我会防备的。我年轻,干事业是第一位的,我寻思这人脑子里有数,点子多,能帮我在旅店管理上做出点成绩。"

"你的心思用这就对了。另外,最近有人反映你经常吃请,要检点。"

"知道。说实话,自打管旅店,我只出去吃过两回饭,一次是跟您,另一次是贺警长请客,把我找去了。"我边解释边想。我这么谨慎小心,可仍有闲言碎语,看来风口浪尖是非多呀!

"帮办"在所里都有档案。我和孙教履行了交接手续。"铁拐李"就是我的人了。他跟我后的第三天晚上,把我约到金皇后洗浴中心,开了个小包房,要了两瓶啤酒,四个小菜,和我喝了起来。酒喝到一半,他从兜里拿出一张画得密密麻麻的图递给我。我打开一看,图上标着站前个体旅店的名字和位置。"铁拐李"喝了口酒,脸微红地说:"兄弟,你我都是孙教的人,以后我铁了心跟你干了。这张个体旅店图送给你,算是见面礼吧!这张图,我是用三个颜色标的。红色的八家是官店,都是领导开的,由领导的亲戚打理。家亲旅店是潘副队长的。亚洋旅店是城东区工商分局马副局长开的。城东招待所是市公安局治安处伍副处长开的,喜洋洋是城东区副区长尹东升家的……这八家店你不能查。如果你动他们,只能是打不着狐狸惹一身臊。你不去查,这事肯定能反映到这些领导那,领导会认为你尊重他,拿他当回事,今后自然会关照你。"铁拐李"夹了粒花生米塞进嘴里,接着说:"看见这黄色的没有,数量最多,共有八十八家,都是有手续的店。黑色的不用我说你也能猜个大概,这十四家是没手续、没挂牌的黑店。'颠山炮'的案子百分之九十发生在这。"

"这张图太好了,我看比杨子荣献给坐山雕的联络图还有价值。"我举起杯,敬了"铁拐李"一杯,我干了,"铁拐李"也全干了。

"图给你了,咋干你心里应该有个小九九。不过算我多嘴,红的不能碰。黄色的你得多查、狠查,小毛病当大毛病说,这样他们才能拿你当回事,才能开窍。"

"开窍啥意思?"我有些不解。

"开窍就是挣钱大家花。他们没证的也接,有毛病的也让住,钱不能都让他们赚去。你勤去几趟,他们就会乖乖把银子揣你兜里。"

"可不能瞎整，尤其是你，跟我干行，乱整可不行，这话孙教说的。"我严肃地对"铁拐李"说，必须得给他树点权威，立个杠，防止他惹出乱子。

"放心吧！大哥做事准。你打听打听，我在站前啥品行。一我不乱来，二你不方便时闪开身子，有事往我身上推就行，我不是政府职员，啥都不怕。"

酒后吐真言，这小子真像孙教说的，胆大、敢干。

"对那些黑店，你就收拾。既有政绩，又对所领导有交代。用不上几天，咱们先拿下'韩老六'开的那家黑店，算是你管旅店后上演的重头戏。"

"'韩老六'是谁？""铁拐李"的这个想法与我不谋而合。拿黑店开刀是我，也是曲所的意思。

"'韩老六'以前是个卖苦力的，在火车站行李房扛大包，后来聚了一伙人，在车站倒火车票，今年开了家黑旅店，'颠山炮'。他的大名不知道，身板瘦，眼睛小，模样挺像电影《暴风骤雨》里的'韩老六'，他的外号就这么来的。你别急，等我摸好底，咱就收拾他。"

一周后的一天上午，我刚到单位。"铁拐李"来了，把我拉到一个空屋，关好门，低声说："昨晚，'韩老六'手下的接站女'小狐狸'把柳树县的俩农民接黑店去了。半夜，他们把俩老农兜里的钱全拿下了。这两个老农被我安排到小旅店住下了。"

"咋没领所里来？我先把被害人的材料取了，完了好找'韩老六'去。"我想，这下有抓手了。

"不行，'韩老六'跟咱所不少'帮办'和治安员不错。我要是把被害人领所里,'韩老六'就能知道信儿,他十五分钟就能把昨晚'颠山炮'的旅店搬走。这事儿你得这么办。"随后,"铁拐李"在我耳边讲了一番。

"嗯,高!就按你说的办。'韩老六'见到棺材,才肯落泪。拿下他就能镇住站前。"我握紧拳头说。

22

当天晚上七点多钟,我换上一套农村人常穿的旧衣服,故意把头发弄得凌乱,脸也弄脏了,拎个破兜子,而后从车站的边门进了站台,随着一辆刚进站的列车下来的旅客向出站口走去。一出站,我就四处寻找那个妆化得像鬼似的"小狐狸"。找到她,我就能进入"韩老六"的黑店,拿到最直接的证据。我向吴警长汇报了化装卧底的想法,他带着三个治安员和"铁拐李"暗中配合我。

"大哥,住店吗?我家店便宜、干净,还加褥子。"我正观望时,一个浓妆艳抹、身材略胖的女子来到我身边。这话听起来耳熟,和今天上午两个被害人的叙述惊人的一致。我再仔细一看,这个女人的左眼向上一点有颗黑痣,这是"铁拐李"和俩老农告诉我的"小狐狸"最明显的面部特征。正是她。

"那得多少钱一宿啊?"我心中暗喜,但表面上装出一副心疼钱的样子。

"一张床八元,还能洗澡,跟我走吧!""小狐狸"边说边拽我的手。

"好吧！但你们可不能忽悠人，说八元就八元。"我边说边跟"小狐狸"往南走。七拐八拐，走了七八百米后，我们进了一栋居民楼的一楼，楼外没有任何旅店的标志。这是一套两室一厅的房间，一共放了三张床，从床数看，这根本不像开旅店的。这属黑店无疑。"小狐狸"把我安排到一张床住下，问我："大哥，晚上加个褥子吧！睡得香。"

"褥子？这褥子不薄啊，不用加。"我装作不明白的样子。

"头回进城吧！加褥子就是晚上安排大姑娘陪你睡觉，城里的丫头，白嫩洋气，尝尝鲜吧。""小狐狸"像是介绍商品似的劝我。

"那可不中，我在家跟对象都相完门户了，俺对象要知道我在外面胡来，俺俩就得黄。如果因为这事黄的，我给她家的彩礼都要不回来。再说，俺兜里的钱是结婚买电视的，可不能瞎扯。"我故意抱紧了那个破兜子，好像那里面装了不少钱似的。

"死脑瓜骨，城里男人哪个没有三五个情人？我就不信，你那乡下对象比城里的大姑娘还好。"说完，"小狐狸"不高兴地走了。

我没脱衣，躺在床上，盖好被装作睡着的样子。晚上九点多钟，我的房屋门开了。走进一个人，我微睁开眼一看，来人光着上身，只穿短裤，是个女人。她钻进我被窝，搂住了我。"谁？你要干什么？"我边喊边顺手打开灯。

"你这该死的，想强奸我，让我以后怎么见人啊？"裸着上身的女子话音未落，门外冲进三个人。其中的一个瘦高个，一双眼睛又小又贼，看长相，他就是"韩老六"了。

"好大胆,竟敢强奸我媳妇,走,上派出所。""瘦高个"冲我喊道。

"谁强奸她了?是她自己进我被窝的,你没看见?"我争执着。

"这是我家。你私闯民宅,不是强奸是啥?""瘦高个"冲我吼道。

"这不是旅店吗?有个女的把我接来的。"

"旅店?旅店有不挂牌的吗?甭说别的,是私了还是公了?"

"私了怎讲?公了咋说?"我想听听他的了法。

"公了上派出所,送你蹲笆篱子(监狱)。私了吗?把你兜里钱都掏出来,赔我媳妇的名声。"

我装作害怕的样子,伸手从里怀往外拿东西。"瘦高个"以为我拿钱,谁知我拿出的是一把乌黑的手枪。

"他是'老便'(黑话,意为便衣警察),快跑。""瘦高个"边喊边往外跑。可是晚了,吴警长带人冲进屋。

"瘦高个"正是"韩老六"。连"小狐狸"、钻我被窝的女人及另外两名参与敲诈的犯罪嫌疑人一同被抓获。据这伙人供述,一年来,他们以接站为名,将被害人接到黑旅店,敲诈、抢劫十九起,获赃款五万多元。

"韩老六"团伙的覆灭,震动了站前。"铁拐李"画图上的其他十多家黑旅店一夜之间全部蒸发了。曲所对此案十分满意,在所务会上表扬了我们警区,重点提到吴宇蒙,说他初到站前就能沉下身去,调查研究,获取线索,智擒"韩老六"。曲所还要给吴警长报功,给我报嘉奖。

有没有搞错？这个团伙，查到线索的是我，乔装打扮，冒险深入黑店，取得直接证据的还是我。按照公安机关表彰奖励的规定，对在侦破重特大案件、团伙过程中起关键作用的同志应予以记功。打掉"韩老六"，起关键作用的是我，而不是吴宇蒙。曲所怎会给他报功，而仅仅给我报个嘉奖呢？会不会是吴宇蒙向曲所汇报时，冒功邀赏啊？一天后，分局简报出来了，写的是吴宇蒙带领民警何东苦心经营半个月，深入黑店，智擒元凶。主要成绩全是吴宇蒙的，而我不过是个随从。

我拿着简报，来到孙教办公室。

"大哥，这活儿没法干了。我查线索，又卧底，把'韩老六'拿下了，可这功成了吴宇蒙的了。他咋的？有这么抢功的吗？我明天就上分局找胡局长，掰扯掰扯这事。"我气得坐在沙发上。

"都多大了？还这么不冷静。有话不会慢慢说吗？你说的都是真的？"孙教起身倒了杯水递给我。

"大哥，我跟您快一年了，啥时在您面前说谎？不信你问'铁拐李'，这都是他的点子。"

"甭说了，我明白了。我说那天吴警长向我和曲所汇报时，怎么有些细节说不太清楚。当时我也纳闷，正常他应带着办案人一起汇报，可他自己来的。"孙教边回忆边说。

"大哥，这口气我可咽不下，欺负人哪！他不就是个警长吗？你看我这回不好好砢碜砢碜他。"

23

"这事你别瞎整，不要声张，更不许到分局。这工夫你去把这个盖子揭开，不是你与吴宇蒙撕破脸皮的事，而是对所里影响太坏。本来咱所打掉这么大的团伙是好事，你一闹，变坏事了。两个人办的案子，他还领导你。有些工作是混在一起的，查不清，断不明。再说，谁还能较真儿细查这事。弄到最后，还得说你觉悟不高，争功夺利。"孙教的话颇有道理，想得深远。

"那这事就这么拉倒了？"我心有不甘，憋气呀！

"吴宇蒙是有点来头的，他舅舅张一凡是市财政局的副局长。别说咱分局领导，就连市局的几个主要领导都挺在乎他，行政拨款，他的手指上下一动，就够咱分局花一阵子的。听说为了让他外甥当警长，张一凡给咱分局拨了三十万专项款。要不吴宇蒙怎么能这么年轻就晋级副科。他到咱所后，眼里只有曲所，对我只是表面尊重而已。你别急，明天分局组织省、市十三家媒体记者到咱所采访'韩老六'一案，到时候，我让你先把案件侦破过程讲讲。你一讲，吴宇蒙自然就露馅了。另外，下个月城东区委办党的积极分子培训班，我给你报上了，进了这个班，你就快入党了。"

"谢谢大哥，我就按您说的办。"

"从你进屋到现在叫我八遍大哥了，我跟你说多少遍了，在单位叫我教导员，别叫大哥，千万不要体现出咱俩关系多亲密，对你我都不好。"孙教瞪了我一眼。

"是，孙教，忙完这段，我请您和嫂子涮羊肉。"

第二天上午,分局办公室侯主任带领十三家媒体的二十名记者来到我所。孙教负责接待。他让我和吴宇蒙坐在会议室的前台,接受媒体的"轰炸"。长这么大,我还是头一回面对摄像头、照相机。当孙教请办案人何东讲述侦破"韩老六"团伙经过时,我发现吴宇蒙的脸色有些不好看,他坐在那有点不自在。我没用稿,因为这个案子都在我心里。

"首先,我对诸位记者的到来表示感谢。一个月前,分局调整了站前治安派出所的领导班子。曲所、孙教主持站前派出所的工作后,确定的头一个打击目标就是'韩老六'团伙,并责成吴警长和我秘密调查取证。"随即,我把我如何扮成农民,被"小狐狸"接到旅店,又如何应对"韩老六"的敲诈,直至将他及同伙一网打尽的过程讲了一遍。

曲所、孙教微笑地听着,看得出他们对我突出所里领导的决策十分满意。

我讲完了。有的记者着急记,个别细节没听清,纷纷提问,我一一作答。吴宇蒙坐在我旁边,脸阴着,没有记者问他,他有些尴尬。这正是我想看到的。

"何警官,我是《宜春晚报》的记者,叫高中贺。我想问一下,你孤身一人卧底,怕吗?"

我抬头一看,是一个短头发、戴眼镜的女记者。她看上去二十岁左右,皮肤很白,穿着牛仔裤、白衬衫、旅游鞋,轻盈又青春,更像是个高中生。

当我与高中贺四目相对时,我好像触了电一样。这种感觉怪怪的,甜甜的,我心里有一丝激动,隐约觉得爱情正向我走来。她的眼睛清澈、明亮,让我想起了文萱。文萱自从回到上海,给我来过几个电话,问了些不痛不痒的话,全无暑假时的激情。我猜想她肯定和那个广东同学在一起了。文萱是个不能忍受寂寞的女孩,她只知道在爱情中寻找快乐,而不会痴情地去爱一个人。我对她渐渐失去了信心,思念也降至低点。在我一怔的时候,高中贺又说话了:"怎么?这个问题不便回答吗?"

"不,没怕。自从穿上这身警服就没怕过,我相信邪不压正。"接下来,我又回答了别的记者的几个问题。

孙教见我讲得精彩又完整,丝毫不考虑吴宇蒙的感受,宣布记者提问结束。请侯主任和记者们到管内的黄山大酒店就餐,让我和吴宇蒙一同去。这是我最期盼的,我想有机会可以和高中贺好好认识一下,这个女孩儿身上有股劲吸引着我。

三一六房间是黄山大酒店最大的包房,有一百三十多平方米,能唱卡拉OK。屋内摆了三桌酒宴。我落座时,环顾四周,寻找高中贺,但没见到她。难道她走了?我有些失落。就在我猜想时,高中贺湿着双手进来了,看样子,她刚从卫生间出来。我旁边恰好有个空座,刚要喊她,她已经奔我这边来了,坐在我旁边,并用湿手向我脸上弹了两下,几个小水珠溅到我脸上,凉凉的。

"这下好,离公安英雄最近,还有几个问题没问呢,近水楼台呀!"高中贺边用湿巾擦手边说。

"什么英雄啊?宜春公安局每年破的好案子多了。破这案子都能当英雄,那公安局里差不多都是英雄了。"

"那可不一样。黑旅店、'颠山炮'的事,光我们报纸就报了四五回，郝市长都有批示，可始终没有太大突破。这次你们出奇招，施重拳，割掉这个毒瘤不说，对其他黑店是个不小的震慑。至少半年内，黑旅店不敢再活动了，你说你是不是英雄啊？"

24

想不到这个娇小可爱，像个高中生似的小记者对黑旅店的情况掌握这么多，看来对这次采访，她做了充分的准备。她说话的时候，喜欢把下唇咧得大大的，爱晃脑袋，眼镜后面的眼睛流露出纯真和笑意。我真想伸手把她抱到怀里，她身上有种男人见了就想保护她、疼爱她的味道。

"你学过心理学吧？"我找话题和她唠嗑，想了解她更多。

"为什么这么问啊？"她抬头看着我，笑容中露出疑惑的眼神。

"你刚才在记者招待会上提的问题与其他记者不一样。你问的都是心理活动，而这些正是读者想知道的，用你们的行话说叫卖点吧！"

"嘀，不简单哪！大英雄还有新闻功底。警察中懂卖点的人可不多呀！心理学吗？我在山东大学读书时，涉猎过一点，略有研究吧！"

"唉，你们两个别在那窃窃私语了，要注意听讲啊！"不知啥时，孙教拿着麦克站到包房中央，要弄节目。

"诸位，今天侯主任亲率十三家媒体的记者到我所采访，这是站前民警的荣幸与光荣。在此,我代表全所同志对领导和记者朋友的到来表示衷心的欢迎和感谢。警察与记者的职业有共同之处,都肩负着社会责任,都很辛苦。今日相聚,机会难得,我建议边吃边玩,来一场警、记联欢会怎么样?警察、记者依次登台表演,不演也行,以一杯白酒代替。"

孙教话音刚落,全场一片掌声,大家对这个提议都很赞同。省电视台摄像师小于先声夺人,拿过麦克,一曲《北国之春》技惊四座。曲所见了,放下酒杯,上台唱了一首《我的中国心》,还以颜色。《宜春日报》的女记者邢原原来了段蒙古族舞蹈,让大家开了眼。喝得满脸通红的吴宇蒙也想露露脸,唱了首《小白杨》。他开头唱得不错,可到后来唱不上去了,现了眼。曲所、孙教的脸挂不住了,记者们一阵笑声。

"刚才,吴警长的酒喝高了,平时他唱这个是我们所一绝。这样吧!我给大家来一段唢呐独奏《少年壮志不言愁》。"我大步走上舞台,向大家一抱拳,边施礼边说。刚才孙教一说要联欢,我就打发人回所把唢呐取来了。我本想过一会儿再上场,没想到吴宇蒙掉链子,演砸了。我这会上不光给他台阶下,更重要的是要替曲所、孙教挽回颜面,别让记者们小看了警察。当然,我也想在高中贺面前露一手。

《少年壮志不言愁》是当时最流行的电视剧《便衣警察》的主题歌,被誉为警察之歌。我气运丹田,唢呐声起,悠扬的曲乐声中,我仿佛看到了我穿着警服,在寒风中巡逻。警察的光荣与艰辛、奉献与牺牲、使命与忠诚,在演奏中表现得淋漓尽致。我吹唢呐时,用余光扫了一下高中贺。她一动不动地盯着我，两只手合在一起，像是准备随时鼓掌。一曲终了，全场静了几秒，大家好像还沉浸在曲调之中。突然，众人好像一起醒过来一样，发出响亮的掌声，尤其是高中贺，两个巴掌都拍红了，还没住手。

我的一曲唢呐独奏，为派出所争回了面子，也赢得了记者们的称赞和尊重。省报老摄影师孙岛对曲所说："光以为警察抓人破案有几下子，没想到还有精通音律的，看来公安局真是藏龙卧虎啊！"

我刚回到座位，高中贺就把餐桌上一道红烧鲤鱼的双眼挖出来，放到我的碟子里说："大英雄，帅呆了，刚说完你有新闻底子，现在看，这音乐底子也不薄啊！原想给你一只鱼眼，这回给你两只，得高看你两眼啊。"

"我这是小把式，跟艺术不沾边，我的老底子是做豆腐。"

"做豆腐？你可真幽默。把你的 BP 机号告诉我，明天稿子见报，我好通知你。"那时 BP 机刚流行，能用手机的是凤毛麟角。她主动向我要联络方式，说明她愿意和我接近。我把 BP 机号告诉了她。

第二天，宜春所有的报纸、电台、电视都有"韩老六"团伙被打掉的消息。高中贺写的《站前民警挨"宰"记》最棒，她把我如何化装被接到旅店，又如何与"韩老六"周旋描写得惟妙惟肖。尤其对正反两方的表情和心理刻画得细腻、逼真，活灵活现，让读者随着文章时而紧张，时而痛快，通篇没提吴宇蒙。在其他媒体的报道中，我也是当之无愧的主角。

当天上午，我的 BP 机响了。屏幕显示：高女士请您回电话。

我知道是高中贺,没回,我想试探一下她对我的感觉。十分钟不到,BP 机又响了。屏显多了一行字,高女士问您稿子的事。

我回了电话,刚一通,那边的笑声先传了过来。

"大英雄吗?怎么,刚刚名扬宜春,就把我这个小记者忘了?"

"是小高啊!哪敢,哪敢。长这么大,高看我一眼的人还没有,你一出手就高看我两眼,我咋能忘呢。别提了,今早一上班,我们所这帮小子就拿咱俩开涮。说你我从记者招待会提问到喝酒就餐,一直成双结对,还说我居心不良,要对女记者下'毒手'。你给我打传呼,我还以为是他们搞的恶作剧哪。"

"啊?这么快我就成了绯闻主角了。他们愿意说啥就说啥。我仔细算了,省内十三家媒体都有何东的大名。你现在是报纸有名,电视有影,电台有声啊!我作为吹鼓手之一,你是不是得请我 HAPPY 啊?"

她让我请她 HAPPY,这是个非常好的信号,看来她对我的确有好感。

"HAPPY 是快乐和幸福的意思。你想让我请的 HAPPY 是快乐一会儿,还是幸福一生啊?"我打出一个试验球。

25

"老土,谁不知道 HAPPY 是快乐、幸福的意思。我说的 HAPPY 就是请我先吃一顿,再玩一场。"

"好吧!咱别说什么吹鼓手,也不提稿子,就凭你高看我那两眼,我 HAPPY 定了,说吧!除了聚宾楼(当时宜春最高档的饭店),宜春的馆子你随便挑。"

"大英雄是有气魄,要是把聚宾楼三个字去掉就更有气魄了。今天不行,明天我传你。"

与我的风光、畅快相比,吴宇蒙这两天郁闷够呛。警记联欢上唱走调不说,他颠倒主次,冒功邀赏,所里都知道了。曲所很生气,给我报了个三等功,什么也没给他报。

我暗自佩服孙教的谋略,他让我在记者招待会上演独角戏,这一招就让吴宇蒙大现原形。吴宇蒙也知道是孙教暗中助我,可他不敢跟孙教掰扯,只能把火撒到我身上。他要求我检查旅店和处罚违规旅店前,必须向他请示。要说处理违规前请示他还说得过去,可检查旅店前也请示就有点画蛇添足了。这分明是限制我,这双"小鞋"也太小了。更让我无法容忍的是,我去查店,许多店主都提吴宇蒙的名字,让关照。这让我怎么开展工作。我跟曲所、孙教说吧,觉得不妥。俩人闹矛盾,一个巴掌拍不响。孙教说过,同事、上下级之间闹别扭很难分出谁对谁错,我不知该怎么办才好。

"铁拐李"看出我的心事,一天下班后,他把我拉到小酒店,点了几个小菜,要了一壶酒说:"兄弟,吴宇蒙这不整人吗?要说他不仁,你也别义。他不给你小鞋穿吗?你就连鞋都不让他穿,整他。"

"这人是不太讲究,先把我的功劳记他身上。所里给我报功,他又嫉妒。连我正常检查旅店都得跟他请示。"我喝了一小口酒后说。

"我听说不少旅店店主都托人想认识他。还有的说,吴宇蒙是警长,管何东,说交你没用。兄弟,我今天要你个话,想不想整他吧?""铁拐李"干了一小杯白酒,瞪着眼睛问我。

"孙教说过,在公安局,整人整自己,时间久了,好整人的人就臭了,一臭臭一辈子。"

"你得看整的是谁呀?就吴宇蒙这种人,你不整他,他就整你,将来你让他玩死都不知咋死的。"

"铁拐李"的这段话打动了我。回想我在农村雇小孩儿扎车胎,亲自往外屯豆腐桶里注射巴豆汤,到化验员家门口吹吊丧曲,这不都是整人吗?整人的目的是为了自己能够活下去。有时,整人虽然昧良心,但当你被逼到绝境的时候,良心能挽救你吗?我觉得"铁拐李"的话可行。

"整他倒行,可没抓手啊,吴宇蒙还没傻到收礼收钱让咱们在一边看着的程度。"我望着"铁拐李"说。

"这事呀,也该着,你只要有这个意思就行。吴警长手下有个'帮办'叫小克,你知道吧?"

"知道,个儿不高,说话有点磕巴。"

"前天晚上,吴宇蒙领小克在工商招待所抓了一伙赌,当场从四个参赌人员身上搜出一千七百块钱赌资。当晚有人找到他说情,吴宇蒙把这事压下来了,他既没处理,也没返钱。这几个参赌的是省烟草公司的。咱们再等两周,看他咋处理。这事要是无声无息了,就说明这赌资进他腰包了。到时,咱就把这事捅出去。"

克莱德曼的钢琴曲《致爱丽丝》在芭雅堤西餐厅的大厅轻柔地回荡着,衬托出芭雅堤的典雅和温馨。在靠窗的座位上,面对面坐着一对男女。男的是我,女的是高中贺。

和记者招待会那天比,高中贺的牛仔裤、旅游鞋不见了,取而代之的是毛料裙,高筒靴。她略施粉黛,又增添了几分俏丽和妩媚。

"喜欢这儿吗?大英雄。我不喜欢中餐馆的喧闹,那哪里是吃饭哪?整个一个演讲大厅。十多张桌子,每张桌子一大帮人,边吃边说,吵死了。可到了这地方,往沙发上一靠,听听轻柔的音乐,神经、心情全放松了。累了一天,品杯咖啡,身心的疲惫渐渐就会散去。"中贺边说边靠在沙发里,闭上眼睛,进入她放松的意境。

"你们还累?都说你们是无冕之王。出外采访,车接车送,好吃好喝,到哪都拿你们当回事。有的单位为了报道成绩,替领导脸上抹金,都不知该怎么巴结你们才好,恨不能把你们供起来。"我边唤服务生边答。

"你呀!光看我们轻松风光的一面,我们吃苦遭罪不是人的时候多了。别以为就警察没黑没白的忙,记者也一样,哪有事,往哪扎,不管啥天,不分几点,BP机一响,就得去。采访对象配合还好,遇到不配合的还得软磨硬泡,碰到脾气不好的,挨顿骂,遭顿打的事也不算少。"

中贺说完,点了两杯咖啡,一份牛排。

"大英雄,你的唢呐吹得真像样,跟谁学的?"

"我在乡下跟我父亲学的。"随后,我把我在农村的那段日子讲给她听。当我讲到父亲去世,我做的豆腐卖不出去时,她的眼圈红了,几颗泪珠掉了下来。

"行了,别说了,好了,以后都好了。人的命运是平衡的,三十年河东,三十年河西。你那段没少吃苦,现在当了警察,又立了大功,苦日子过去,好日子来了。你可得对你妈好点,她老人家太不容易了。"

26

想不到这个可爱的小记者竟有一片孝心。她告诉我,她父亲是省师范大学的教授,母亲是小学教师。

"以前和警察打过交道吗?"我边问边抿了口咖啡,有点苦,头一次喝这玩意儿。

"你是第一个。以前不大喜欢警察,一脸严肃,看着都冷。你则不同,腼腆、随和,容易接近。另外,跟你在一起挺有安全感。安全感是女孩子最需要的。"

我们一直聊到晚上十一点多,好像有许许多多的话,唠不完,唠不够。要不是她妈妈传她,我们还要聊下去。我把她送到家,在她家门口说:"大记者,以后太晚时,有新闻要采访,传我,我接送你。这么漂亮的女孩儿,没有警察护送,很危险的。我做护花使者合适吗?"

"嗯,那当然好。可护送费是不是很贵呀?"中贺深情地望着我,调皮地说。她进屋后不久,我的BP机显示出三个数字:五二一。是中贺传的,这是啥意思?我给传呼台打电话询问,传呼台的小姐说:"恭喜先生,这是一个数字暗语,传你的女孩告诉你,她爱你。"

我和"铁拐李"密谋要整吴宇蒙之后的十来天里,我一直很矛盾,一方面觉得吴宇蒙做事狡诈,为人不好,且屡屡和我过不去。可另一方面又觉得整他太残忍。一旦他被查,丢官不说,他这身警服恐怕都保不住。要真那样,我的良心将一辈子受谴责。有天下班,我善意地请吴警长吃饭,想把这个疙瘩解开,可他竟以晚上有事为由推了。他以为我怕他,故意拿我。再这么下去,我会疯的。

我终于下了决心,电话通知"铁拐李",让他把举报信邮到省公安厅纪检委。

三天后,吴宇蒙的"帮办"小克被省厅纪检委的人带走了。一周后,吴宇蒙抓赌贪污赌资的事水落石出。省厅责成市局处理。市局决定,撤销吴宇蒙的警长职务,给予他开除留用察看的处分。分局将吴宇蒙调离站前,安排他到治安科当民警。

吴宇蒙一走,警长的位置倒出来了。这是个机会。王侯将相,宁有种乎?我咋就不能当警长呢?不过,这事得跟孙教商量一下,看怎么办好。我来到孙教办公室。

"大哥,噢,不,孙教,跟您商量个事?"我笑嘻嘻地递给他一支红双喜。

"你小子眼睛都在笑。吴宇蒙一走,对你心思了吧。昨晚还有人跟我说是你捣的鬼,让我给顶回去了。这个整事的真可恶,他整的可不光是吴宇蒙,把我和曲所都给坑了。我俩都是新提起来的,刚上任仨月,虽说拿下了'韩老六',可民警违纪一枪两眼,我俩都不得好。眼瞅年底考核了,民警违纪,一票否决。所里、个人很多荣誉都泡汤了。"

"大哥,他这事怨不着您,跟谁都没关系,都是他自己做的。"

"咋没关系?教导员就是抓队伍建设的。民警违纪,我没管好啊!你小子是不惦记吴警长的位置啊?"孙教把烟放到嘴边,我忙过去给他点着。

"大哥明察秋毫,真就为这事来的。"我把火柴杆扔到痰盂里,顺便把门关严。

"吴宇蒙的处分一下来,我和曲所都想到这事了。如果吴宇蒙属于升迁,还好办,可吴是出事下去的。所里推荐倒行,只怕分局不会同意。因为吴宇蒙的事,胡局把我和曲所骂了个茄子皮色,估计现在气儿还没消呢。这阵儿我们推荐的,胡局根本不会同意。不过,所里还得往上推荐一个。昨天曲所和我碰了一下,他想推段誉,让我给否了。段誉在站前时间是不短了,年龄也快四十岁了,可他贪杯,好喝酒,因为酒没少出事。这节骨眼把他这样少有政绩,平平常常的报上去,不被否才怪。我推荐了你,曲所说你还不是党员,警龄太短。我说你已经进区委党员培训班了,可以先代理。曲所没吱声,说明他至少没反对。不管咋说,你到所不到半年就立了两个三等功,政绩突出啊!这样,我再找找曲所,争取把你报上去。不过,你在上面得找找人,最好找胡局长,他点头就行,否则没戏。大所的警长,多少人惦记着呢,你虽有政绩,可还没入党,才上班几天啊,要提拔你,得破格。这个格破起来,难度不小。"

"明白了大哥,我马上到上面找人,替我说话。所里这块,您费费心,帮我整明白。"

当晚,我回到干妈家。把吴宇蒙出事调走及所里想报我做代理警长,既怕上面不同意,又怕被有门子的人顶了的事跟老太太讲了。

干妈思忖了一会儿,叹了口气说:"唉!现在的单位够复杂的了。解放初,我做市委组织部部长时,用干部简单得很,谁干得好,政治性强,就用谁,现在倒好,升职得找人,不找就吃亏。"

"干妈,我知道您最看不起的就是歪门邪道,可我到站前不到半年就立了两个三等功,又上报纸,又上电视,干得这么好,要是因为上面没人说话当不上警长,多憋屈呀!"我边给干妈打苹果皮,边说。

"这事得办,是正事。我虽然七十岁了,可脑子不糊涂。这样,你打我旗号,去找程宇光,给他买点水果送去,汇报一下这半年工作,再把当警长的事跟他说说。"

27

烧香也得找到庙门啊!尽管我烧的这炷香并不粗,只是一兜水果,可我根本不知道程局的家。最后我通过小秦,把程府的地址淘弄着了,西环路京港小区八号楼四门四〇一。

第二天晚上七点多钟,我拎着水果,按响了程局家的门铃。门没开,屋内有个男青年通过对讲门问话:"你是哪位?找谁?"

"是程局长家吗?"我小心地问道,心"怦怦"直跳,既担心程局不在家,又怕他在家不开门。这毕竟是宜春市公安局局长的家啊!

"是的,你是谁?什么事?"男青年问道。听他这口气,程局在家。程局如果没在家,他不会问我是谁,什么事。

"麻烦您通报一声,我是省委郑副书记家的人。领导派我来看程局。"我把郑副书记这张牌亮了出来。

过了约一分钟,门"咣"的一声开了。我的心平静了不少。当我上楼时,四〇一的门已经开了,站在门口的竟是程小宇。我在巡警培训时,曾和他在一个队列走正步,认识,但不熟。刚才问话的就是他。他见了我,一愣,随后说:"这不是何东吗?你来头不小啊!别说你,有些分局长想进我家都难。"

"你是程局的儿子?保密工作做得好啊!"

"不敢说。我爸要知道我在外面打他的旗号,不骂我才怪。"

正说着,程局从书房出来了。我连忙边点头致意边说:"程局您好!我是郑副书记母亲的义子,叫何东。老太太让我来看望您,给您拿点水果。"

"哈哈,老大姐可真幽默啊!她的身体怎么样啊?郑副书记好吗?"程局的笑声让我紧绷的心松弛下来。

"这段调理得挺好,不过,还是有点儿后遗症。阴天下雨的,腿和头就疼,毕竟七十多岁的人了。郑副书记很忙,前天带团去日本了。平时他一有空,就往老太太这跑,陪老人唠嗑。"

"郑副书记是个孝子。可老太太也不易呀,带着一岁多的红生守寡,直到把他培养成人,一直未找,了不起啊!你怎么样?

在站前适应吗？"

我把到站前半年来的表现，尤其是两次立功，打掉"韩老六"团伙的过程做了详细的汇报。

"啊！'韩老六'团伙是你打掉的！上周，郝市长在韩团伙被打掉的简报上有个批示，要求市局对站前黑店露头就打，严防死灰复燃，要建立长效管理机制。郝市长对站前黑旅店一直很关注，对韩团伙的覆灭很满意。想不到是你给市局争了光，给我长了脸。"

我见程局满面春风，心情不错，就借着话题谈了吴宇蒙出事离职，我想当警长的意图。我不是党员，警龄短的困难也说了。话说完，我的心又提到嗓子眼，不知程局会如何表态。

程局听了，笑容收敛了许多。我的心跳加速，不知他在想什么。他沉思了一会儿说："你们所提名你当警长是对的，干得好，应该提拔。不过，你最大的问题不是入没入党，而是资历太浅，还不到两年哪。但你打'韩'有功，老大姐又说了话。明天我去城东分局，参加北广派出所落成庆典，顺便拿'韩老六'这个题破你这个格。"

第二天下午，分局政治处汪主任带着干事小陈到我所考核我，我的心里一阵阵地激动，这是提拔前的一步。看来，程局肯定在分局提了我升迁的事。分局的动作真快，上午说的事，下午就考核。程局的话真好使啊！考核的重点是德、能、勤、绩、廉五个方面，汪主任找了所长、教导员、民警及管内群众谈话，了解我的日常表现，并搞了全所范围的民主测评。正常发票、收票都应由干事小陈负责，孙教怕有人捣鬼，亲自发、收票。

这样一来，即使有人想画×也不敢了。得罪我是小，得罪孙教是大。对此，汪主任全当没看见，在一旁和曲所窃窃私语。

测评后的第二天上午，分局下达了我任站前治安派出所警长的任职令。胡局长还亲自找曲所、孙教谈话，要求站前所迅速贯彻程局长在北广所落成庆典上的讲话精神，建立站前大治安管理格局及场所、特业长效管理机制。同时，让所里对我重点培养，多加担子。曲所回所后，立即落实胡局长的指示，调整警区管辖，并召开民警大会宣布。

我任一警区警长，警区由过去的七人增加到十人，成为全所最大的警区，负责洗浴中心、宾馆、个体旅店三大热点的治安管理。曲所对我的重用让我吃惊不小。按常理，新提上来的警长应该先去干又苦又累的巡逻、打夜盗之类的活，为何把所有热点都交给我？我猜想程宇光起了关键作用，他对我的重视成了指示，分局必须认真贯彻。可感觉不完全对，提拔我已经够意思了，一下子把这么多热点都交给了我，肯定还有别的因素。曲所宣布时，我悄悄地观察了那几个警长的表情。谢警长一脸的茫然和痛苦，不停地吸着烟，看得出他对这次调整极不满意。也难怪，他在站前干的时间最长，宾馆、洗浴过去都归他的警区。把两块肥肉从他的嘴里拿出来，放我嘴里，他的心情能好吗？其他几位警长不时地看我，满脸的不服气。的确，他们当警长都在四年以上，而我当警察还不到两年。我能有今天，最应该感谢谁？程宇光？不是，他虽然为我说话，但他看的是干妈的面子。老太太真厉害，一兜水果就搞定这么大的事。

会结束了，大伙相继散去。我准备拿笤帚把地上的烟头扫扫，曲所笑着对我说："先别扫了，到我办公室来一趟。"

这时，我的BP机响了。屏幕显示：高女士祝贺您高升，速回电话。这丫头不愧是当记者的，鼻子、耳朵都好使。她怎么知道我当警长了呢？

28

我没有马上给中贺回电话，而是赶忙来到曲所办公室。

"你小子可真有办法，程局长竟为你当个警长说话，而且说得狠、重、死，把胡局都整晕了。"曲所边说边点燃一支烟。

"曲所，我有什么办法啊？您老人家不点头，不认可，不推荐我，别说找程局长，就是找省委书记也白搭。"

"嘀！当了警长，话说得都好听了，不跟我透底是不？我不问了。不过，分局上下都议论这事哪！你这才几年哪，就整上了副科，好好干，照这速度，用不了几年就能整上正科。知道我为啥把宾馆、洗浴这几个热点都交给你吗？"他这句话问到我心里了。我还真没弄明白，也想弄明白，曲所见我一脸疑惑，深吸了一口烟说："三个方面因素：第一，程局亲自提拔的人必须重用，加担子，并重点培养。第二，所里要打造一个出成绩，出典型，在分局拿第一的黄金警区，程局长在分局提出站前治安管理要建立长效管理机制的问题，胡局非常重视，责成咱所马上运作。所里那几个警长，岁数偏大，思想僵化，缺乏创造性，指望他们出经验，很难。你悟性强，干劲足，点子多，进入角色快，只得交给你完成了。第三嘛，关系到一个'钱'字。"

"钱？怎么跟钱有关系？"我有些不解。

"正常应让谢警长继续管宾馆、洗浴。可老谢这人，私心太重。他管场所这段，治安费收的太少。治安费是群防群治费，巡逻员开支、所里买汽油、搞食堂，都指着这笔钱哪。场所本来是交治安费的大户，他却收不上来，啥原因？他总去场所吃、喝、玩，外加报销个人票据，这钱能好收吗？时间长了，收不上治安费倒是小事，我怕他犯错误啊！你则不同，到所时间短，关系不复杂，最重要的一点是你没啥私心，重事业。"

"大哥，难得您如此器重我，何东能有今天，大哥一片苦心啊！从今往后，您说咋干吧，我听您的。"

"有为才能有位，有了位子更要有作为。你上任后，一定要干出成绩，干出样来，让全分局的人看看，何东不是凭关系，而是靠本事提起来的。首先，黑旅店要控制住，不说去根，但不能有大的反复。市长都关注的事，必须做好。其次，咱管内有几家洗浴不像话了，按摩小姐穿着短裙在大厅揽生意，这么下去不行，必须制止。管的同时要注意尺度，这些场所大多有领导和朋友说话让照顾。管行，但不能管太紧、太死。另外，你收拾有违法违规行为的宾馆、洗浴之前必须向我请示，这是铁的纪律，懂吗？"

"我懂您的难处，管严了，得罪的都是比您大的。不严管，场所伤风败俗，给所里戴眼罩，好像咱们不管事。这个度我会掌握好。"

正说着，我的 BP 机又响了，又是中贺发来的。两行字：何警长，好狠心；当了官，把妹扔。我暗暗发笑。

曲所见我笑,忙说:"人逢喜事精神爽啊!去忙吧!有工夫咱们再聊。以后咱俩说的话、办的事,别让第三个人知道,懂吧?"他知道我和孙教的关系铁,他的意思是连孙教也不能告诉,我连忙点点头。

我来到值班室,刚要给中贺回电话,一个熟悉的身影进了派出所,是吴宇蒙。他见了我,勉强露出一丝笑容,说:"祝贺你何东,分局最年轻的副科级干部记录被你刷新了。将来没单位要我时,你可得收留我啊!"

"你说哪去了。这辈子,你都是我领导。有需要我何东的地方,你言语一声。"吴宇蒙休假了,想去千岛湖散散心,找小许买火车票的。他办完事,匆忙走了。望着他离去的背影,我的心里有些内疚,对当初设计他有一丝悔意。还好,他的警服保住了。否则,我的良心将永远不会安宁。可又一想,他不下去,我能有今天吗?古龙先生说的好,有江湖的地方,就有人倒下。

回到办公室,也许是吴宇蒙的落魄传染了我。升官、重用、实权,带来的好心情渐渐散去。尤其回想这几天的变化,让我压力陡增。

我升官受宠,夺人重位,那几个警长不嫉妒才怪,今后少不了相互掣肘之事。尤其是谢警长,刚才当着那么多人的面,说他干了十八年公安,白混了,还说骑驴看唱本,走着瞧。听他的口气,不会善罢甘休。

曲所、孙教之间的关系也成了我的心病。曲所表面说他和孙教铁板一块,一荣俱荣,一损俱损,可俩人不是一点矛盾没有。我细观察了,在某些事上,他俩互相防着。今天曲所让我表态,我和曲所的事不能让孙知道,我答应了。可自己能有今天,孙教居功至伟啊!有些事我不跟他说,不是忘恩负义吗。还有我手下九个民警,都比我年龄大,经验都比我多,他们能服我吗?

我正坐那发呆,孙教推门进来了。

"何警长新官上任,运筹帷幄哪?今晚我请客,你是我徒弟,如今徒弟当了警长,成了高徒,我也算名师了。以我的学识,已经教不了你了,今天就算吃顿出徒宴吧!"孙教跟我说话总是夹着笑料,让人忍俊不禁。不过,我仍沉浸在刚才的思考之中,毫无笑意。我连忙起身,把他让到我坐的地方,我则站立一旁。这是孙教教我的,遇到上级到自己办公室,应这么做,否则就是失礼。我给他倒了杯水说:"大哥,按理儿今个是好日子,可我一点都高兴不起来。俗话说,当官三分险。我这官虽不大,可集三大热点于一身,不成众矢之的才怪呢。再说,我那点道行,您还不清楚吗。我担心自己稳不住架,踢不开脚,有负您的好意和栽培呀!"

"好啊!你知道愁,寻思事,这是成熟的标志。居安思危是为官之道,你能有这些想法,真是出徒了。"

"大哥,今晚不出去喝了,等我打开了局面,干出点模样,再喝。"孙教点了点头走了。

29

晚上,我回到干妈家,把程宇光亲自到城东提拔我的事跟老太太说了。老人点了点头说:"程宇光人很倔,'文革'时,腿都让造反派打折了,也没出假材料诬陷老领导,是个好人。"我说:"干妈,程局长给咱家办了这么大的事,我用不用再给他买点礼物,我总觉得拿水果少点。"

"不用,程局是个重感情的人,他是看我面子,才愿意出头办,再说,你干得也真出色,他这也算顺水人情。否则,你就是拿金子,他也未必给你办。"

我吃过王姨煮的热汤面,又冲了个热水澡,这才想起给中贺回个电话。果然,我往她家一打电话,不到两秒她就接了。看来,她一直守着电话,电话一通,她先撒起娇来:"还要当我的护花使者哪,传了你好几遍,都不回。真要遇到歹徒,我这朵鲜花早让劫匪蹂躏了。"

"好孩子,下不为例,今天特殊,开了一下午会,会后领导又找我谈话,我才回干妈这。对了,你怎么知道我当警长了?"

"我是谁?记者。记者哪最厉害?耳朵。你们所可有我的耳目。孙教告诉我的。当官后,是不老开心了?"

"开什么心。说实话,烦恼倒多了。要考虑、防备的人和事都多了,对自己要求更严了。说话、办事不能像从前那么随意了。这还能开心吗?"

"我可不那么看。我认为,当官是为了追求一种平衡。没当官之前,你看领导总得微笑着仰视。当官后,你仍要对上司仰视,但你的下级也得微笑着对你仰视。这不就平衡了吗?可惜呀!我还处在不平衡阶段,每天上班见着带长的都得仰视。"想不到她竟有这样的"官"论。

"好哥哥,再有一周就过新年了,都说哈尔滨的冰灯好,我想让你带我去一趟，两天就能回来，好吗？"她的发嗲和调皮特让我喜欢，我没犹豫就答应了。正好我也想出去散散心，放松放松。

搁下电话，已经很晚了。可我怎么也睡不着，除了兴奋，还有个眼面前的事需要定下来。我手下九个人，三摊子活，咋分？思来想去，我决定把警区分成三个组：宾馆组、洗浴组、旅店组。霍达、雷鸣是我老乡，我没当警长之前就总跟我在一起，应把他们视为心腹。这三个组管理任务最重的是洗浴和旅店，就让他俩当这两个组的组长。段誉、程立剑、陈英树都是曲所的人，必须把他们分开。否则，他们抱成团，就难控制了。段誉是曲所的死党，年龄也不小了，曲所原想推他当警长的，这回他没争过我，心里一直不大痛快，咋也得让他当个组长，平衡一下他的心理，就让他管宾馆吧，反正宾馆事不多，也不是那么重要。程立剑、陈英树分别安到洗浴组和旅店组。刘任、储能，转业兵出身，能干、实在。他俩关系最好，也得分开，安排到霍达、雷鸣手下。吴军和修涛在所里人缘不好，尤其是吴军，他以前和吴宇蒙最好。吴宇蒙一走，他就变了。下午吴宇蒙到所里，他看见了，却像没看着似的，溜了。所里一宣布我当警长，他立刻就跟我套近乎，这样的小人得提防，把他和修涛都安排到段誉那吧。

第二天一上班，我召集警区人开会，按昨晚我想的分好工。同时，又将治安费及打击人犯指标分到三个组，按月考核，半年小结，全年算总账。警区的一台吉普车暂由霍达开，其他人公用，出车要经我同意。大伙对这个安排总体没啥意见，只有程立剑有点不满,以前他管洗浴,洗浴的事,他就可以做主。这回他上面安了个组长,感觉挺别扭,没权了,可又说不出口。

警区的人都干自己的事去了。我传了一下"铁拐李",他邮完关于吴宇蒙的举报信后,就和朋友上山东倒腾水果去了,昨天刚回来。他鬼点子多,洗浴这块咋整,我想听听他的意见。十分钟过去了,他没回话,我正要传第二遍,他已经进我办公室了。

"大喜呀!兄弟,我出趟门,一回来老弟变警长了。要是你能变所长,我出趟国都行。""铁拐李"笑嘻嘻地冲我拱手抱拳地说。

"操心的活,哪有什么喜呀!刚上任,昨晚的觉睡得都不踏实,啥事都寻思,夹板上上了。"我扔给"铁拐李"一支烟,又把打火机撇了过去。他接过火机,先凑过来,给我点着,而后才给自己点着。

"我这次到山东,路过不少庙,香可没少烧啊!磕头时,我求佛保佑三件事,头一件就是保佑你步步高升。"

"你呀,不知给谁烧的呢。得了,没时间扯这些。现在洗浴、宾馆也归咱们了,任务不轻啊!你赶快琢磨这事。另外,每家洗浴的背景、经营状况,三天之内,把情况报上来。"

"兄弟,我跟你说,这洗浴最难整,你想想,二三百万的买卖,后面能没大背景吗?我马上就给你淘弄。不过,晚上你最好来个微服私访,到洗浴看看,就知道了,眼见为实。"

晚上八点,我按"铁拐李"说的,穿便服来到金泰洗浴广场。据说他家的小姐最多、最靓。

我脱下衣服，没有去洗澡，而是换上睡衣直奔二楼休息大厅。大厅里黑漆漆的，前台的大屏幕上正放着一部三级片。女主角在男主角的刺激下，夸张地呻吟着。我找个沙发椅，刚躺下，一个穿着超短裙的女孩儿就坐在我的腿上说："大哥，按摩吧！"边说边把手伸向我的大腿根。

30

　　"按摩别往大腿根摸呀！"我推开女孩的手说。
　　"摸和摩没啥区别，不摸叫按摩吗？这人多，我们去包房，包房费算我的。妹儿是大学生，包你满意。"女孩儿边说边拽我胳膊。我没动弹。
　　她接着撒娇地说："去吧！不好意思啊！没听说吗，男人好色，英雄本色；女人风骚，高尚情操。"
　　起初我想推掉，后一想不妨跟她去，看看这包房内的按法，我跟着她上了二楼。一上楼，左边的一个房间里传出"哗哗"的麻将声。我顺着门缝往里一看，激战正酣，每个人的桌前都是一沓钞票，票面最小五元的。我往前没走两步，又一个房间里传出女人疯狂而又奔放的叫床声，里面肯定没好事。女孩把我带进包房，我刚躺床上，她已经麻利地把门锁上，转过身将裙扣解开，摘掉胸罩，两个雪白丰满的乳房蹦了出来。我这才看清她的容貌，高个，短发，大眼睛，一脸的纯真，看样子也就十七八岁。
　　"靓吧！男人见我没有不动心的，除非生理有问题，我报钟了。"她说着就要把裙子脱掉,我连忙阻拦。

"等等,你那意思是男人见了你就得做你生意呗?你是不是也得讲点职业道德,咋也得让我知道你怎么个按法呀?"

女孩儿一听,有点不好意思,一屁股坐在我身边,一边摸我的腿,一边说:"一个钟是一个小时。我做花式按摩,也叫西式,一百二十元一个钟。"

"花式咋回事呀?"

"嘿!你真不懂啊?花式就是大活,就是做爱。"

"那不是嫖娼吗?你们这安全吗?"

"金泰是宜春市政府招商引资项目,是城东区的重点保护单位。老板和区委书记是朋友,自从开业就没响过(意思是被查处)。"

"看你年纪轻轻的,咋不找个工作,再找个男朋友,咋干这个呀?"

"好工作轮不上我,孬工作我不愿意干,家里又穷,有钱的男人,我看不上,我看上的男人没钱。"她露出一副玩世不恭的样子说。

"你知道我是干什么的,就做我的生意。"我看着她,慢声细语地说。

"大不了是警察呗!能咋的?警察也是人。警察就不干那事了?你真够啰唆的,耽误我时间。"说完,她开门走了。我目瞪口呆,为她的好眼力,更为她的胆量。

我离开金泰,又走了几家洗浴中心。情况跟金泰大同小异,但没有一家像金泰那么嚣张。

第二天，我把暗访的情况向曲所做了汇报。曲所听了，反问我一句："你打算怎么办呢？"

"洗浴这么下去肯定不行，不一定哪天就得出事。前两天电视把青岛一个娱乐城曝光了，当地的公安局局长引咎辞职，还有一个副局长因向娱乐城通风报信给开除了。我就怕咱这儿让媒体揭了，我倒其次，您这所长可顶不住啊！我的想法是必须拿金泰开刀，杀鸡给猴看，镇镇他们。"

"金泰的老板叫周养浩，沈阳人，很有实力，傲得很，和咱区领导称兄道弟。我去了他那两次，都是副总接待的。尤其是区里给金泰挂上重点保护单位的牌子后，他更牛了，治安费从来不交。我也有动动金泰的意思，可我担心一捅它，区里肯定找胡局，胡局就得找咱们。我怕捅不明白，处理不好，打不着狐狸惹一身臊。"

"曲所，您有这个意思就行。我带人打它个嫖娼现行，抓完人不往所里带，带到招待所办案，快审快报快批，让金泰不知是哪抓的。随后，我把记者们找来，给它曝光。第二天见了报，咱们达到目的不说，胡局也不会说咱们。"

"这招好，就这么干。到时我关了BP机，在附近招待所听信儿，有说情的都找不着我。万一没整明白，捅了娄子我顶着，你就放心整吧！"

第二天晚上十点钟，我们警区的人在城东招待所集合。为了防止泄密，我要求大家将BP机及手机全部关机，行动前后，任何人不得动电话。随后，我把掘金泰的行动计划跟大伙讲了，当即分成三个组：第一组我带霍达、陈英树、程立剑以洗浴为名到二楼休息,发现哪个包房有问题,直接拿下,往招待所带;第二组由雷鸣负责,带领刘任、吴军控制吧台和小姐休息处,待二楼一动,立即将"鸡头"和收银员带到招待所;第三组由段誉带着储能、修涛在招待所待命,小姐、嫖客一带回来,马上取笔录。高中贺带着几家媒体的记者也来了。自从芭雅堤分手后,我们一直通电话,但没见面。她见了我,用手捏了我鼻子一下,我怕让人看见,连摆手,让她在招待所等着。

十点二十分,我们扮作客人来到金泰,眼看着两个按摩小姐分别进了二〇三、二〇四房间。几分钟后,两个屋内相继传出小姐夸张、淫荡的叫声。我一使眼色,两个人一组,同时踹开两个包房的门,两对丑鸳鸯赤裸裸地在床上惊呆了。

一切都按我的计划进行,嫖客、小姐、"鸡头"都被带到了城东招待所。由于我们抓人时没露身份,金泰的人不清楚这伙警察是哪的,派人去分局和站前派出所打听,可都说没抓人。趁这工夫,我们取完了所有的笔录,"鸡头"、小姐及金泰收银员证实,小姐做一个"大活",金泰提百分之四十的按摩费。金泰容留妇女卖淫证据确凿。

31

小姐一带回来,高中贺和其他记者们跟着忙乎起来,照相、采访。这之前,她还没见过小姐,看着新鲜,对我说:"这就是小姐啊!穿得真少,长得挺漂亮的呢。唉,她们就能拉下脸,让那些不认识的男人……"中贺摊开双手,表示不解。

"有啥拉不下来脸的,那个小姐说了,两眼一闭,挺一会儿就过去,挣钱就行。"

"你瘦了,这段累坏了吧!不过,你这警长当得挺像样,我们明天头版有好题了。"说完,中贺用脚踢了我小腿一下。

"傻孩子,别闹,让人看见不好。忙完这个案子,咱们就去哈尔滨。给你二百块钱,一会儿采访完,你领记者们吃点夜宵,再打几辆车把他们送回去,我就不陪你们了。"中贺不要,我硬塞到她手里,并说这是公事,她这才不跟我撕巴。

我拿着材料找到在附近一家旅店等候消息的曲所。我提出了处理意见:对嫖客、小姐各罚三千元;对介绍妇女卖淫的"鸡头"罚五千;对容留妇女卖淫的金泰洗浴中心罚款两万元,曲所签字同意。我又到分局找值班领导签批,办完法律手续,随后马上回到招待所,让霍达通知金泰的老板和嫖客、小姐、"鸡头"交罚款。

工夫不大,一辆奔驰车停在了招待所门口。坐在副驾驶位置的小伙子将后车门打开,一个身材微胖、戴眼镜、拎着大哥大的男子下了车,他三十多岁,走起路来,缓慢而又沉重,双肩晃得厉害,边上楼边对身边人埋怨说:"这是招待所,也不是派出所呀,咋跑这地方办案?搞什么啊?"他一上楼,霍达把他引领到我面前说:"这位是站前治安派出所的何警长。他就是金泰洗浴中心董事长周养浩。"

我点了点头,但没迎上去,更没伸手。周养浩勉强挤出一点笑容,略带质问的口气对我说:"何警长,金泰可是城东区的重点保护单位。你们区长请我来投资,还承诺这儿的软环境好,派出所为何无故掘我的场子，抓我们的人哪？"

"金泰洗浴中心卖淫嫖娼问题严重，群众反映强烈。我们也知道金泰是重点保护单位，可法律没规定重点保护单位就可以干违法的事啊！照你的逻辑，比尔·盖茨要是在这投几个亿，那他杀人都不算犯罪了。"可真能装，我毫不犹豫就把他撅回去了。

"卖淫？不会吧？我曾多次告诉几个副总，不许设小姐。有情人到金泰开个房，发生性关系，很正常，我们总不能去干涉吧！"

"周董事长，我没工夫跟你解释太多。材料、证据我都全了，如果你有异议，可以到分局、市局申诉，上法院起诉也行。嫖客、小姐、'鸡头'的罚款都送来了，就差你们了，申诉之前先把罚款送来，否则，事态有可能扩大，记者们可都在这哪。"

说完，我扭头走了，周养浩被我的强硬气得脸色都变了，他气呼呼地打起电话。不一会儿，曲所传我，我回电话，曲所笑着说："兄弟，周养浩找区长了。区长找胡局，胡局来电话问能不能不罚金泰。我说材料批完了，再说，光罚小姐、嫖客，不罚洗浴中心，执法检查要出说道的。记者都来了，明天要见报。胡局没说什么，让咱们今后关照一下金泰。"

周养浩接了个电话，嗯嗯地说了半天，一脸铁青地走了。不一会儿，他的副总把两万罚款送来了。第二天，宜春的几家报纸都报道了金泰被掘的事，有的还配发了小姐低头、嫖客遮脸的照片。

金泰一出事，其他几家带小姐的洗浴都慌了神儿，生怕下一个目标是他们，老板们纷纷托人和派出所联系。曲所一天就接了八个电话，都是领导、朋友要求关照关照洗浴的，曲所让求情的转告那几家洗浴，明目张胆地卖淫嫖娼必须停整。同时，要配合所里工作，把治安费交齐。当天下午，"铁拐李"到所里找我，见屋里没人，从里怀拿出一捆钞票塞给我。

"这是太子湖洗浴的老板送给你的。他知道咱俩关系不错，就让我给你送来了。"

"不行不行。"我的心跳突然快了起来。那时我一个月才挣三百块钱，这一万可是我三年的工资啊！

"我给你钱还能出事咋的？这钱不是给你个人的，是给你们警区的。警区将来办案用钱的地方多了，有些票子所里报不了，你朝谁要去？太子湖一天的利润就有一万，而你累死累活地一天才挣十元钱，平衡吗？你要是查他，他还能挣一万吗？咱要不查，他就能。所以，他就得出点血。孝敬你是应该的，这是江湖规矩，有钱大家赚，好处大家分，不拿白不拿。"一听他说是给警区的，我的心跳慢下来不少。他说得有理，警区用钱的地方多了。昨晚掘金泰，连请记者带警区同事吃饭就花了四百多。"好吧！你回去告诉太子湖的老板，治安费正常交，懂吗？"

"明白，这钱跟那钱两回事。"

"铁拐李"走了。我拿着钱，心里一阵阵地激动。这钱放到农村，一个农民干五年也未必能挣上一万。一旦这事查出来，我都够判刑了。可又一想，万一有个风吹草动或者什么说道，就说给警区加油、办案时花了。再说这事就"铁拐李"知道，即使太子湖的老板想整我，也没什么证据。我连他人都不认识，更谈不上收他钱了。想到这，我的心跳恢复了正常。

32

我管洗浴不到两周，自个儿腰包就多了一万块，还拿下了金泰，罚了三万七，名利双收。没有曲所、孙教的扶持和信任，我能有这机会吗？"铁拐李"说过，有钱大家花，得给他俩买点东西，表示一下。第二天，我来到站前花都商场，按曲所、孙教的身材，选了两件单价八百多块钱的休闲大衣。我刚要付钱，突然觉得不对劲，送礼倒是好事，可曲所能不能想别的？我刚接洗浴，就花八百多给他买礼物，长个脑袋的人都会觉得管洗浴实惠不少，别让他觉察出我太能搂。再说，还有一个月就过春节了，春节前还得给他们买礼物，到时一起表示吧！想到这，我收起钱。

元旦到了，所里放三天假。我跟孙教串个班，领中贺坐火车来到了哈尔滨。

哈尔滨好像比宜春冷不少，道路两侧随处可见欧式建筑，难怪有"东方小巴黎"的美称。我们打车来到松花江冰上大世界，远远望去，一座巨大的灯堡在江中矗立。五彩霓虹灯闪烁着，衬托出冰雕的瑰丽和神奇。哈尔滨的冰灯之所以全国闻名，关键在于它用的冰取自松花江，冰灯又建在松花江，江水的晶莹、纯净和就地取材，造就了哈尔滨冰灯大气磅礴、玲珑剔透的特质。我们走进冰灯大世界时，恰逢哈尔滨冰雪节开幕，游人如织，熙熙攘攘。用冰块砌成的天安门、万里长城形象逼真，气势宏伟。最让中贺开心的是从冰长城高处坐爬犁往下滑。滑道二十多米高，近一百多米长，是个大斜坡。我搂着中贺的腰坐在爬犁上，下滑的速度很快，我们都不敢睁眼。中贺"哇哇"地喊着，七八秒的工夫，我们冲到地面，巨大的惯性摔得我们离开了爬犁。中贺一下子倒了，正好趴在我身上。她就势吻住我的嘴唇，湿热的舌头伸进我的嘴里。要不是又一个爬犁下来，眼看就撞到我们，我俩还不会结束这冰上之吻。

逛完所有的冰雕，我们来到正播放着迪斯科舞曲的冰上广场，不少年轻人在广场上疯狂地舞动。中贺见了，把蓝色羽绒服甩给我，穿着红毛衣，白色雪地鞋，冲上冰面，随着节奏舞蹈。我没想到她的舞跳得那么好，动作几乎和专业演员差不多。很快，四五个年轻的小伙子围住了她。她毫无惧色，更来劲了，在小伙子们中间穿梭、周旋，还不时地抛着媚眼，活脱脱一个迪厅的领舞女郎。我不会蹦迪，看他们舞的眼热，又怕中贺惹事，就冲进广场，把她拽了出来。

"太爽了，第一次在冰上蹦迪。"中贺边穿羽绒服边说。

"跳得真棒，太专业了。在哪学的？"

"哼，别以为就你懂音乐，告诉你吧，我读大学时是学校舞蹈队的。别说这个，拉丁舞、探戈我都会。"

受冰雪节的影响，到哈尔滨旅游的人骤增，市内的宾馆大都已经订出去了。我们走了七八家宾馆，才在邮电宾馆找到一个双人间。一进客房，中贺就把雪地鞋脱了，又把袜子甩到床上，雪白的脚丫踩在柔软的地毯上，来回地走着说："太舒服了，今天连走带跳，脚都胀死了。东哥，这屋怎么就一张大床啊？怎么睡呀？"

"我睡地毯，你睡大床。谁让记者比警察地位高哪！再说，我是男的,你是女的。"

"我去卫生间洗个澡,你不许进来,听见没?"说完,她脱掉毛衣毛裤,拿着浴巾进了卫生间。

女人洗澡就是慢,好像要把宾馆的水用尽似的。四十多分钟后,中贺穿着自带的粉色睡衣出来了,坐在梳妆台前梳头。我从柜里拿出两床被子,一双铺大床上,让中贺睡,一双铺在靠窗的地毯上。我穿着毛衣毛裤,躺在地毯上,盖好被子。中贺回头看了我一眼,差点没笑出声来。不一会儿,我装作睡熟的样子,还发出一阵阵鼾声。中贺以为我真睡了,用脚丫踢了我两下,我没动。她又把脚丫放到我的嘴边,我仍没动。她俯下身,钻进我的被窝,把手伸进我的线衣,我忍不住笑着说:"你猜我想起啥事了?"中贺摇了摇头。

"你刚才进我被窝的样子和'韩老六'家接站女进我被窝时一样。"

"好大的胆儿,竟敢把我比作接站的。"中贺一边说,一边咬牙,趁我不备,突然拽着我的胳膊咬了一口,我疼得"哎呀"叫出了声。我转身将她按到身下说:"我也咬你。"说完,我掀开她的睡衣,把头伸了进去。中贺的体香很快将我陶醉,我仿佛置身于温柔乡,尽情地体味着青春的味道。

33

从哈尔滨一回来,我先把霍达、"铁拐李"找来,了解一下这几天洗浴的情况。他俩讲,金泰被掘后,小姐全走光了,客人也觉得他家不安全，生意冷清。其他几家洗浴仍有小姐，但完全收敛，公开在大厅拉客的没有了，有的洗浴不是熟客不敢接大活。这种局面正是我和曲所期待的。

我从办公室出来，碰见刘任、储能。刘任笑嘻嘻地说："警长，快过春节了，我看那几个警区正张罗搞年货、分东西，咱们警区是不是也搞啊？"

还没等我回话，储能在一边插了一句："你就放心吧！咱们是管场所的警区，咱头是何东，何头啥力度啊！咱们的福利肯定比他们都强。"他俩一唱一和地说给我听。

"你们俩捧我是不？不过，老储说得对，咱们警区不仅比他们强，而且要强不少。你俩回去告诉嫂子，先别买年货，等着分东西吧！"

他俩的话提醒了我。今年的春节来得早，还有十七八天了。我刚当警长，又管场所，警区的福利必须搞好，这是树立我威信的好机会。我就是从自己兜掏钱也得办好这事。我们警区十个人，加上所长、教导员、内勤小许及另外四个警长，每人咋也得买二百块钱的东西。这就得三千四百块，"铁拐李""小丹东"帮我立俩三等功，得算他们两份，又得四百元。前几天，曲所说所里的经费太紧，如果场所老板愿意赞助，所里欢迎。赞助费收上来，交内勤设账统一管理。我估计，曲所不但要考虑全所的福利，还有上上下下及各协作单位的关系，用钱地方多了。他的压力不小啊！场所是所里能要出赞助的大头，我怎么也得替曲所分担一些。

我个人这块需要送的礼也不少。程局长一年多时间，帮我两次,他不说话,我现在恐怕还在巡大街哪。可不经干妈点头,给他送东西,干妈肯定会生气,程局也不会看上我一个小警长送的东西。思来想去,我还是给小宇买两条烟吧!今后多跟他沟通,有些事一样能办。曲所、孙教那不能少花了,别买东西了,直接拿钱吧!他们相中啥买啥。还有干妈、郑副书记、乡下的母亲、妹妹,都得买一些。中贺从哈尔滨一回来,就花八百多元给我买了件大衣。她把我们的事跟她父母说了,她当教授的爸爸听说她找了个警察,不是太认可。不过,中贺把我捧得老高,说我如何优秀,逼着她父母春节见我一次。头一次上女友家门,咋也得买点像样的礼品。这些加一起,没两万、三万的下不来呀!

这些钱只能从场所出。我估计,收拾金泰对这些场子是个不小的震慑,在这一背景之下收治安费、要赞助,阻力不是很大。我分别找霍达、雷鸣、段誉三个组长单独谈话,部署各组利用节前突击检查,检查时,鸡蛋挑骨头,把老板逼出来,叼着他们的毛病收治安费,顺便谈赞助。我特别告诉霍达,金泰的赞助一分不要,收他家的治安费,票子要如实给,防止周养浩整事儿。段誉说他管的六家宾馆,有五家支持所里,唯有东方宾馆的总经理邵棋很难办。他仗着他舅是省委副秘书长,傲得很,别说赞助,治安费都不交。我决定亲自会会这个邵总。

东方宾馆是站前最豪华的四星级酒店。邵总的办公室在酒店的十六层。秘书把我们带到会客室,不一会儿,一个看上去只有二十七八岁的年轻人走了进来。我和段誉迎过去。段誉介绍说:"邵总,我们所的何警长,专门来拜访您。"段誉为了表示尊敬,特意把你说成您。我主动伸出手和邵总握了一下说:"邵总真是年轻有为,我还以为掌管这么大酒店的不是个老人,也得是个中年人,想不到你这么年轻。"

"客气,年轻不假,有为谈不上。前晚,你们分局胡局长在我这宴请客人,和我合个影。他说宾馆有事让我找你们所的叫什么的所长,我还忘了。"他把胡局抬出来吓唬我。

邵总说完,扔给我一支烟,而后拿出火机给自己点着,又把火机扔给我。我把火机和烟放到茶几上说:"不吸了,邵总工作忙,我就开门见山。东方宾馆在我负责的警区管辖范围内。这儿的治安、刑事案件都归我们受理。快过年了,我想征求一下你们的意见,以便配合我们明年的工作。另外,关于治安费的事。治安费是省里定的,也叫群防群治费。这笔钱取之于民,用之于民,只要是商家,都得交。您这儿这么大的宾馆,这点小钱没啥问题吧?"

"省里定的,我咋不知道呢?一会儿我给我舅打个电话,看有没有这样的文件。"邵总不高兴地说。

我知道他舅是省委副秘书长尚宇忠,却装作不知道地问:"你舅舅在省委哪个部门啊?我姨家表哥也在省委上班,没准他们还认识呢?"

邵总白了我一眼,有点轻视地说:"我舅叫尚宇忠,是副秘书长,你表哥在那干啥呀?"

"他呀,跟尚副秘书长很熟,叫郑红生。"我轻松地说。

34

邵总听到郑红生三个字,吓了一跳,略带质疑的口气问我:"郑副书记是你表哥?"

"当真人面不说假话,我得多大胆子敢开这样的玩笑。郑副书记家住在阳光路六号楼二门二○二。他母亲住在阳光路十六号,郑夫人在市医院当医生,女儿郑文萱在上海复旦大学读大四,郑副书记的车是奥迪100,车牌号是十八号。他以前抽的是凤凰牌香烟,去年八月份戒的烟。你看我说的对不?"

我打出郑红生这张牌,一下子打掉了邵总身上的傲气。他亲自给我倒了杯茶,满脸堆笑地说:"郑副书记的口碑可好了,我舅最佩服的人就是他。老弟,你有这么深的背景,咋还在公安局混啊?干脆跟我学,下海得了。"

"可不是吗?这警察当的跟要饭的差不多。警区、所里用钱的地方太多,汽车要加油,食堂要买菜,分局不给拨,只得靠收治安费和像你这样的大单位施舍过日子。下海可不敢想,警察还干不明白呢,经商下海还不得呛着。再说,穿上这身警服不容易,要脱下它真舍不得呢!"

"得,兄弟,咱今天不谈工作,就谈感情。一会儿,我让财会先给你拿一万,票子就不要开了。你以后有客人要招待,就到我这来,签单就行。办案用钱啥的,直接找我,谁让警民一家哪!"邵总的爽快和慷慨让我惊讶,前后两副嘴脸,绝非警民鱼水情深,而是中间有个郑红生。

一周时间,警区三个组共收治安费七万一千元,赞助费六万八千元,两笔钱几乎相当。为了表彰三个组长的努力。我奖励他们一人一千,随后,我又拿了一万元揣在左裤兜,拿两千元放右裤兜,而后来到曲所的办公室。

见我进来,曲所招呼我坐下,拿出两支烟,甩给我一支,我连忙接住,抢先拿起桌上的打火机,凑到曲所跟前,先给他点着,又给自己点着。还没等我开口,曲所吸了一口烟说:"我正要找你呢。想曹操,曹操就到了。你猜猜我找你啥事?"

"大哥找我都是好事,不过今天嘛,"我假装想了想说,"一个字,钱。"

"都说你小子仨心眼,我看得有四个,猜对了。快过年了,所里准备给全所民警搞点福利,每人照二百元花,得八千多块。我跟孙教商量了一下,这笔钱由你们警区出。咋出我不管,反正不能出问题。"

我从左裤兜掏出一万元,放到曲所桌上说:"一万,您咋安排我就不管了。"说完,我又从右裤兜掏出两千块钱递了过去说:"大哥,我来站前时间不长,可进步很快。没有您的支持和栽培,我哪有今天。过年了,我想给大哥和嫂子买件衣服,可又挑不好,就拿点钱,让嫂子随便买点啥吧!"

"不行,公家的钱我收下,个人的可不能收。你家在乡下,还没结婚,用钱地方多着哪,拿回去。"

曲所要跟我撕巴,我扔下钱,就跑了。我刚回到办公室,"铁拐李"来了。他把屋门关严说:"兄弟,有个好事跟你商量一下,你看行不?"

"说,客套啥。"说完我从抽屉里拿出两盒别人送给我的红双喜牌香烟扔给他，他乐颠地接过去，揣兜了，而后说："站前六路车终点站附近有两家个体旅店要兑，都是十五六张床，要价一万。我考察过了，那两家店的位置相当不错，价钱也算合理。我想咱哥俩各兑下一家，啥费都不用交，每月进个两三千的没问题。"

"我管旅店，再开旅店，好吗？再说，现在上面对警察和公务员兼职做买卖抓得挺紧，前几天，孙教还传达了警察不允许经商的通知。一旦抓住了，要挨处分的。"

"我的傻兄弟！不让干？你看哪个领导家的买卖停下来了，市局伍副处长、分局的潘队都开旅店，哪个不比你官大。开店的工商执照用你的亲戚名就行，有人查是你家亲戚开的，到啥时都不犯毛病。趁你现在有权，整点买卖，即使你退休了，买卖支着，到啥时你都有钱花。"

"铁拐李"说话就是实在，也敢说。以前我也听说过不少民警做买卖的事，包括曲所的岳父开酒店，孙教的弟弟开汽车修理厂，贺警长的妹妹在站前开录像厅。这些买卖表面看是他们亲戚的，可实际上都是警察的，不过由亲戚打理或做掩护罢了。常在河边走，没有不湿鞋的。偷偷做买卖开店，长远啊！我思考了一会儿说："行，这事你去办吧！我明天给你钱。你用我妹妹何多的名字把手续办了，保密啊！这事有第三个人知道都是你漏的。"

"放心吧！你这几天晚上安排俩民警去查查这两家店。这俩老板见有人要兑，嫌要价低了，有点后悔的意思。你收拾他们一顿，连查带吓唬，他们兑的能快点，我还能把价压压。"

一连两天晚上，我安排雷鸣带人查了这两家，轰走了五个没身份证住宿的，又抓了两对野鸳鸯。我以容留妇女卖淫为名，要罚他们。这时，"铁拐李"找到这俩老板，说他能帮助把五千元罚款免了。但条件是旅店必须兑给他，而且兑的价钱降两千。两个老板觉得划算，就办了手续。这样，我以八千元的价格兑下了我的头一个买卖——福生旅店。

35

我从赞助费里拿出三千八百块钱交给霍达、雷鸣，让他俩去买十九份年货，每份照二百块钱买。重点买吃的，包括鸡、鱼、蛋、肉、水果等。那个年代，人们对单位年底搞福利的事很在意，甚至将年底福利当成炫耀的资本。他俩买好后，又挨家送去。据刘任、储能比较，五个警区，属我们的福利花钱最多，购买的品种最全。谢警长收到我送的年货感到很意外，因为警区调整的事，他对我有些成见，背地里没少讲究我的不是。我的以德报怨让他觉得惭愧，再评价我时，他用了四个字：大气、讲究。曲所这人挺有意思。那天我给他拿两千块钱。第二天，他就让他老婆花一千六百多，给我和我妈买了两件羊毛衫，一点都不踏我的人情。

我抽空回了趟巡警大队，给程小宇送烟，没等到巡警大队门口，我忽然想起韩队，没他指点，我恐怕还在巡警队呢。我又到商场多买了两条红双喜，给韩队、小宇各两条。这几份礼忙完，要送大礼的就剩孙教了。他父亲小年二十三过七十大寿，在东方宾馆摆宴,到时我准备个两千元的大红包送去。再有就是给家里人买点东西就行了。

我回到办公室,粗略算了一下,去掉交所里一万元赞助、买烟和警区搞福利,赞助费还剩五万多块。这笔钱表面上是我们警区的,可归我支配,实际上等于是我的钱。五万,这在农村是个吓人的数字。我们屯最有钱的要数成光叔家,他家劳力多,又办了个养鸡场。可他家也就有三万多块存款,让屯里人羡慕得不得了。如果靠种地,一个农民辛苦忙一年,也就能剩两千块钱。要以这样的标准,想攒五万元,不吃不花,也得二十五年啊。人找财,难上加难;财找人,轻而易举。

这五万既让我兴奋,也让我害怕,一旦被查出来,我就是贪污罪呀。可又一想,这笔钱,谁也不知道,包括霍达、雷鸣、段誉。他们往我这交钱时,都是一对一单独进行的。他们只知道本组交了多少钱,三家的总数谁也不清楚。再说,我布置他们收赞助费时,说往所里交。所里的赞助费是统一入账,管理严格的。为了保险,我决定先不动这笔钱,用假名存上,放一段再说,一旦有啥说道,就说准备给警区办案用,啥事不会有。等过个一年半载,风平浪静了,再把这笔钱过到我的名下。

我正在屋里算计着。内勤小许上楼找我,说楼下有我电话,是个女孩儿,声音可好听了。这个小许,以前有我电话,只在楼下喊一嗓子,自从我们警区搞年货带她一份后,对我客气多了,有我电话都上楼喊我。准是中贺打来的,她张罗好几天了,要去看电影。这丫头平时总传我,今儿个咋还打所里来了。我下楼,拿起电话说:"中贺,这两天忙死了,事一堆一堆的。明天我陪你逛街看电影，好不好？听话，啊！"我连说带哄，可那边就是不吱声。

"傻丫头，别闹了，我们同志都在边上哪，让大家笑话。"

"中贺是谁呀？傻丫头？我听这称呼怎么这么耳熟啊！"啊？不是中贺，是文萱。她在哪？上海？还是回宜春了？我怎么把对中贺说的话都对她说了，我暗恨自己的鲁莽。

"文萱哪，你啥时候回来的？"

"何警长风光啊！当了警长，又有了什么中贺、傻丫头。事业、爱情齐飞共进，真是春风得意马蹄疾，一日看尽长安花呀！啥时喝你的喜酒啊？"文萱的脾气我是知道的，电话里阴阳怪气地调侃我，见了面非掐我一顿不可。小许离电话这不远，听筒里的话她都能听见，别再让她认为我玩三角情，传出去影响不好。我急中生智地说："表妹，别闹，哥这一帮人哪，我马上回老太太那看你。"说完，未等文萱说话，我就把电话撂了。文萱肯定回宜春了，前一段听干妈说，她寒假不回家了，想去广东男友家过春节。她咋又回来了呢？这个郑家公主，美丽、刁蛮，要是惹到她，她可啥事都干得出来。我连忙传霍达，让他把吉普车给我送回来。而后，我开车到超市，买了一大包文萱爱吃的小食品，直奔干妈家。

文萱给我开的门。半年多的时间，她好像瘦了点，头发也剪短了，不过更加俏丽了。她见我的表情很平淡，好在老太太在屋，她还是给我留点面子，装作很正常的样子问道："东哥回来了，听奶奶说你都当警长了，祝贺你啊！"我把小食品递给她。她接包的时候，趁干妈没注意，使劲踩了我一脚。我没防备,"哎呀"叫出声来。老太太不知细情,吓了一跳,连问怎么了。我忙说没事,进屋走急了,扭了一下脚,老太太叮嘱我加小心。文萱听了,坐在沙发上窃笑,脸上露出复仇后的得意神情。

"东哥,我离家五个月,你进步真快啊!都当上'黑猫'了。警长是多大官呀?"

"芝麻官,相当于农村有生产队那会儿,耕地打头的。在派出所,就是有案子有危险带头往上冲的角色。再说,这也不是我干得多好,都是老太太帮我找的人,说的话。"随后,我就把干妈让我找程宇光的过程讲了一遍。

36

"好啊!原来是走后门,我爸天天在会上讲反腐败,可这腐败到了自己家,他还不知道呢。一会儿他和妈来,我可得告一状。"文萱气呼呼地说。

"这个臭丫头,净胡说,你东哥不到半年就立了两个三等功,还上报纸、电视,人家是有成绩才提拔的。"没等我说话,老太太先解释了一番。正说着,郑副书记夫妇回来了,我连忙起身接过郑副书记的大衣,文萱冲上去和母亲搂在了一起。郑副书记见到女儿,心情不错,边坐下边问文萱:"坐火车回来的?春运卧铺不好买吧?"

"甭提这卧铺了。我是下铺,中铺是个男的,他那脚丫子得有半年没洗了,臭死了,害得我蒙着被睡了一宿。"文萱边说边拧起鼻子,好像臭脚丫子现在仍在她身边似的。

"何东干得不错呀！这段在报纸上没少看到你的消息，好像是黑旅店和洗浴卖淫嫖娼的事。"郑副书记头一次夸我，我心里美滋滋的，可还是装作一副谦虚的样子说："破那几个案子都是分内的事，很普通，只是记者们对我这类案子的题材感兴趣而已。不过，现在涉及黑旅店、涉黄的案子不好搞，案子背后说道太多，都有关系网，稍不留神就得罪人，甚至得罪领导。"接着，我把金泰董事长周养浩和重点保护单位的事向郑副书记做了汇报。他听了，点了点头说："你说的情况带有普遍性。把招商引资作为地区经济发展的主要方法，这无可厚非，问题就出在为了招商引资，有的地方付出的代价太大了。地皮优厚，劳动力低廉不说，偷税漏税问题严重。有的人过去判过刑，可发财后在某地投点资，立刻就成了外商，有的还进了政协、人大。他们头顶的光环越多、越亮，就越没法律意识，你说的金泰很典型啊！"

"爸，东哥当警长了，副科级。我现在越看他越像'黑猫'。"文萱在一边哈哈笑，动画片《黑猫警长》竟成了她埋汰我的素材。郑副书记也被她的话逗笑了。

饭后，郑副书记夫妇回自己家了。文萱说她昨夜坐火车没睡好，要早睡，并冲我使个眼色，意思让我在房间等她。十点半左右，老太太和王姨都睡了。我的房门开了，又被反锁上。文萱光着脚，穿着睡衣走了进来。我躺在床上，装作睡熟的样子。文萱上了床，钻进我的被窝，而后把手伸进我的胳肢窝，我绷不住，笑了。

"装啊！不到半年就把我忘了，快说，那个中贺是干啥的？

你们俩怎么回事?"

"小点声,我的小祖宗,别让老太太听见。"

"小点声?怕声大,就不该和那个中贺好,还要陪她逛街、看电影,像哄小孩似的。说,你们是不是都上床了?"

"没有,刚认识的,她追我,我没答应,上什么床。"我还是撒个谎吧,这丫头要是知道我和中贺的亲密程度,我这一宿都甭睡了。

"她是干什么的?长得漂亮吗?"文萱的口气松了些,声调也低了。

"报社记者,长得一般,跟你没法比。"

"啊!我说你怎么总上报纸,原来有内线啊。我刚才还纳闷,怎么记者对你破的案子那么感兴趣。"

"别提她了好吗?听老太太说你不是打算和男友回他家过年吗?怎么又回来了?"我将了她一军。心想,就允许你在学校找男友,我在家就得打光棍啊!

"我们吵起来了,鸡毛蒜皮的小事。这南方男人哪都好,就是没有东北老爷们的豪放劲,我一赌气就自己回来了,让他耍!还敢跟我耍。开学前他要不从广东来接我,我就和他分手。我告诉奶奶和王姨了,只要是南方口音的人来电话找我,就说我没回来。我看他急不急,借这个机会考验考验他。"文萱说完,把头埋在我的怀里。

"你呀!太不讲理,哪有你这么考验人的。还是给他打个电话,要不他还以为你失踪了呢。再有半年就毕业了,你到底怎么打算的?刚才吃饭时,我听你妈说一切听你的。"

"我也挺矛盾的,上海现在发展特快,已经是全国的经济中心、金融中心。留在上海,发展的空间更大些。可那边没啥亲人,人情淡薄,连个唠嗑说知心话的人都没有。"

我没有帮她研究去向,我说也没用。她的体温渐渐把我焐热了,更有一股淡淡的香气袭来,本能的反应让我情不自禁地搂紧了她,低头吻住她的嘴唇。她积极地回应着,趴在我身上,细细地吻我的胸膛、小腹。我还是第一次被女人这么照顾,竟情不自禁地叫出声,有一种飘然的感觉,好舒服。我把她放在身下。猛然间,我感觉在我身下的她那么像中贺,连呼吸的频率都像。我觉得自己的脸在发烧,如果打开房灯,我的脸一定通红。我心里觉得对不起中贺,吻她的动作慢了下来。文萱好像觉察到我的变化,边吻我边说:"东哥,你跟谁好都没关系,我不干涉,也干涉不了。这辈子,我不可能嫁你。但说实话,见到你,又喜欢你,知道你跟别的女孩好,我舍不得,心疼。"说完,她咬住我的胳膊不松口,我忍着痛,凶猛地发起最后的冲锋。

37

孙教的父亲七十大寿庆典的规模和隆重出乎我的预料。小年二十三上午九点一过,东方宾馆四楼宴会大厅三十张桌陆续开始坐人。孙教作为孙家长子站在大厅门前,迎候宾朋。来宾们进厅的动作几乎一致,先和孙教握下手,随后将红包递上。城东区区委书记徐国章、分局副局长冯树增以及城东区工商、税务、防疫站的主要领导相继到场,孙教将他们安排在首席。分局科、所、队的主要领导几乎都来了。

十点整,祝寿仪式开始。老寿星在两个孙子的搀扶下,上台就座。接着,全场灯光熄灭,孙教亲自点燃生日蛋糕上象征七十岁的七根蜡烛,乐队奏起《祝你生日快乐》的曲子。老人吹灭蜡烛后,孙教代表全家讲话,他介绍了父亲艰辛荣耀的一生和对社会所做的贡献,并向到场客人致谢。徐书记代表来宾致贺词。随即,大伙一拨一拨地向寿星献花、敬酒。

看着眼前的一切,我对孙教充满了敬佩之情。父亲大寿,来捧场的朋友之多,来宾地位之高足见孙教平日为人之好。人说前三十年子敬父,后三十年父敬子,此时的孙老爷子坐在台前,早已是心花怒放,满面春风。这次寿宴让我体会到,在公安局,一定要像孙教那样会做人,会交友。我渴望有一天,能给自己的母亲办一次寿,让她老人家也风光高兴一回。

宴会还没结束,孙教让我上楼开两个包房。分局中层干部有个习惯,遇到办喜事,喝过喜酒后,都要凑一块打打麻将。大家平时工作紧张,压力大,凑一块又难,就借这个机会打牌轻松轻松。

我开好房,刚将麻将桌铺好,他们就连说带笑进屋了。孙教送走徐书记和冯副局长等贵宾,也来到客房,看看大伙。我趁四个所长坐定码牌的工夫,把孙教拉到门外,从兜里拿出两千块钱塞到他手里说:"何东能有今天,大哥没少操心。过年了,连着老爷子过生日,我一起表示了,您随便给老爷子和嫂子买点啥。"

"不行，不行，你刚从农村出来，家里那么困难，你表示我不反对，可这也太……"

我没等他说完，已走进客房。所长们已开始打牌了，赌注不大，象征性的，不在输赢，只在小聚，放松一下神经。孙教也进了屋，和我在一旁观看。看了一圈，孙教把我拉到一边，在我身边低声说："兄弟，你在这学着，这麻将里面学问大了。"

"嗯，打牌靠技术，但更靠手气。"

"谁让你学这些了，是让你学识人的本领。赌品如人品，通过看人打牌的表情、手法、技巧，包括码牌、吃牌、收钱、掏钱的动作，可以判断打牌人的性格、特点及为人处事。你先看吴所长，他那堆牌码的，乱糟，不齐，牌前后都是烟灰，说明这人邋遢粗心，大大咧咧，干粗活行，干细活就差劲了，不过，这人没啥坏心眼子，直来直去，可交。钱所长呢，和两把，喜形于色，眉开眼笑；几把不和，小脸紧绷；一圈不和，麻将遭罪了，被他摔得啪啪直响，这种人易顺不易挫，把钱看得很重，输不起，利益比什么都重要，是个准小人式的人物。刘所长和他正相反，从打牌起，除了听牌响没话，赢了不见他笑，输了也不见他恼，这种人道行、城府很深，你别想把他琢磨透，跟他交往要小心，别远也别太近。关所长是这四人中的人物，打起牌来谈笑风生，赢不张扬，输不丧气。他的牌理不在输赢，而在参与，和大家沟通，这样的人君子风度，有气魄，将来定成大器。"

孙教的一席话，让我暗暗吃惊，连连点头。想不到这打牌与做人相通，牌桌与江湖相连，赌品与人品相似。一百三十六张麻将牌竟蕴藏这么多的道理，看来人生需要学习的知识太多了。

正想着，我的 BP 机响了。找个电话一回，是"小丹东"打来的。自打我兑下福生旅店，他就不擦皮鞋了，到旅店管事。

"东哥，有个大局子（赌局）。宜春有名的大耍（以赌博为生的人）'金三指'带几个牌星（赌博技术好的人）在铁路小区三号楼五门四〇一室推方子（指推牌九赌博），赌资得有几坎子（意为几万元），整不整？"

"金三指"？他可是个人物。听曲所讲过，他是宜春赌王。因赌博做鬼（做假）被砍去两个手指，可右手三个手指照玩、照赢，被道上称为"金三指"。他一向神出鬼没，宜春警察都想打他现行，可谁也没拿住过他，"小丹东"从哪得到他的消息呢？

"准吗？你咋知道这么细呢？"我问"小丹东"。

"昨晚来了个住宿的，像农村种地的。登记时，我看他里怀暗兜里鼓鼓囊囊的，没有一万，也有八千，就开始注意他。今天上午来三个人找他，他们在房间商量事，我就在门口偷听。他们说怎么联手对付'金三指'，还说就凭他们四十个手指还整不过八个手指。后来，他们用咱家电话和'金三指'联系，我才知道他们在铁路小区一个朋友家聚赌。估计这会正干呢。"

看来"小丹东"说的不假。"金三指"在农村长大，农村赌友多。临近春节，农村赌博正盛，"金三指"参加的可能性不小。这是个大赌，应报告曲所，自己别瞎整。

38

我连传曲所三遍,他没回话。我问孙教:"曲所哪去了?有个大赌。"

孙教说:"他刚才让分局'四大酒篓'给灌多了。多大赌?你们自己整吧!"

"'金三指'参加的赌,不小。"

"'金三指'?"孙教眼睛一亮,"我当这么多年警察都没会上他,你小子在哪淘弄的信儿?准吗?"

我把信息上来的经过讲了一遍。孙教想了一会儿说:"你把你们警区的人找齐了,马上到东方宾馆楼下集合,我亲自带队去。让弟兄们都换上便服,带一支枪就行,子弹不能上膛。参赌的只要不拿凶器顽抗,绝不许开枪。对了,让小许也换便服过来。"

"她来干啥?一个女的。"我有些不解。

"女的?用处大了。这伙赌徒在居民楼,他们轻易不会开门的。让小许装成收电费的,不引起注意。她把门一叫开,咱就往里冲。"

铁路小区离东方宾馆不远。我们聚齐后,三三两两地往小区走。到了三号楼,孙教让四个民警分别守住楼前楼后的窗户,虽说是在四楼,可赌徒急眼了,几楼都敢跳。小许装成收电费的,敲响了四〇一室的门,屋里没声。又敲了几下,有动静了。一个男人问:

"谁呀?"口气很冲。

"收电费的。"小许边说边从兜里拿出一沓票据,飞快地翻着。门上有猫眼,估计里边的人正往外看。五六秒后,门开了,小许往屋一进,我带着霍达他们迅速冲进里屋。一开门,满屋烟气,六个男子正围着一张桌,桌上是牌九和一沓沓的钱。我高喊:

"都别动,公安局的,别找不自在,否则伤了谁都不好。"说完我上前抓住右手三个手指的男子说:"是'金三指'吧?"他没吱声,点了点头。有个赌徒做了个小动作,把一叠钱塞进他的鞋里。霍达见了,上前把他拎了起来,"啪啪"就是两个耳光说:"掏出来,还有你们,把所有钱都掏出来。"

这一仗,抓获参赌人员六人,为赌博提供条件的一人,收缴赌资四万三千元。我们把"金三指"一伙押到所里,分好工,俩人一组,抓紧取材料。我久闻"金三指"的大名,想碰碰他,顺便了解一下这个高手的赌技,因为江湖上对他的传闻有点神了。

"金三指"没有太沮丧,显得很从容,好像对警察冲进来早有思想准备。

"说吧,兄弟,罚多少?说个数,我好准备。""金三指"看我年轻,觉得自己混迹江湖多年,想在气势上压住我。

"你以为你在农村派出所啊?耍钱、罚钱、走人。这是宜春,抓你进来,就没打算让你出去。罚你?便宜死了。《中华人民共和国刑法》有赌博罪知道不?你参赌的数额巨大,又属于以赌博为业的,刑拘你,等着判刑吧!"说完,我点燃一支烟,把腿放到桌子上,吐了个烟圈,在烟雾中看着他。

"金三指"见我话茬很硬,肚里带着气,意识到对我不太礼貌，就用三个指头挠了两下脑袋说："老弟，别见怪，刚才我有点着急。您大人不记小人过，宰相肚里能撑船。我一个残疾人，别和我一般见识，我在这给您磕一个。"

不得不服"金三指"识时务者为俊杰的敏捷和好汉不吃眼前亏的厚脸。四十多岁的人，"扑通"一声跪那，戴着手铐给我磕了一个。我见他的气焰灭了，心里有了底，让他起来说："这是宜春最大的派出所，还罚多少，说个数，罚你五十万，你拿得出吗？"

"兄弟，别说了，听您这口气，您是个亮堂人，咱们交个朋友咋样？多个朋友多条路。"这人脑袋真精，看我气消点了，立刻上脸，得寸进尺。跟我交朋友是假，想让我少罚他点钱是真。

"交朋友的事以后再说。你要有心，等案子处理完了，你从派出所门一出去，回来找我，咱们就是朋友。现在我办你的案，不是我抬高自己，这阵儿咱们交朋友，我觉得不是那么回事。我何东交朋友只交三种人：有孝心的人；有本事的人；有肝胆、重义气的人。不知道你是哪一种啊？"

"百善孝为先，江湖义最重。我'金三指'闯荡多年，这两样要做不到，早被踢出江湖了。本事吗？有，论赌技，在宜春，我没有对手。还算够格吧！能给支烟抽吗？兄弟。"

我给了他一支烟，帮他点燃。他点了点头，算是谢了，随后深深地吸了一口说："我今年四十三了，十岁学赌，二十岁到沈阳，拜名师学了三年。不少算卦的给我算过之后，都说我这辈子只与赌有缘，干别的都不行。可赌博让我失去了家庭，老婆带着孩子走了，赌博让我失去了两个手指头。钱吗，虽赢了一些,可在外折腾多年,也花个差不多了。我现在是房无一间,亲人不相认,四处流浪,靠帮赌友耍钱为生,日子越来越难。我的三个手指让我难以在赌坛混下去,很多职业赌徒一见三个手指的上场,扭头就走。你们今天抓的那几个老农是齐安县的几个大赌,我朋友撺掇的局。他们明知我要上,不服,想联手对付我。你们再晚到十分钟,他们就全输光了。"

39

"你真那么厉害?给你副扑克,给我演示一下。"我让霍达把他的手铐打开,扔给他副扑克。孙教说过,想当个优秀的警察,什么都得懂,什么都得学。

"金三指"接过扑克,边洗牌边说:"要想成为赌博中的高手,关键有四步:第一,要有较强的心理承受能力。赌博是一种心理搏杀,心理因素至关重要,自身心理稳定的同时,要了解对手的心理特征,击打对手心理,使其退缩,直到崩溃。表面看是桌上的牌在斗,钱在斗,实际上是心在斗。第二,善于察言观色,通过观察对方的眼睛及手部动作,迅速做出判断。看穿对方漏洞的同时,要善于伪装,自己不要表里如一。比如,有的人抓到一张好牌,他的眼睛瞬间一亮,我就知道他的胜机来了。所以赌牌讲究心、眼和手势的配合。抓到好牌,眼神不要暴露出来,有时甚至还要做出相反的眼神迷惑对方,抓好牌时,眼睛无光;抓张坏牌,双目生辉,这必然造成对手的错觉。第三,要学会捣鬼。俗话说,十赌九骗,耍钱鬼,耍钱鬼,没鬼就不叫耍钱了。捣鬼靠的就是技术了，宜春现在流行'填大坑'的玩法，我给你演示一下。我手里二十张牌，从 10 到 A。我刚才洗了几遍，不知不觉中，我已在牌上做了记号。我现在背着拿牌，可以准确叫出是哪张。"说完，"金三指"拿一张说，这是红桃 K，正是；再拿出一张，这是草花 10，对。一连开了八张，准确无误。

"这捣鬼还在码牌上。我现在把牌洗一遍，而后发牌。你的三张牌都是 K，我的三张牌都是 10，你会认为自己胜券在握。接着抓，你是 A，我是 K，你觉得赢定了。抓最后一张，你又是一个 A，可我抓的是 10。四个 10 杀三个 K，我赢了，这就是让你好牌输大钱，输得心疼的技术。这些牌上技术需要练，不是一两个月可以练成的。"

"你的第四步是啥？"我又给他一支烟，并把打火机撇了过去。"金三指"边点头道谢边说："这第四步是最难把握的，也是赌中的精华，就是学会'刹车'。'刹车'分两种情况：一种是屡赢时，要学会'刹车'。在输家红了眼，独你赢钱的时候，急'刹车'使不得，易引起争议和公愤，这时应该软着陆，可以故意'小输'两盘，以安众人之躁和对你的怨恨，而后再找机会撤。另一种是屡输时，切忌孤注一掷，不可把赌资输光。此时抬脚就走，没什么争议，留得青山在，不怕没柴烧，重整旗鼓，来日再战。这'刹车'的功夫最难学，轻易学不会，因为赌客的情绪最难控制。为啥开赌场赚钱，就因为赌客赢了的想多赢，输了的想捞本，最终赢少输多，演绎了无数的人间悲剧。不赌为赢，不赌才是赌界最高之境界啊！"

"金三指"见我对赌场黑幕兴趣浓厚，就倾其所有，把他多年闯荡赌场的秘密和经验毫无保留地倒了出来。

"你今后咋办哪？还要呀？"

"像我这样的人，活一天，算一天，有今天没明天，我根本不考虑未来。不过，以赌为生改不了了。只有赌场的环境和气氛才能刺激我，其他的，酒、女人，我都提不起兴趣。"

"不拘你可以，可罚款免不了。你还有钱交罚款吗？"我对他的交钱能力产生怀疑，这工夫，谁会给他拿钱或把钱借他。

"这全看您了。您要是高抬贵手，我们哥几个就能松快一点，也能过个差不多的年。这要钱不像偷东西，不恨人，罚多罚少全凭您一句话。""金三指"不愧为老油条，一口一个"您"地叫着，四十多岁的人敬着二十多岁的人。

"你兜里九千多赌资都搜出来了，上哪取钱去？"听他口气，他有办法拿到钱。

"您说个数吧！人生在世，谁还没两个过命朋友。我喊一嗓子，钱不会差的。""金三指"挠着头说。他的头皮屑哗哗往下掉，看样子头发许久没洗了。他右手三个手指的指甲里全是泥。四十多岁的人，白发不少，加上满脸的皱纹和沧桑，看上去像六十多岁的人。不知不觉，一股同情心油然而生。也许因为我们都是农民的缘故吧，我萌生了从轻处罚的念头。因为孙教亲自带队抓的赌，咋处理必须请示他。

"东子，这事你定，你说咋处理就咋处理。"听他说话的口气，再看他通红的脸，准刚才又喝了。

"'金三指'这家伙态度挺好，少罚点得了。他们身上都没钱了，取钱还费劲。我的意思是从赌资中拿出一万四当作罚款，每人罚两千,其余的没收,行不?"

"行,他们也得过年哪。别一人两千了,一人罚一千得了,今儿个老爷子七十大寿,高兴。"

"金三指"听到处罚结果,冲我抱拳说:"兄弟,谢了,两座山碰不到一块,两个人总有碰到的时候,今天您高抬贵手,放我一马,恩情容当后报。"说完,他给我留了个电话号码说:"我不敢妄谈你将来有求得着我的地方,但一旦需要我,只要我还有口气,肯定到场。"我接过他写着电话号码的纸片,塞进抽屉里,心想,我会用得着你什么。想不到的是,日后我在新东方设了个赌局,邀请周边八个县市的赌博高手聚赌,将"金三指"请来主持,"金三指"重出江湖,为我赚了六十多万,还了我这个人情。

40

干妈穿着我给她买的带福字的大红袄在镜子前照着,乐得合不拢嘴,连说太新鲜,穿出去让人笑话。文萱在一旁叫好,说我有眼光,让老太太年轻了二十多岁。

我决定年三十上午回乡下过年。临走前,我逛了一下午商店,给干妈和亲妈,还有妹妹买了礼物,还买了一大堆吃的用的,吉普车的后座堆得满满的。原计划中贺跟我去乡下过三十,谁知文萱也要跟我去,她说城里过年没意思,想到农村看看咋过年。另外,她今年的毕业论文没什么好题材,想以东北农村过年为题,写篇标新立异的论文,拿回她的毕业证。

两个搞新闻的女孩儿给我出了道难题，都想去，带谁去？都带去肯定不行，那我们家就甭过年了。不让中贺去吧，有点说不出口，她是我名正言顺的女朋友。不让文萱去吧，这个"不"字，我根本不敢说。她那公主脾气我是领教过的。她还有个特点，越不让她做的事，她越想做。老太太也同意她去乡下，还让她给我妈买了块布料。思来想去，只好委屈中贺了。我打电话告诉她，干妈要去农村过年，保姆王姨也去，吉普车坐不下她就别去了。我初二就回来，直接上她家拜年，见她父母。我这个谎撒得还算匀乎，中贺勉强接受了，可一肚子不高兴。我在电话里哄了老半天，又答应给她买双高筒靴，才听见她的笑声。

在我眼里，东北农村的冬天是最美的。一望无际的平原，大雪覆盖着黑土地，寒冷的空气清新而又纯净。公路两边是笔直的白杨树，不远处的屯子里飘着袅袅炊烟，宁静中流露着生机，好一幅东北雪野的画卷。此时的我驾驶着满载年货的吉普车，身边坐着娇艳妩媚的文萱，心潮澎湃，回想以前快过年时，我是赶着马车到县城的，用少得可怜的钱算计着买点年货。可如今，我已是宜春市公安局的一名警长了。笑容展现在我的脸上，激动和满足堆在我的心里，我眼中的一切都是那么美好。我边开车边给文萱介绍农村的房屋、土地、柴草垛，文萱兴奋地听着、看着，农村的一切对她都是那么新鲜。看到有趣的地方，她让我停下车，拿出相机"咔咔"地拍几张。

吉普车停在我家门口。妈和妹，还有不少亲戚、邻居都在门口候着哪。上周，我们屯王老好上宜春办事，到所里看我，我让他给家里捎个信，说三十上午回来。

"妈，咋样？没闹病吧？小妹，这段时间气妈没？"说完，我使劲地拧了一下何多的脸蛋。

"这孩子，见面就和你妹闹，我这身体好着哪。人心情好，没啥愁事就没病。你每月给我寄一百块钱，我想吃啥就买点，咱家在屯子也算上等户了。"我们娘仨说话这工夫，文萱早下了车，拿着相机对准我们一顿狂拍。我妈看见文萱，有点发愣。

"妈，这是我干妈的大孙女，郑副书记的掌上明珠，上海复旦大学的高材生，叫文萱，没到过农村，特意来咱家过年的。"

"阿姨，您好！"文萱边问候，边不停地跺着脚。

"啊？你咋不早说，咱家这条件，人家能住惯吗？外面冷，快进屋说去。"

文萱一进屋就乐了，指着我家的大炕说："这就是炕吧？"

"对，孩子，把鞋脱了，上炕暖和暖和脚。"

文萱脱了鞋，上了炕头，盘腿坐下。她戴上妈妈的帽子，问我像不像东北农村的老太太，还让我给她拍了张炕头照。

何东当了警长，开着吉普车，还领回一个像电影明星似的女大学生的消息很快传遍了全屯。我家立刻变成了展览馆。乡亲们一拨一拨地到我家看热闹。大伙进屋，表面是看我，跟我寒暄几句，但注意力却没在我身上，都看炕上的文萱，有的还指指点点的。我怕文萱尴尬，就说："屯里人没见过你这么漂亮的大姑娘，拿你当明星了。"文萱马上不好意思起来，边下炕穿鞋边说："得了，我还是下炕吧，往这一坐，感觉自己像动物园的大猩猩。"满屋人都被她逗笑了。

我陪文萱来到院里。她看见猪圈、鸡舍、玉米垛上都贴着福字，感到惊奇。我告诉她，这是农村过年的习俗，意在祈求五畜兴旺，年年丰收。当她看到我妈从雪堆里取出冻着的鸡、鱼、猪肉，忙用相机拍下，并说东北冬天室外就是个天然大冰箱。

年三十晚上六点钟，我们家举行了祭祖仪式。我把父亲珍藏的老祖宗画像挂到墙上，像前摆了个香案，案上放了几大盘供果和香炉。我点上三炷香，磕了三个头，敬天敬地敬祖宗，求得天地和祖先的保佑。半夜十二点，妈妈开始煮饺子，我和妹妹、文萱到院里放鞭炮，通过放鞭迎天神、敬天神。农村放鞭炮说道挺多，哪家放得越多，响的时间越长，越说明这家人旺、财旺、运气旺。往年我家穷，买一挂鞭，意思意思就得了，今年不同，我一下子买了五百块钱的。我把所有鞭炮连在一起，挂在晾衣绳上，点着后，鞭炮足足响了半个多小时。全屯都震了，都知道今年的鞭炮冠军是何家，运气最旺的也是何家。

文萱拍了整整两个胶卷，又拿出笔记本跟我妈聊了很久，聊农村人过年时穿的、用的及串门拜年的规矩。边聊边记。她说，她的论文肯定一炮打响，因为东北农村过年这个题材太有新意了。还没等她高兴完，三十后半夜，文萱来麻烦了。她平日睡床，冷不丁睡炕，根本不习惯，翻来覆去睡不着。越睡不着，越想小解，可农村的厕所在室外，她不敢去，把我摇醒。我陪她来到室外，望着黑洞洞的厕所，她不敢进。我让她在房边尿，可我在旁边，她不好意思。我走远了呢，她又害怕。最后，我把耳朵堵上，背对着她，她才完事。

41

初一一大早,邻居徐婶带着她家国子(大名徐予国)到我家拜年。我们两家处得一直挺好,尤其在我家最难的那两年,徐婶没少帮忙,做点好吃的,总不忘给妹妹端过来一碗。

"东子,徐婶来看你了。你打小就聪明,心眼好使,这才几年,看你都出息啥样了。你爹要活着,不一定咋乐呢。"

我一边让何多给徐婶倒水,一边从兜里拿出五十元钱塞到她手里说:"婶儿,您是看我长大的,这些年您没少帮我家。我何东眼里有,心里更有。您不来,我一会儿也得过去。这钱您给我徐叔买两瓶酒喝。我在外忙,以后您有空多过来陪陪我妈。"

"这可不行,还给我拿钱。"徐婶跟我撕巴了一会儿,没撕巴过我。她攥着钱说:"东子,婶儿有个事想求你。我家国子二十一了,跟他爹在家种地。这收成倒还不错,可粮价低,化肥、种子价高,一年剩不了几个钱。我寻思你能不能帮他在城里找个事做,这人在城里再差,也比乡下强。你现在当官了,怎么也比我们有办法。"徐婶说完,笑着看我妈。妈对我说:"东子,你徐婶不是外人,咱家最难时,人家可不是势利眼。你想想招,把国子的事安排了。"即使妈不发话,就凭徐婶没看我家笑话,国子帮我扎过外屯卖豆腐的车胎,我也得把这事答应下来,更何况我是个特要脸的人,我在徐婶心里是个能人,这事办不了,太没面子,虽没想好咋安排,但给他找个地方应该没问题。

"嗯,这样吧,过完正月十五,您让国子到派出所找我。婶,您放心,有我吃的,国子就不会饿肚子。头两年我不敢说。几年后,国子肯定有模有样的。"

"还不谢谢你东哥。"徐婶拽着国子,让他谢我。国子和我从小在一起玩,本来熟得很,可自打我穿上警服,又当上警长,他见我有点打怵,像个大姑娘似的,脸通红,说不出话。

我本想初二回宜春,可文萱非要初一走。主要是上厕所的问题难住了这个娇公主。我知道文萱的脾气,她定的事,谁都改不了,就让妈准备准备。妈给干妈拿了一大兜子黏豆包、笨猪肉、笨鸡,让我带回去。昨晚我给妈拿了一千元钱,让她给文萱二百,作为见面礼。临上车时,妈给文萱钱,文萱说啥不收。后来我说这是民俗,她才收下。

按计划初二我要去中贺家。她跟她父母提到了我,但没把关系说透,只说是一般朋友。她爸希望中贺找个大学老师或博士一类的男友,对警察这个职业有些失望,与他家书香门第的风格不符。初一晚上,我在干妈家给中贺打电话,又问了些她爸妈的喜好,我担心自己的底子,和教授说不到一块。最后这担心竟变成了恐惧,一听教授两字,脑袋都疼,甚至不想去了。中贺说我要想娶她,她爸这关非过不可,让我说话文明点,老成些,少提公安局的事。她还让我撒谎,就说现在正读大学法律函授,提高一下自己的品位和分量,增加她父亲对我的好感。中贺和文萱的父亲都希望女儿找个有学问的知识分子,这让我难以理解。

初二早上八点钟,我拎着两盒人参和两瓶西凤酒来到中贺家。大学教授的家跟我想象的差不多,儒雅、宁静。三室一厅的房子,有两室装的都是书。中贺的父亲大高个,五十多岁的年纪，一副眼镜架在一张自信的脸上。中贺的妈妈和我打个招呼就上厨房忙去了，中贺的父亲递给我一个橘子，问起我的家世和单位的情况，我简单做了回答。当他问我读了几年书，现在经常读哪些书时，我一下子慌了，忘了中贺教我说的，谎也不会撒了，红头涨脸地把我在农村的经历讲了，说穿了，我是个连高中都没毕业的人。

"恕我直率，我对当警察的没什么好感。"中贺的父亲一听我连高中都没念完，顿时一脸的不快。

"前天，我去派出所落户口。女内勤的口气太冲，冷冰冰的，让人接受不了。女警察都这样，男警察得啥样。"

"叔，我理解您的话，但您不能以偏概全，不能因为宜春公安局一个角落的肮脏，就说整个公安机关哪都埋汰吧！"教授的直白和对我，乃至对公安局的轻视和成见，让我不再慌乱和自卑，我突然来了勇气和灵感，反击着。

"这话不假，可警界丑闻太多，这是个不争的事实。上周，公安部把西安一个分局缉毒中队给查了，缉毒民警竟把收缴的毒品卖给吸毒者。缉毒警察成了贩毒警察，简直成了笑谈。这都黑成什么样了。"教授边说边摇头。无须多思考，他已在全力阻止女儿找穿警服的男朋友，恐怕让他转变观点都难。本来没见面之前，我对她爸就有些敌意，现在他这样无理对我，我也只有撕破脸皮了。中贺在一边噘着嘴，流露着对父亲的不满。

我把橘子放到茶几上，站起身说："警察是个特殊的行业。他们每天置身于你们大学教授想象不到的恶劣环境，面对着形形色色的对手和罪恶。长期生活在黑色世界，免不了有人抵抗力弱，出一些问题，甚至违法犯罪，这是十分正常的。您老如有机会到监狱的犯人册上查一查，从市长到科长哪一级干部都有，哪个职业都有，也包括一些有学问、高学历、高智商的大学老师、教授。前天，云南破获一起特大制造冰毒案。案件的主犯，也就是冰毒的制造者就是一所名牌大学化学实验室的教授。"我的反击有所指，长个脑袋的人都听得出，我的意思是大学教授里也有不少垃圾、罪犯。中贺刚在一旁为父亲的话着急，现在又觉得我的话太重，狠狠地瞪了我一眼。我明显感到教授的脸阴了下来，他望着书架上的书说："何东，我三十五岁才有中贺，她是我们老两口的宝贝疙瘩。你刚才说的我都明白，我也无意跟你探讨警界、教育界腐败的问题。只是当警察太危险，如你所说，面对的都是恶人。我不希望把女儿的终身托付给一个充满危险、争斗、厮杀色彩的人。我查了一下有关资料。去年，全国牺牲的公安民警有五百四十六人，受伤近三万人。平均每天都有民警牺牲，每小时都有民警在流血。也许我的话过了、重了，但我希望你原谅我的率直，我得为中贺一生的幸福负责。我希望你们只做一般的朋友。"

42

我没再争辩下去，也没有争论的必要，抬腿就走。此时的我，愤怒和自卑交织。我原以为自己穿上警服就是人上人了，现在我才明白，在郑副书记和教授的眼里，警察是与粗鲁、蛮横、无知是画等号的。

我带着一肚子的屈辱和闷气离开中贺家，回派出所。我把车开得飞快，发泄着心中的愤怒。一路上我的 BP 机不断地响，我知道，一定是中贺在传我。

到了所里，我给中贺回了电话，中贺听到我的声音，"哇"地一下哭出声来。

"东哥，你一走，我和我爸吵起来了。我现在在楼下小卖店打的电话。我爸不同意，可我喜欢你。为你，我付出什么代价都行，包括父亲。你别生气了好吗？"中贺动了情。从这句话能看出她是真的爱我。不过，我难以从刚才的交锋中拔出来，我把所有的气都撒到中贺的身上。

"高中贺，你回家吧！大过年的，别跟你爸闹太僵。都是我不好，不该高攀你家。我要是个硕士、博士就好了，可惜只是个臭警察。你爸是教授，我连爹都没有，妈一个字不识，咱俩家门不当，户不对。我从小到大，被人瞧不起的日子太多了，我不能容忍自己再被人瞧不起。我永远不想再见你的父亲。咱们分手吧！"

"分手？在家与父亲吵，给你打电话，你一句安慰的话都没有，还说这么绝情的话，好吧！看来我们有缘无分，你别后悔。"中贺"啪"的一下把电话摔了。

放下电话，我两眼发直，坐那发呆，不知怎么办才好。其实这事根本怨不着中贺，我只是一时激动，才说出那么绝情的话，我后悔不该伤了中贺的心，不管怎样，我打心眼里还是爱她的，何况在我和她父亲之间，她旗帜鲜明地站在我一边。我和中贺之所以走到这步，就因为差张纸——文凭。孙教曾说过，升官有四大要件，政绩一定好，关系很重要，年轻是个宝，文凭不能少。文凭虽排最后，可到关键时，没有真不行。我非得把这个大学文凭拿到手，不蒸馒头，争口气，让教授看看，警察不是大老粗，也是知识分子。从派出所回到干妈家，我开始发高烧，一连三天，持续三十九度。我心里清楚，没什么炎症，只是一股急火。文萱天天陪着我，用凉毛巾给我敷脸，让我的心多少得到些安慰。

大年初六下午四点钟，刚刚好点的我接到所里通知：马上到所开紧急会议。一定出大案子了。我换上警服，开车来到所里。

的确出大案子了，但不是刑事案件，而是一起特大交通事故。初五下午，宜春至永林的公路上发生了一起车祸。一辆红色捷达车与一辆大解放迎头相撞，捷达车上五人全部死亡。这辆车是站前新望路上的黑车。宜春电视台报道了这条消息，并对新望路黑车猖狂揽客，搅乱正常运输秩序的事进行了曝光。市局、分局领导对此高度重视，责成站前治安派出所对新望路黑车问题予以整治。所务会上，曲所就整治黑车进行了部署。

"新望路黑车的事以前有过，但成气候就在这个春节。领导有批示，限咱所三天之内将黑车赶出站前，并强化日常管理，确保正常营运秩序。从今天起，全所两班倒，我和孙教各带一班。黑车大都在新望路附近隐蔽处藏着，民警着便装对拉客、揽客的人员进行跟踪。一旦客人上车，立即抓获拉客人员及司机，并将乘客带回取证。扣留的黑车一律送至站前停车场，由所里统一处置。最后，我再强调一条，任何人不得说情走后门，不得给黑车通风报信儿，违者以违纪论处。今晚，我带何东警区和谢警长警区的队员开始行动。"

由于我们突然袭击，又正逢春运高峰，新望路黑车车主毫无察觉，干得正欢。我与段誉、霍达一起，没二十分钟就抓获三辆黑车。当我把违法人员及黑车往停车场带时，我的BP机响了，是孙教传我。我忙找个电话亭回话。孙教问我是不是抓了一辆宜A××××××的捷达车，我说有，孙教说这车车主是城东区工商局局长的小舅子，让我关照一下。我毫不犹豫地答应了，随后，让霍达把这辆车和人放了，并嘱咐他别让人知道。

第二天上午九点，所里召开民警会。曲所脸色极其难看，一脸的怒容。我心里纳闷，昨晚扣了七辆车，拘了八个人，旗开得胜。今早新望路一辆黑车都没有了，曲所气从何来呀？我正想着，曲所说话了："本来，昨天两个警区忙了大半宿，今天应该让他们休息，可事出得太急，也太让我气愤。有人拿我的话不当回事，私下里就敢把黑车放了，这胆也太大了。往小了说，这是没把我这所长放眼里，拿我的话当放屁。往大了说，这是徇私枉法！不要以为上边有人，就什么都不在乎了。要懂得大小，更要摆正位置。这件事没完，我看他态度，希望他把事跟我说清楚，说不清楚肯定不行。这个口子要是开了，对我不敬是小，将来出了大事就晚了！"

曲所一字一句，慢慢地念叨。那每一个字，每一个音儿都像一把把小刀，剜着我的心。这明显是说我呢。可放黑车的事只有霍达知道，他是我的铁杆，不可能把这事捅出去。差哪了呢？坏了，一定是段誉，抓黑车的时候他在，他是曲所的心腹，一定是他统计我们组战果时，发现了问题，出卖了我。此时，我想站起来,把事说清,可又一想不妥,那不把孙教露出来了吗。我偷着看了孙教一眼,他坐在那,气定神闲,摆弄着钢笔,无事一般。

望着泰然自若的孙教,我的底气足了些。一散会,我低着头往外走,在会议室门口与孙教相遇。他往所门口使了个眼色,意思是让我出去。他说过,商量大事时,不能在所里,隔墙有耳。我刚出所门,BP机响了。汉字显示:孙先生请您速到金皇后洗浴中心。

43

我和孙教刚钻进桑拿室,一股热浪就扑面而来,让我喘不上气来。我忙用湿毛巾捂住嘴,待稍适应了一会儿后说:"大哥,是段誉给曲所报的信。昨晚抓工商局局长小舅子的车时,他在场。放车时,他不知道。但他回所后问过一共扣了几辆车,而且去了停车场。自打我当上警长,他没当上,他就有点不自在。我把洗浴交给霍达,让他管宾馆,他的想法更大了,心里一直闷着。他对我干的事,处理的每一起案子都很敏感,总想从中找出点毛病。我一直防着他。昨晚他终于找到机会,奏了我一本,他是想在我和曲所之间制造矛盾,他好从中得利。您放心吧!就算我和曲所翻脸,也不会露出您半个字。"

"段誉还有这嗜好呢?这种人,不把他踢出去,早晚得坏事,竟然整到我头上了。不过,曲所已经知道是我让你放的黑车。"孙教把毛巾铺在脸上说。

"不能吧！这事就咱俩知道。"

"沈局长他小舅子在新望路开黑车不是一天两天了。沈局长跟我的关系非同一般，他小舅子的车抓了又放了，肯定是我说的话。再说，咱们所，也只有我说话，你何东才能想都不想就把车放了。曲所长虽说不是诸葛亮，可这点小事还是瞒不住他的。"

"大哥，我说这话可不是挑拨您和曲所的关系。既然他知道是您说的话，怎么也应该给您留点面子啊！他跟我说过，他跟您是铁板一块，一荣俱荣，一损俱损啊！"

"曲所对你私自放车的事肯定有想法。没听他说吗，要懂得大小。可别忘了后面还有四个字，摆正位置，这四个字是点给我听哪。你不知道，我父亲过生日那天，区委徐书记来了，和分局冯副局长同桌，徐书记让冯副局长多关照我。同桌的人就借此瞎传，尤其经过咱所的地下组织部长编造后变了形，说分局春节后要对中层班子调整，还说我要把曲所挤走当所长。这明显是在我和曲所之间整事，可曲所竟然信了。我私下里问过政治处汪主任，汪主任说节后调整不假，是小调。站前属新班子，不在调整之列。再说，就算调班子，还能轮到我吗？吴宇蒙的事对我影响不小啊！"

屋里的蒸气越来越浓，我俩都挺不住了，一起出来。孙教说："这事你必须找曲所谈，要如实谈，要检讨，承认错误。就事而言，曲所发火是有道理的。当一把手的，最忌讳下属拿他的话不当回事。你可以直接说是我让放的，就说我说话了，你磨不开面子。"

"大哥,没必要吧,他既然不给你面子,我就不给他面子。"

"不行,别说你,就连我现在都没资格和姓曲的分庭抗礼。你我现在都处在成长期和上升期,要学会忍,只有忍一时,才能风平浪静。否则,祸必加身。一会儿洗完澡,你就去找曲所。"

我进曲所办公室时,他正在那发愣,像是在寻思事。也许太专注,我进屋了,他都没觉察。

"大哥,我请罪来了。"我开门见山。

"啊?"曲所抬头看看我,从刚才的思考中爬了出来。

"想通了?"曲所拿出一盒烟,扔给我一支,自己也叼上一支。这是个好信号,说明他气消了不少。我赶忙上前帮他把烟点着。

"昨天是我违抗了您的命令,把黑车放了。我错了,再也不敢了。不过,是孙教给我打的电话,你说我咋答。我要是说不行,得找曲所,孙教肯定有想法。他会想,教导员不也是正科吗?说话不好使?再说,您不是说您和他铁板一块吗,我寻思你俩那么好,我就没请示您。"

"内情我就不多问了,既然是孙教说的话,我就无话可说了。他也是,直接跟我说不就完了,还难为你,以后注意就行了。这还不错,是辆黑车,事不大。这要是够罪的,你给放了,你不得进去吗。兄弟,讲义气是对的,可有时候得多长几个心眼啊!"曲所长话里有话,点我别跟孙教走得太近。

"明白,我心里有数,不过这事我肯定错了,以后看我行动。"

"看啥行动,我对你还不放心吗。回家吧,歇歇,昨天忙了大半宿。"曲所对我是先打后拉,让我心里忽冷忽热,嘴里像倒进了五味调料，啥味都有，又让我啥味都品不出来。

离开曲所办公室，我开车回干妈家。一路上，我心里这个恨，干了大半宿，累得要死，到头来夹在两个领导中间，成了他们斗法的工具。完了还得违心地说拜年话，唠软嗑。段誉啊段誉，背地里敢整我，我非好好拾掇拾掇他不可。我要让他成为第二个吴宇蒙。

段誉有个毛病，贪杯，见酒没命。连他的朋友，都以酒友居多。因为喝酒，段誉出过不少笑话。有一次，他酒后处理一起两个商贩打仗的治安案件。本来案子不大，只需调解一下就成。谁知段誉酒后胡言，糊涂警乱判糊涂案，非要把俩人都拘留了。结果，两个打仗的和好了，联手到分局把他给告了。林所在所时，因为喝酒的事，没少撸他。曲所上来后，也说他，可收效不大。听孙教说，吴宇蒙出事后，曲想提名段誉当警长，因为段誉始终铁心跟他。可孙教一句"他那酒谁能控制得了"，曲所就不吱声了。在酒上，曲所不敢给他打包票。我决定在段誉的酒上做点文章，找他个茬，先打打他的威风。

44

正月初十，所里正式上班。所务会上，曲所部署完业务工作。孙教强调了队伍建设和收心的事，并把禁止工作时间喝酒作为节后所里抓纪律的第一条举措。这是我事先和孙教商量好的。喝酒的人没脸，有瘾，一顿不喝都受不了。果然，上午开完会，段誉在所里和吴军休息闲扯。快到十一点时，段誉接到一个传呼,他回了电话,说了句"一会儿就到"就走了。

他一走,我就让"小丹东"跟着他。半小时后,"小丹东"打电话告诉我,段誉和他那几个酒友在七马路一家狗肉馆喝上了,喝的是白酒。一小时后,我估计段誉喝得差不多了,跟孙教碰了一下。孙教让内勤通知全所民警一点钟回所开紧急会。不到二十分钟,大伙陆续回来了。段誉也回来了,他的脸通红,打着饱嗝儿,一看就没少喝。

孙教点过名后说:"我上午开会讲了节后抓纪律的事,提出的第一项措施就是禁止工作时间饮酒。现在我搞个小演习,想看看咱所民警的状态,能不能做到招之即来,来之能战。上午的会开过还不到三个小时,会议室的烟还没放干净,就有人公开违反所里的禁令,照喝不误。段誉,请站起来,向大家做出解释,为啥上午定的事,中午就违反。"

段誉晃晃悠悠地站起来说:"来了几个朋友,就喝一小杯,再说我喝酒时是中午休息时间,也不是工作时间呀!"他一点都没多,明显对孙教的批评表示不满。

"说得好,不过没道理。我问你,咱们是八小时工作制还是四小时工作制?要是四小时工作制,你中午喝就没毛病,可咱们是八小时工作制,你中午喝就不行。我决定,从现在起,你停止工作,做出深刻检查。如果你能认识到自己的错误,就在所里公开检讨。如果认识不到,对不起,我把这事连同你这个人,一并报分局处理。"孙教说完,看了旁边的曲所一眼。

"孙洋,你要是瞅我不顺眼直说,你这不是整人吗?咱所工作时间喝酒的多了,干啥拿我开刀?啥意思?我不服。"段誉仗着酒劲,也仗着曲所是他的后台,公开跟孙教叫板。这时我得说话了。一旦他撒起酒疯,影响孙教的威信。

"老段,干啥呀!怎么喝点酒这样呢。现在别说你有毛病,就是没毛病,孙洋同志作为所里的政治教导员批评教育你几句都是正常的。别忘了,你是个党员。孙教上午提出抓纪律,抓工作时间禁酒,你中午就开喝,这不是公开向全所挑战,向警纪挑战吗?话说回来,如果孙教没把丑话说前头,现在批评你也行。可现在全所就你一个顶风上的,不服管是不?错了就是错了。"说完,我也站了起来,对孙教说:"教导员,这事我也有责任。段誉是我们警区的人,我身为警长,没有尽到管理队伍的职责。要检讨,我先检讨。我们警区要以此事为鉴,吸取教训,加强工作纪律。"

曲所在一边看着我和孙教一唱一和地祸害他的爱将,心里有点不是滋味,想帮段誉解围,又觉得他理亏。他见段誉还不服,生怕他把事情弄大,站起来说:"老段,还要不要脸了?领导说你不对呀?你这是让所里发现了,要是让分局、市局抓住,还不得处分你啊!醒酒后,马上在全所做出检查。刘永军,你先把他扶回寝室休息。"随后,曲所对孙教说:"别生气了,他就那德行,酒劲攻的,醒了酒啥也不是。"随后,他点上一支烟,对大伙说:"我赞成孙教抓队伍的决心和方法,往后就这么整,治军就得严,酒的问题不解决,队伍早晚还得出事儿。"

会散了。让段誉在全所出了洋相,我感觉挺解恨。可一想曲所暗保段誉过了这一关,他还得在我们警区干,监视我,琢磨我,心又有些不甘。我想就此机会跟曲所提出来,把他踢到别的警区，可又感觉现在不行。这么一整，别说曲所，全所弟兄都能看出来我在整他。

晚上，我开车回干妈那。文萱说她过完正月十五就走，让我多回去陪陪她。中贺自从初二之后，一直没给我打电话，我也没给她打。我俩当时话说得都挺绝，谁也放不下架子先联系对方。虽然也想她，可我不愿先低这个头。

我走进干妈家客厅时，见老太太正在和一个英俊的小伙子唠嗑。老太太见我进来，介绍说："东子，这是文萱的大学同学，也是男朋友，叫邓成宽，家在广东，刚下飞机，是来接文萱回校的。这是我干儿子何东，是个警察。"邓成宽站起来，大方地向我伸出手说："警察叔叔好！"出口就是粤语，勉强听得清楚。我忙和他握了握手。文萱从厨房出来了，满脸的得意和幸福，指着广东人说："我跟警察叔叔都说了，你要是不打飞机来接我，我就永远不理你，算你识相。"看着文萱脸上的笑容，我的心里酸酸的，脸上的笑容有点勉强、僵硬。

听说宝贝女儿的男朋友从广东来了，正在外县访贫问苦的郑副书记立即返回宜春，和夫人回到老太太这。他要验一验这个准女婿的成色。

45

晚餐很丰盛。都是东北地方特色菜，白肉血肠，尖椒干豆腐，皮冻，汆白肉。有的菜，小邓别说没见过，都没听说过。郑夫人和文萱给他当导菜员，介绍每个菜的做法和来历。大家边吃边聊。郑副书记问小邓毕业后的去向，他说他父亲已在上海开办了房地产公司，他想辅佐父亲开发上海市场。郑副书记问起有关房地产、金融方面的问题，意在试探一下小邓的学识。小邓见招接招，接招拆招，思维敏捷，自信，谈吐大方，尤其对当前国内金融、地产的看法颇有新意。郑副书记听了，不断地点头。两个人谈得很开心，也很投入，有时就一个话题竟能旁若无人地谈上十多分钟，聊到兴奋处，郑副书记抛出一串英语，想看看他的英语功底。小邓英语流畅，出口不凡，回答得体。从郑副书记带笑的双眼中可以看出，他对小邓十分满意。此时的我，像个傻子似的看着他们熟练、从容地用英语对话，说不出什么滋味。抛开长相和家庭背景，单就头脑和才华，如果让我和邓成宽为文萱竞争，我只能甘拜下风。我第一次认识到知识就是力量这句话是多么的真实。

"小邓啊！文萱是我的独生女，小时宠坏了，大了我就更管不了了。如果有一天，你们建立起家庭，遇事别跟她一样，让着她点。至于你们毕业留在上海，我赞同。上海是中国的经济中心，将来会是亚洲的中心。你们在那起步、搏击是对的。上海政界、商界，有我不少同学和朋友，我会给你们一一介绍，或许对你们的事业有所帮助。"郑副书记慷慨地介绍着自己在上海的关系以及跟这些精英的交往过程。

"伯父，太好了，有您的支持，我们一定会做得更好。"邓成宽高兴地说道，双眼放射着激动和光芒。

"别我们我们的，我可没答应和你留在上海，谁让你放假前惹我生气来着，这事还没完。看见没，我把警察都找来了。今天你要是不给我道歉，警察叔叔就把你当私闯民宅的贼抓起来。"文萱拿着鸡腿，边吃边说。不过，她的嘴角现出一丝难以让人察觉的笑意。小邓的到来，让文萱十分开心。这足以证明她的魅力和脾气。刚才小邓的出色表现和父亲的赞许，更让文萱感到自豪和满足。我估计邓成宽今晚要在老太太这住下，自己则很多余，也很尴尬，就以所里晚上加班为由，向大家道别，离开了干妈家。

我驾驶吉普车行驶在宜春的大街上。车速很慢，漫无目的地行驶。我的心情郁闷到了极点。回想这个春节，自初二去中贺家开始，霉运接连不断，先是与中贺父亲发生争执，和中贺的恋情结束；抓黑车，放黑车，触犯曲所的忌讳；尤其是我明里、暗里整段誉，让曲所很没面子，曲所极可能对我有看法。我预感今后在站前的日子不会再像以前那么平坦、幸运。今天，邓成宽的到来让我又有了在农村做豆腐时的自卑。当我还在所里勾心斗角、尔虞我诈之时，人家却在研究金融、地产，这档次上的差距让我无地自容。春节前，我是事业、爱情双丰收，还曾为带谁回家过年而烦恼。可一个春节，两位佳人都离我而去，尽管我知道文萱不可能属于我，但她毕竟曾属于过我。此时的文萱也许正依偎在邓成宽的怀里，娇嗔地发嗲，接吻……我不敢再想下去，心疼得厉害。

不知不觉，我把车开到站前。我忽然想起福生旅店。自打兑下来后，我一共才去了两次，日常全由"小丹东"打理。我走进旅店，服务生不认识我，还以为我要住店。正巧，"小丹东"从车站接回两个住宿的客人，见我来了，乐够呛。他把两个客人交给服务生，把我领进办公室，拿出一个大本子和一沓钱说："东哥，你不来我还想找你哪。这个店接手一个月了，去掉房租、水电费、日常伙食费及五个员工的开支，还剩一千九百六十元。这是账本，我一天一记，你核对一下。"说完，他把钱和账本递给我。我打开账本看了几页，让我吃惊的是一个擦皮鞋的孤儿竟能把账记得清清楚楚。我又在店内走了一圈，窗明几净，连厨房的锅碗都摆放整齐。除了两个空房，其他房间都住了客人，难得他有此心计和对我的忠心。沉甸甸的钞票解除了我刚才的郁闷，想不到一个小旅店每月竟有相当于我五个月工资的利润。看来兑下旅店经商赚钱的思路和做法是对的。做男人，第一位的是事业和金钱，女人应该是其次，将来有了钱，女人多的是。我那还有五万多块，这钱放在银行是死钱，只有投资做买卖，才能让死钱变活钱，让钱生钱。

我正寻思着，BP机响了，汉显一行字：孙洋请您速到金皇后洗浴中心三个六房间。我们前天刚洗完澡，现在都晚上九点半了，孙教这么晚传我一定有事。

我走进了"金皇后"，直接往楼上走。一个男服务生把我拦住，让我换鞋。我没理他，继续走。他有些急了，竟伸手拽我。我刚要发火，浴池值班经理尹小乐从楼上下来了，一见是我，劈头就骂服务生说："你瞎呀！不认识东哥啊！东哥，您别生气，新来的，不认识您。去哪屋？我陪您去。"说完，他前面带路，领我来到三个六包房。

我们走进包房，见俩按摩师正给孙教和刑警队潘副队长按脚。尹小乐问候孙教几句，并让服务员把茶水、果盘送来后走了。

孙教对我说:"分局刑警队已经变成刑警大队了。潘队已经是潘大队长,还不过来向潘大队问好。"什么?潘大队?潘哥接过话茬说:"以后别管他叫孙教了,叫孙所,红石嘴派出所所长。"

46

两位大哥的相互介绍让我目瞪口呆,如堕雾中。前一段哄哄节后要调中层班子,今天才正月十三。这么快就动了?刑警队怎么变成大队了?孙教提所长了?

"真的?"我疑惑地吐出两个字,两位大哥相视一笑。孙哥收敛了笑容说:"我跟你倒是总开玩笑,可潘哥能跟你闹着玩吗。分局刚开完党组会,中层调完了。曲所不动,我到红石嘴。分局政治处徐清副主任接替我任教导员。刑警队老队长刘洪山退了,潘队接班,又赶上刑警提格,潘队就成了潘大队,副处级。"

"刑警咋还提格了呢?这事可一点征兆都没有。"我边给两位大哥倒茶边问。潘队喝了口茶说:"刑警队早就该提格了。刑警在各警种中任务最重,压力最大,干活最多,可待遇不高。队里七八十号人,领导编制就四个,剩下的全是兵。一潭死水呀!扔个石头都不响。工作中的弊端更明显了。刑警级别低,职权小,在一些跨区域、跨部门的案件侦破中,警力调动难、指挥不灵。一旦升格,不仅可以提拔一批优秀人才,调动刑警工作热情,而且可以解决破案中的领导、协调、指挥的矛盾。"

想不到刑警提格竟有这么多的历史因素和背景。可孙教咋回事呢?前几天他还说升所长的事轮不到他,怎么这么几天就变了？看来，他的道行是深，当教导员不到半年，就当了所长。尽管红石嘴是穷乡僻壤，可那是一把手啊！孙教升官走了，是喜事，也是好事，可我怎么办？如果没有放黑车、整段誉的事，我和曲所的关系处得还算挺好，这两件事定会让曲所对我的信任大大降低。我担心孙教一走，新教导员不熟，所里领导层没人给我撑腰了，加上我一肩挑仨热点，看我眼红的、想坐我位置的、想整我的人多得是，我在站前怕是要走背字，吃亏了。孙教好像看出我的心事，他又点上根烟，吐了个烟圈说："在站前，你是我唯一的兄弟。我怕我走后，心眼窄、好记仇的曲所因为放黑车的事难为你，甚至可能借班子换人的机会，再度调整警区分工。到那时你会啥样很难说。我倒想把你带到红石嘴去，可平级调动，到我那还是警长。再说，那地方又远又穷，跟站前没法比。我想了半天，把潘哥约来了，我建议你到刑警队去发展。"

"去刑警队？"

"对，刑警大队提格后下设八个中队。我跟潘大队谈了你的事和我的担心，我俩想让你到刑警队先任副中队长，现职副科。潘大队对你特别欣赏。你在他手下，好好干，几年就能出头，会比站前发展空间更大。这么晚让你来，就是想听听你的意见。明天，潘哥就得拟定刑警中层人选。现在就要你个话，去还是不去？"

孙哥的话让我的心里热乎乎的。我们相处时间虽不长，但投缘，默契，处处为我着想，待我如同亲兄弟一般。他都要调走了，仍惦记我的感受，并为我的下一步做了细致的安排，让我感动不已。我一时无法做出选择。因为这个变化太大,太快了。潘队、孙哥知道我在思考,没说话,给我一点时间考虑考虑。我来到包房外的走廊,抽上一支烟,边踱步边想。

留在站前有留下的道理。作为全市最大派出所最大警区的警长,这个位置十分诱人。管的还是公共娱乐场所和特种行业,仅一个春节就收了五六万。虽说曲所对我有些想法,可还没到撕破脸皮的地步,认真修补一下这层关系不是没有可能。还有我的福生旅店,刚走向正轨,有我罩着,什么费都不用交,什么客人都敢接回来住,财源滚滚哪。提起刑警工作,我从未接触,业务很陌生,在站前破那几个大案,和刑警的侦查、手段、打法是两回事,心里一点底都没有,我担心自己那两下子难以服众。离开站前呢?理由也不少。潘队的赏识,孙教的责任和真诚让我无法说不。仔细回想,我自打到站前,凡事听孙教的,没有不顺当的。再说,我最担心的就是和曲所的关系,需要我付出多大的代价才能恢复到春节前那样。去还是留?在我心里徘徊。正为难之际,我摸到裤兜一枚硬币。有了,听天意吧!我拿出硬币攥在手里,正面朝上就留下,背面朝上就离开。我缓缓地松开右手,背面朝上。我的命运在一瞬间被这个硬币改变了。我决定到刑警队。孙教嘱咐我,跟任何人都别说。明天正常上下班,像没事一样。

第二天早上,我一进所,就见同事在议论孙教提拔到红石嘴当所长的事。这消息飞得真快,我弄不明白党组会的消息怎么泄漏得这么快。在二楼楼梯口,我遇到段誉。他刚从曲所屋出来,脸上一副得意的神情,对我说:"警长,我家有事,请一天假。"没等我答话行还是不行,他已经下楼了,根本就没把我这个警长放在眼里。看来他知道孙教走了,又嚣张起来了。我走进曲所办公室,他正在写东西,见我进来,像平常一样打个招呼,并指着桌上的烟让我抽。

"曲所,我来汇报一下节日期间场所的情况。"我边说边抽出一支烟点着。

"还是你小子心里有数啊!那几个警长节后没一个主动向我汇报工作的。我不问,他们就不知道汇报。你不用汇报了,这段没发大案,我都掌握了。你这几天抓紧研究一下个体旅店长效管理机制的问题,草拟个方案,下周所务会上商讨。这可是咱所今年的重头戏,是打炮项目,市局程局和分局胡局都等着哪。"

47

曲所的话出乎我的意料。分局昨晚开会调整中层的事他不会不知道,包括孙教的调走,可他根本没当回事,依然按他的步伐行进,是个劲儿,这也许就是大将风度吧!更让我感到意外的是,曲所对我的信任和期待并未因放黑车及孙教调走而减少,我们之间好像根本没有过我猜想的隔膜。他还指望我能在旅店管理这块闯条路子,出经验。我觉得自己把问题想复杂了,至少在与曲所的关系上,有以小人之心度君子之腹的惭愧。如果知道他对我的信任度,我昨晚也许会做出另一种选择。一两天内,曲所将获悉我要走的消息,到那时,我如何面对他的这份信任。跟孙所和潘大队说不去了,更不妥,这比放黑车夹在曲所、孙教之间的时候还难受。我刚要把管旅店的想法说说,分局通知曲所、孙教去开会。

果然,分局公布了新调整的中层干部名单。孙教上红石嘴当所长,徐清到站前任教导员。曲所没和孙教一起回来,把徐清接来了。分局有规定,干部先报到,后交接。孙洋直接到红石嘴去了。

曲所回来后,领着徐清在所里转了一圈,并将在所的同志向徐教做介绍,介绍到我时,曲所的态度很冷,就两个字"何东",不像介绍别人时,笑容满面,还开着玩笑。我感觉我往刑警大队调的事他知道了。

午休时,曲所把我找到他的办公室。

"何东,我曲成无论是做所长还是做大哥,哪对不起你了,你拿我当猴耍,啥意思啊?"

"大哥,您别生气,我哪敢拿您不当回事,还当猴耍,借我俩胆也不敢哪。"我心里有愧,说话底气明显不足。

"我没想到你始终不能跟我同心同德。你从一个普通民警到管场所的警长,虽说有程宇光说话,但我要是不点头,不支持,你能有今天吗?昨晚你到'金皇后'干啥去了?本来今早我给你个机会,希望你走也好,留也好,跟我说点心里话。可你还跟我汇报工作,东扯西扯。你已是刑警重案中队副中队长了,明天报到,准备上任吧!"

曲所怎么知道我昨晚去了"金皇后"?坏了,一定是那两个按脚的。我忘了尹小乐是曲所的中学同学,他一定是通过按摩师获悉了我们的谈话内容，并把这些告诉了曲所。百密一疏啊！我，包括孙教都忽视了这个细节。

我红着脸，心胡乱地跳着，觉得是对不起曲所。我想解释，但又不知怎么张口。曲所见我尴尬地站着，语气缓和了一些说："何东，你是个好苗子，有悟性，有闯劲，很难得。不光我，很多领导都欣赏你这点。今天你要走了，大哥跟你说两句掏心窝子的话。在你调走这事上，你应该跟我打个招呼，商量商量。你是咱所的一根支柱，我那么器重你，你怎能说走就走，这是闪我呀！就算你要走也行，跟我说说，我帮你参谋一下你要去的地方怎么样，可你根本不信任我。比较一下我又是怎么信任你的，把所有的场所都交给你，至今那几个警长仍耿耿于怀。放黑车的事，我当时是有点想法，过后就拉倒了，可你想法就多了，还算计段誉，这是大老爷们干的事吗？最后就说你去刑警队的事，干咱们这行，在择业上不应哪个单位好就去哪，而应哪个单位哪个位置更适合你才去哪。你去刑警队未必是明智的选择，刑警队提格后一百多号人，你要去的重案中队十二个人，能进重案队的，个顶个都是全局破案的尖子，那些人的能耐都是多年靠案子磨出来的。别说你，我去都没底。我担心你那两下子难以服众啊！"曲所的话句句敲打着我的心，我羞愧难当。但脚迈这了，我也只能硬着头皮走下去。

来刑警队之前就听说干刑警的人大都豪爽、实在、直性。报到第一天，在刑警大队成立大会上，我就在主管刑警的分局副局长宋大德身上看到了这一点。宋副局长颇具个性的一番讲话代表了刑警的形象，也让我领略了一个老刑警的风采。

"今天是咱们大队成立的日子。队变大队,别小看这一个'大'字,这是党和政府高看咱们刑警啊!你们这一百多号人,赶上好时候了。市局刚刚部署一九九四年春季严打整治行动,我这个干刑警出身的副局长先表个态,要带领大伙大干一场,别辜负组织和领导对大队的期望。"说到这,宋副局长从烟盒里拿出根烟,把过滤嘴掐掉,点上,接着说:"在老百姓眼里,衡量警察好坏的标准是啥?绝不是你给群众多少笑脸,替五保户买了多少斤粮,为街道扫了多少雪,而是破案。尤其是发了大案子,警察到了,案子破了,警察就牛,就是爷,老百姓就服你,就冲你竖大拇指。否则,大案破不了,堆那,被害人哭天抹泪的,警察就啥也不是,街道老太太看你都吐唾沫,为啥?无能。我希望我们做让老百姓说牛的刑警,别让老百姓冲咱们吐唾沫,能不能做到?"

"能。"大队一百二十六人发出同一个声音。

"好,我就想听这个字。我管刑警,跟我干活,就两条:一要干事,就是吃苦耐劳,冲锋陷阵,不怕牺牲,多破案件;二要干净,不能贪,不能捞,尤其咱们刑警经费不多,可也不能胡整。听懂了吗?"

"听懂了。"全场又是同一个声音。

48

好厉害。进公安局三年了,大会、小会我没少参加,领导讲话也没少听,可像宋大德这样一不拿稿,二无官话,掏大实嗑的领导还是头一次见。刑警大队设了两个重案中队，我在重案一任副中队长，中队长叫曹建民。全队十二个人，下设三个探组，每个探组三个人，各设探长一名，还有一名内勤。

曹建民，三十四岁，十年前进的公安局，在刑警队一干就是十年。我们以前见过一面，但没打过招呼。曹队给我的第一感觉就是胖，足有二百多斤，略显苍白的脸上有一双看似睡不醒的眼睛。他不断地打哈欠，一身的倦意，一件大号皮夹克的袖口磨得发白，一双警用皮鞋的鞋面上有几处小污渍，看样子很久没打油了。他一见我，就握着我的手说："何东，名人哪，程局长的红人，你怎么到刑警队这又苦又累的地方了，委屈你了。"说完，哈哈笑起来。看来程宇光为我说话的事，分局没有不知道的。我掏出盒红双喜打开，扔给曹队一根说："大哥别埋汰我了，您的大名我如雷贯耳。去年'5·26'杀人案，不就是你任专案组长时侦破的吗，曲所没少拿这个案子给我们上课。我没干过刑警，以后，离你近了，得跟你好好学啊！"

"可别提那个专案组长了，当了五年也没个令，更谈不上待遇。在队里叫还行，出门办案一介绍，自己都不好意思。我们给组长编了个顺口溜：刑警小组长，一斤顶四两，放屁都不响。咱俩可别互相捧了，再捧一会儿，都得掉下来摔着。走，和队里弟兄们见见面，晚上咱吃顿开伙饭，我请客。"

我刚出队长室，霍达、雷鸣、"铁拐李"迎面过来。霍达一见我有点急了，说道："东子，你咋说走就走了呢？咱们刚在一起开个好头。我和雷鸣还想跟着你好好干几年哪。""铁拐李"在一旁搭腔说："可不是，你这是整的哪出啊？太突然了。多少人花钱找门子想往你那位置挪都挪不过来,你倒好,说扔就扔了,上刑警队这地方干啥呀?要权没权,要钱没钱,还是个副职。"

的确,我走得仓促了点,没跟他们打招呼。霍达、雷鸣就像我的亲兄弟,跟我干,顺心哪。"铁拐李"自打跟我,狐假虎威,没少捞好处。我这一走让霍达、雷鸣失去了依靠,也断了"铁拐李"的财路。我拍着霍达的肩膀说:"事情来得太快,我现在都觉得像做梦一样,当时也没法跟你们说。你们说的话有道理,不过事已至此,我不后悔,往前走吧!我走后,警长的位子倒出来了,你俩马上找人做工作,争取坐上这个窝。我估计段誉这小子不能闲着,他做梦都想当这个警长。"随后,我又把"铁拐李"拽到一边说:"福生旅店你照应点。平时'小丹东'在那看着,千万别出差。"

"知道,这事还用你教吗。你到月去店里取钱就行了。晚上,我们哥仨给你钱行。"

"今天不行,晚上队里吃开伙饭,咱们几个还钱啥行,想喝随时喝。"

曹队把开伙饭定在了欣欣火锅城,吃涮羊肉、喝二锅头。

我听孙教讲过,识人的方法很多,在酒桌上,通过观察人喝酒,吃饭的态度、姿势,能判断出一个人的虚、实、情、义,如同牌桌一样,人的性格特点在酒桌上同样表现得淋漓尽致。我想通过这顿酒认认人,摸摸底,便于工作。中队十二个人,去掉正、副队长,潘展公、刘大宇、蒋权是探长;李力伟、宋顺、彭亮是老刑警;谢长河、黄金万是从派出所抽调上来的破案尖子;齐家辉做内勤;唯一的女同志叫康敏,中国人民公安大学毕业，二十六岁，竟是外勤。排座位时，曹队让康敏挨着我坐，还说我俩都未婚，给我们创造个机会。康敏毕业的学校牌子虽响，但长得实在一般，中等个，偏瘦，显得很柔弱，有几块雀斑的脸上架着一副近视镜，跟文萱、中贺没法比。不过，我对她感兴趣的是，一个女同志当警察不当内勤，要干外勤，而且还挑了重案中队，这在警界是罕见的。借火锅没准备好的工夫，我跟她聊了起来。

"康敏，你可是城东分局第一个公安大学毕业生！用宋副局长的话讲，你是'局宝'啊！"听了我的赞捧，康敏有点不好意思，笑着说："何队，过奖了。在校时，教授跟我们讲过，干公安实践重于理论。别看我们书读得多，都是纸上谈兵。破案子还得靠像宋局、潘大队那样的老刑警。"

"你在学校学的什么专业？"

"主攻犯罪学和犯罪心理学。"

"犯罪心理学？用处大吗？"我有点不解。

"太大了。现在乃至今后，智能犯罪案件越来越多，尤其是犯罪的心理更加奇特、诡异。美国在犯罪心理学方面的研究已有一百多年的历史，已发展到应用犯罪心理画像协助侦查破案的水平。在犯罪过程中，除过失犯罪外，只要是故意犯罪，犯罪的主体也就是犯罪嫌疑人都有心理活动和特征。通过对嫌疑人在现场做过的事情、接触过的东西、带走的、留下的东西，包括说过的话进行分析、研究，琢磨他的犯罪心理，根据其心理，判断其外部特征、性格特征、职业特点。从而缩小侦查范围，为锁定嫌犯提供有力的帮助。看过美国大片《沉默的羔羊》吧，那就是靠犯罪心理画像破案的典型案例,很有意思的。"正说着,火锅上来了。

49

曹队提了第一杯酒,酒杯是一两一个的。

"今天是咱们重案中队开伙的日子,也是向犯罪分子开火的日子。从今天起,咱们就在一个槽子里吃食了。我是个粗人,认干,论岁数除了展公、宋顺,我最大。我希望大家众志成城,团结一心,把工作干好。"说完,曹队一饮而尽。我跟着干了。康敏和老刑警队的全干了。派出所新抽上来的这几个喝了一半。

论职务,我仅次于曹队,该我提了。我先让康敏给大家都满上,随后举杯说:"我五岁时看了部刑侦电影《四〇五谋杀案》,影片中刑警的忠诚、刚毅、勇敢、敏锐给我留下了深刻的印象,当刑警的种子那时就播下了。这一等就是十九年,今天,这个愿望终于实现了。我先自饮一杯,因为了了我一桩心愿。大家随心情,想喝多少喝多少。"我唰地一下把酒倒进嘴里。然后我又拿起白酒瓶,给自己倒满。我倒酒的速度很慢,边倒边用余光观察大家对我这杯提议的反应。

曹队喊了声"说得好",一杯酒进肚,足见他性格的豪爽。潘展公、刘大宇几个老刑警队的人喝了约一半,对我表示响应和认可,谢长河虽把酒倒进嘴,但没咽下去,拿起茶杯,装作喝茶的样子,把酒吐进茶杯,看来这人狡猾奸诈。黄金万表面上喝了一小口,但趁大家不注意,把半杯酒倒在了身后的地上。

孙教说过，往地下倒酒的人大都无情无义，不可深交。让我感到惊讶的是，康敏竟像曹队一样，把酒全干了。

我给曹队满上，又按岁数大小，依次给大家斟上，回到座位说："好事成双，第一杯了我心愿为私，这第二杯为公。我表个态，从今往后，让我们紧密团结在曹队周围，干出样来。香港警局有重案组，他们惩恶扬善，声名远扬。我们重案中队，也要打出声威，无愧刑警本色。为私的酒大家怎么喝我不管，为公吗？我希望大家都干了，以壮声势，行吧，曹队？"

"说得好，我赞成。但我纠正一句，不是团结在我的周围，而是团结在潘大队长的周围。为何队长这句话，我带头干了。"说完，他一仰脖，酒全进。这次，在我的监督下，大伙陆续干了，谢长河没再表演他的瞒天过海，老实地将酒咽下。齐家辉一抬手也干了。这人从打进屋，没话，提的酒全喝了，酒中不语真君子，此人可交。到黄金万这，酒停下了。他面带难色地说："两位领导，我不胜酒力，能不能……"如果他刚才没把酒倒地上，我就不让他喝了。一想到他刚才的做法，我有点不大舒服，就说："老黄，这酒令严于军令。都喝了，就差你？连康敏这个女同志都干了。"

"何队，人的能力有大小，尤其是酒量。我喝一口行吗？"他不干分明是不给我面子，让我下不来台。这酒无论如何得让他喝下去。

"老黄，论岁数，你比我大，我叫你声大哥。这样，为体现我的诚意。我双杯敬单杯，刚才我喝的不算。敬酒分文敬、武敬和罚敬。文敬你不喝，罚敬吗？大家都不希望出现，那就武敬。武敬讲究喝酒的理由，我这双杯酒含义很深，咱们既不为公，也不为私，就为咱俩的姓放在一起是中国的母亲河——黄河，喝一个！我先来。"说完，我先左后右，两杯都干了。众人鼓起掌来，尤其是曹队，不住地抿嘴点头。老黄没再争执，干了。

徐予国拿着我妹给他写的地址从乡下来到站前派出所找我。小许给我打电话，说有个背着行李卷，穿着棉衣棉裤，自称是我乡下邻居的人在所里，让我去接。初一回家，我答应徐婶给国子找事做，可回来一忙忘了，冷不丁还不知该安排让他干啥，就让"小丹东"把他接到旅店，让他先学接站，适应一下城市环境。

重案中队也属新中队，万事开头难，杂七杂八的事多的是。我没什么经验，好在曹队头脑清晰，心里有数，逐项做了分工和安排。三个探长下到各所，熟悉情况。我和康敏留在队里，对区内近三年来未破的重特大案件进行统计、分析，挑选尚有侦破条件地拿到中队会上研究，顺便让我了解一下重案的特点，早进角色。

我从当警察至今，参与侦破的刑事案件不多，甚至还没有真正出现场、搞勘查，进行案件分析。现在进了重案，逼着我往这方面悟，不钻肯定不行，弄不好像曲所说的会出笑话的。我把自己关在办公室，一连三天没回家，看各类信息资料，看发案报告、破案报告、简报，尤其对杀人、抢劫、强奸案件的发案特点，破案的关键环节进行了认真的研究，还记了大量刑警专业术语，像蹲坑、架网等等。我的想法就是抓紧时间，补上刑警课，否则我没资格带弟兄们干活。

50

康敏这几天也累够呛，她对公安事业的热爱和敬业精神在女警中比较少见。更让我感到惊讶的是，她仅用三天，就起草了一份城东区近三年来治安形势的报告，对城东区治安趋势做了科学细致的分析。通过她的报告可以看出，治安形势日益严峻，重特大案件发案率逐年增加。有相当数量未能侦破的案件是对老百姓威胁最大的。更惊人的是，三年来，全区还有十一起杀人案件未破，凶手逍遥法外。我读过报告，对康敏说："我有点不明白，全国从一九八三年开始'严打'，到现在十一年了，可越打发案越高，罪犯越多，是不是咱们的打法有问题？"

康敏想了想说："你提出的问题，我们在学校专门探讨过。社会治安问题是社会矛盾的集中体现。尤其从计划经济向市场经济过渡这一转型期内，生产、生活秩序的改变必然导致社会矛盾的增多，如就业、社会保障、贫富差距、职工下岗等方面问题，加上大量的农民和失业人员涌向城内和市场，这不可避免地对社会治安构成严重威胁，所以说，年年大要案增多是正常的。大案增多的主要因素不在公安机关的打击力度和打法，而在于社会发展进程中矛盾的激增。"想不到她竟有这么多的见解。看来，她的大学没白念，我忽然在长相平平的康敏身上发现了一种特殊的气质，自信、博学、敬业。做她的领导，我有些惭愧，底气不足。可为了树立我的威信，我还是装作对公安业务稔熟的样子，和她切磋。

"你说得有道理。但我一直对'严打'有些疑虑。我在站前这两年，从年初打到年尾，衡量派出所民警工作好坏的标准就是破案、打处人犯，谁逮捕、教养的人多，谁就是好汉。这一打就把工作的着眼点落到了如何整线索，抓人上。可辖区防范、人口管理、场所检查都成了形式。打、防不并举，重打轻防现象太突出了。这对当前发案率高不能没有影响吧？"

"大伙都说何队善于琢磨事，脑瓜活，果然名不虚传，你说的的确客观存在，而且一针见血，切中要害。"

"你可别抬我，这不明摆着的事吗，别人也都能看出来。"我嘴上谦虚，可能得到这个女大学生的赞扬，心里还是美滋滋的。康敏接着说："'严打'开展十多年了，对遏制、震慑犯罪，维护社会治安秩序起到了重要的作用。'严打'的意思就是严厉打击。现在出现了'严打'战役时，公、检、法对犯罪的打击就偏严，不'严打'时，偏松偏软的现象。而法律明文规定，任何时候都应坚持宽、严相济的原则，决不允许一时严，一时宽。正确的提法应将'严打'改为集中打击，即每一年，根据犯罪活动和特点，在全国或局部范围内开展几次集中打击犯罪活动的战役。至于重打轻防嘛，这个问题不解决，警察就会陷入打不赢、防不住的误区。我认为，公安机关各警种各司其职很重要。派出所的工作重心必须向防范、管理方面转移，刑警队应站在打击的前沿。这也许是我到刑警队最重要的一个原因吧！"

听她一席话，胜读十年书。我愈发觉得学习知识和业务的重要性，否则别说当领导，就是当个合格的刑警都难。

正月十八的中午，也就是刑警大队成立后的第四天，我们接到北广派出所的报告：松江小区六号楼四〇三室发生了一起入室杀人案。宜春师范学院二十二岁大一女生丛佳遇害。

宋副局长、潘大队长带领重案一二两个中队来到现场，用惨绝人寰形容现场的状况一点都不过分。尸体在客厅地板上，头南脚北，呈仰卧状，上身右乳房外露，下身睡裤完整，无被性攻击迹象。被害人身中二十余刀，致命伤在左胸口，双眼也有刀伤。血流太多，屋里到处充斥着血腥味。

据技术人员勘查，死者死亡时间在上午九时三十分左右。现场门窗无破损迹象，犯罪嫌疑人叫开门后进屋作案。从室内足迹看，应是三个人作案。屋内翻动较大，柜和抽屉都被动过。被害人的手机、BP机及两千元现金被抢。在案情分析会上，重案二中队队长卢望新第一个发表了自己的看法。

"我干了二十年刑警，把人杀这么惨的少见，从嫌疑人进入现场的方式看，嫌疑人与被害人认识，否则被害人是不会给陌生人开门的。被害人长得漂亮，被誉为宜师的校花，未遭性侵犯，可见歹徒不像奔色而来，但不排除情杀的可能；室内翻动大，被抢财物不少，可以断定作案动机是谋财，杀人是为灭口。我提议：兵分三路，第一路在现场及周边进行走访，寻找知情人和目击者；第二路到宜春师范学院，对被害人同学及其他接触关系进行调查，重点摸排追求过丛佳的男子；第三路到丛佳的父亲丛子魁的公司。丛子魁在省外贸当副总，做领导多年，不免得罪人，不排除仇杀可能。此外，根据被害人被砍二十多刀的凶狠程度，嫌疑人有前科的面大，建议全局各派出所，对此案进行摸底，摸底对象以二十岁至四十岁之间有盗抢前科的男性青年为主。"卢队说完，身子往椅子一靠，抽他的烟。

"曹队，你有什么高见？"潘大队点了曹建民。曹队右手支着腮帮子，闭着眼睛，也不知道他是在倾听，还是在小憩。一听潘大队让他谈，他摇了摇头。

51

在我看来，卢队分析得很全面，侦查方向选得也很准，不愧是老干探。潘大队刚要说话，康敏站了起来，扶了扶眼镜说："潘大队，我可以谈点想法吗？"潘越感到很意外，怔了一下，但马上就说："当然可以，案情分析吗，人人都是诸葛亮。"

康敏看了看满屋的领导和侦察员，不慌不忙地说："卢队分析得不错，但有几个细节要深入研究。我想通过收集犯罪现场的信息来推断犯罪嫌疑人的最可能特征，给嫌疑人画个像，这对缩小侦查范围有好处。目前看，凶犯是三个人。杀人凶器没有找到，不是丛家的，而且被嫌疑人拿走了，可见嫌疑人是事先带刀来的，是有预谋的。从犯罪动机看，情杀可以排除。丛佳无男友，另外，大多数情杀案子，一对一较多，三杀一的情况很少。仇杀也应排除，据丛母讲，她性格内向，几乎没有社会朋友，交往面局限于大学几个女同学，与外人无冤无仇。即使有仇，对付一个弱女子，也根本用不上三个男人。如果案犯对丛子魁有仇，应选择丛子魁在家时作案，而犯罪分子选择上班时间作案，显然不是对丛子魁来的。从犯罪心理学角度分析，这三名嫌疑人只有具有共同的利益时，才会冒着抓住判死刑的风险去杀人。从此案现场翻动较大的情况看，这仨嫌犯的共同利益就是钱，也就是卢队说的图财害命。不过，这几人在抢劫对象及地点的选择上留下一个明显的特征。根据这一特征，我们给凶手画个像，这仨凶手头脑简单，生活拮据，层次较低，从事中低收入的职业。为何做出这样判断呢？稍有一点头脑和见识的人都知道，即便丛家再有钱，也不会把大量现金放在家里。试想，谁会冒着杀头的危险去抢家里的小钱呢？而丛子魁身为大公司的副总，其工作生活圈子中能叫开他家门的同志、朋友中低层次的人极少，不符合画像标准。丛佳在校的同学都是大学生，一个大学生有胆量杀人可信，要是三个大学生凑一起杀人的可能性太小了。我建议减少调查丛子魁和师范学校这两条线的警力，把侦查主线放在现场周边的走访。重点查丛家的老邻居和有来往的人员中家境一般，从事繁重、低收入劳动的二十多岁的年轻人。另外，我认为嫌疑人不像有前科。"

"我认为有前科，扎二十多刀，两眼都扎瞎了，这股凶残劲，也许只有坐过牢进去过的人才能干出来。"卢队对康敏这个晚辈对他的侦查方向指手画脚表示出强烈的不满和不服。

"的确，从刀数上看，确实凶狠。不过，这恰恰暴露出作案人心理的胆怯、恐惧和缺少自信。他扎的次数多不是说明他有多凶，而是他总觉得被害人没杀死，把他说出来。这不像是个成手或有前科人的心理表现。杀人后扎双眼是青少年中流行的一个说法，即人被杀死后，最后一眼会把凶手的模样留在眼里。想象一下，哪个有前科进去过的人会信这些，嫌疑人凶残但稚嫩的现场行为说明他更像是个新手。"

"说得好,不愧是公安大学的高材生。"宋大德在一边说了句。康敏听了,底气更足。

"根据丛家经济较富裕这一情况,我建议效仿南方公安机关的做法,和被害人家属协商,让他家拿出一笔钱,悬赏捉拿凶手,对提供线索协助破案的予以重奖。这不仅可以调动知情者的积极性,而且可以进一步给犯罪嫌疑人施加压力,让狐狸的尾巴露出来。"

宋大德当场拍板,按康敏的思路,重点突出现场周边的走访。经协商,分局负责贴告示,丛子魁拿两万元做赏资,寻找知情人和目击者,对提供线索者,予以重谢。此举在宜春尚属首次。我不禁佩服康敏的才华、自信和勇气。同时也觉得宋副局长是个难得的好领导,能打破常规,广纳贤言。

一周过去了。围绕丛子魁接触关系及丛佳同学、朋友的调查如康敏分析的那样,毫无进展。我被分到现场周边走访那一路,现场周边五栋楼。每天上楼,下楼,再上楼,再下楼,腿都快跑细了,让我体会到刑警的辛苦。光累还好说,最让我们头疼的是小区居民不配合,有的人家根本就不让警察进屋,我担心现场周边走访的效果。

案发后的第六天中午,我在分局食堂吃完饭,刚回到办公室。一个二十多岁的瘦高个男子走进来问我:"哪位是领导?我想投案。"

"你叫什么?是干啥的?投什么案?"我问。

"我叫李立刚,二十一岁,家住松江小区五号楼,宜春材料试验机厂的工人,母亲在街道糊纸盒。我昨晚在南市区江山宾馆后胡同持刀抢了一个出租车司机一百元钱,抢完就后悔了,你们不是说坦白从宽么,我希望自首后能得到宽大处理。"天上掉馅饼,丛佳案忙了一周,啥线索没有,而坐在办公室里,竟捡了一起案子,我暗笑自己好运。我让小伙子坐下,递给他支烟,马上给南市分局刑警队打电话核实,竟真有此案。我让齐家辉看着李立刚,自己去找曹队和康敏。

"有这样的事?"曹队边看我边问,好像我在跟他开玩笑。康敏也边摇头边说:"在投案自首的案件中大体有两种情况:一是激情杀人,此类发生在农村较多。农民因琐事有矛盾,将人杀了,好汉做事好汉当,投案。二是轻微盗窃犯罪或职务犯罪,投案刑期较短可判缓刑,甚至可以不起诉的。可他投案的抢劫罪是刑法中处罚较重的一种,昨晚作案,今天就自首,这投案的背后怕是有说道啊!"

52

康敏刚说完,齐家辉出来了,说李立刚问了好几遍啥时把他送进去。

怪了,正常的人都避重就轻,怎么想法儿不进去,他倒好,急着往笼子里钻。反常,相当反常,这说明他心里还有事。康敏想了想,神秘地说:"曹队,丛佳那起案子有戏。"

"为什么?"我有点摸不着头脑,李立刚投的是抢劫案啊!

"李立刚家在松江小区,与丛佳的家前后楼。他在工厂当工人，家境贫寒，与我画的丛佳案犯罪嫌疑人的人形很像啊！而且他投案很反常，这两起案件之间怕是有点联系。问问丛子魁，看他认不认识李立刚。"

老曹马上给丛子魁打电话核实。老丛说他家和李立刚家是三十多年的老邻居。李立刚出生时，他母亲没奶，丛子魁用二十斤粮票偷偷换了五十个鸡蛋给他妈送去，小立刚才吃上奶。老丛还说，立刚特老实，总到他家玩。

曹队沉思了一会儿说："老邻居，总到丛家玩，工人出身。他不是有压力吗？咱们就再给他施加点压力，摆个场子，让队里在家的同志都参加审讯。我主审，康敏做记录，齐家辉、黄金万你们在李立刚旁边站着，把审讯室的窗帘挂上，灯打开。"

一切布置停当，李立刚被带了进来。曹队抽着烟，看着李立刚，足足看了十分钟，就是不说话。屋里静悄悄的，只有呼吸声和抽烟、吐烟的声音。

起初，李立刚还看着曹队，不一会儿，他就不自在了，不停地用舌头舔嘴唇。康敏在我耳边小声告诉我，这是高度紧张的表现。

"认识丛佳吗？"曹队冷不丁冒出一句。

李立刚点点头，接着又摇摇头，这种先肯定又否定的行为无疑是自相矛盾。点头是下意识的，摇头是在回避。曹队双眼盯着他，一言不发。又过了十分钟，李立刚突然"扑通"一声跪在地上，用戴着手铐的双手打自己的头。齐家辉赶紧拉住他的手，怕他自残。

"是我杀的，是我杀的，我受不了，受不了啦。"原来李立刚和同事郑万成、肖柱迷上了赌博，仨人没少输钱，借了不少债。案发当天上午，他们仨人在李立刚家研究整钱的路子。李立刚站在窗前，正好看见丛子魁开着奥迪往外走，就对郑、肖说："开奥迪车那人家有钱，我去过他家。咱们抢他家一下子，准能把债还上。"郑、肖同意了。李立刚从家里拿了把尖刀，准备杀人灭口，他们来到丛家，善良的丛佳见是平时总来的立刚哥，毫无防备地开了门，结果……

李立刚见几十名警察在小区内调查，又见公安局贴出悬赏告示。巨大的压力让他惶惶不可终日，寝食难安。民警去他家调查，他没敢开门，自作聪明的他想了一个计谋。于是，他故意抢了出租车司机，又去自首。原打算公安局就案论案，把他"送"进去，蹲几年，躲过警察对丛家案的调查，没承想，他自己导演的这部真实的"假戏"被识破了，郑万成、肖柱也随即被抓获。

大队刚成立就破了杀人案，取得开门红。分局给了我们中队一个立功指标。曹队主张报康敏。康敏让报曹队。曹队又让报我。仨人互相推。最后我说："别推了，此案首功应给康敏。一来她的犯罪心理画像技术得到完整的展示。嫌犯家境贫寒，从事中、低收入职业，无前科都准确无误；二来她提出重点围绕死者邻居及现场周边进行走访十分正确，加上悬赏缉拿，这一连串的正确步骤给李立刚造成了巨大的压力，把他逼到故意犯罪想进去逃避打击这一步。这功非康敏莫属，我和曹队受之则有愧啊！"

康敏没再推辞。我刚要走，分局办公室的宣传干事小赵领着一帮记者来了。原来媒体都知道城东分局抓了这么一个自投罗网的凶手,加上被害人又是女大学生,都来抢新闻。记者中有一个我熟悉得不能再熟悉的身影,高中贺。她见了我先是一愣,随后笑着问:"你调到刑警队了?这次的案子又是你破的?"

我摇了摇头,想问她好吗,可不知怎么,我一句话都没说出来。曹队一贯低调,说他嘴拙,让我接待,这下倒好,十多位记者把我围住了。我灵机一动地说:"这起案件得以迅速告破,除了各级领导亲临一线正确指挥外,关键靠我们队的女神探康敏,她给犯罪分子画了三张像,嫌疑人就落网了,就这么神奇。你们去采访这位女'亨特'吧!"说完,我冲出了包围圈。我不是怕记者,而是怕见到中贺。我无法面对她的眼睛。

忙了两个礼拜,连洗澡的时间都没有,于是,我约"铁拐李"到"金皇后"去蒸一蒸。

"咋样?累吧?"在桑拿房,"铁拐李"用毛巾捂着嘴问。

"从打进刑警队就没闲着,两周才洗这么一个澡。哪像在站前,一天能洗三遍。"

"你呀!这次去刑警队有点莽撞,欠考虑。公安局的险活、累活都在刑警队呢。没听说有套嗑吗,说刑警干得比驴都累,管得比监狱都严,起得比鸡都早,下班比小姐都晚,挣得比民工都少,看着比谁都好,死得比谁都快。哪有你在站前时风光啊!"

53

"铁拐李"的一席话让我的失落感更强了。回想一下离开站前的这半个多月，以前管片的旅店店主，浴池老板竟没有一个给我打电话道别的。在站前时，多少人想认识我，想请我都得看我心情好坏。可到了刑警大队，又有谁认识我何东呢？我虽然是重案中队副中队长，可不能像在站前时，可以让旅店洗浴开业，也可以让它停业，看哪家不顺眼就收拾它。现在我没实权，用处不大，谁会理我呢？

这次岗位的调换和角色的改变让我身临其境地领略了世态炎凉，唯一让我心里平衡一点的是当初听了"铁拐李"的话，兑下福生旅店，每月能进钱。还有那五万多块钱，已悄悄地变成了何东的名字。提到钱，我都感到好笑。在刑警队搞案子，用钱地方多了，可队里全解决不了，有时得自己先掂上，队里啥时有啥时报。上班半个多月，我就垫了二百多块，不进钱不说，还得搭钱。难怪黄金万说，到了刑警队，别想把工资拿家去。我思来想去觉得还应该再整点买卖，否则这五万块钱早晚得坐吃山空。

"'铁拐李'，我想再整点买卖，啥挣钱？"

"现在经商的多了，钱难挣，风险大。要说准成一点的还得是出租车，买台二手车，雇俩人干，一天剩个百十来块不成问题。"

"一辆二手车得多少钱？"

"咋也得七万。"

"你帮我琢磨一辆，托底点，越快越好。"

我这除了那五万元，上班这三年还攒了一万五，再借一点够了。轮班开车雇人吗？"小丹东"、徐予国都是好人选，让他们考个票，轮班开车，旅店让我妹妹何多来管。

洗完澡，我穿好衣服习惯性地往外走，服务员喊我，让我买单。我这才想起自己已经不是站前派出所的何警长了。这时尹小乐从经理室出来，我刚要打招呼，可他像没看见我似的上楼了。

国子的悟性比"小丹东"强多了，俩人一起学车，国子都敢上路面了，可小丹东挂挡还挂不明白呢。不过，两个人殊途同归，"五一"前都拿到了驾驶证。

进城以后，国子变化不小，已经不再是乍进城时香蕉连皮吃，刷牙水往肚里咽的乡下小子了，穿着打扮，说话口气，生活方式与城里人已无二致。也不知是跟"小丹东"学的，还是天生的，国子忽悠人有套业务。别看他到站前时间短，可能说会道，和其他旅店接站的比，国子的成绩遥遥领先。尤其是对付那些老农，他特有办法，旅店十元钱住一宿，可他给倒两杯茶水，加两个茶叶蛋就能让老农乐呵呵地多加十块钱宿费。

开出租车就要国子这样心眼多，又精又油的人。"铁拐李"朋友多，办事麻利，不到一周就帮我联系了一辆车连出租手续加一起七万二，后来讲到六万九成交。我让国子开晚班，"小丹东"开白班，人歇车不歇，休息就在旅店。我把何多从乡下接来管旅店，我简单算了一下，只要不出意外，旅店和出租车每月除掉各种费用，加一起剩个七八千的没问题。

说心里话，自从有了这两个买卖以后，我心里踏实多了，好像有了依靠，没了后顾之忧，干工作也格外起劲。我寻思着，照这么干下去，再过几年，我就能在宜春买房，把妈接来，让她跟我们一起享享福了。

"五一"节一过，我发现曹队有点不对劲，心事重重的，有时一个人坐在椅子上，呆呆地看一个地方，能看二十多分钟。我问他怎么了，他说没事。我以为他是累的，让他回家休息几天，可都被他以"严打"战役紧、任务多回绝了。五月十日晚上九点，中队开会，准备对一个盗窃团伙收网。正开着，队里电话响了，曹队接的，刚说了一句"我是老曹"，听筒那边一个女人的喊声就传遍了办公室。

"曹建民，你好几天不回家，想咋的？女儿高烧三十九度，你管不管？孩子光是我的是不？"曹队尴尬地看了看大伙，说了句"我正在开会"，就把电话撂了。我们都听明白了，劝他回去领孩子看病，他不肯。因为这个团伙规模不小，他一走，指挥这块容易出差。我想了想对大伙说："孩子和案子同样重要，我去把孩子送医院，你们听曹队安排，注意安全。"说完，我往外走。老曹不让我去，我没理他。

如果不是亲眼所见，我不敢相信这就是一个刑警中队长的家。一幢老式居民楼，一室半的房子，也就六十平方米。房间除了刮了大白，没任何装修。靠南侧的阳面房间有一张大床，床上躺着一位歪嘴流口水的老人。北屋是个小屋，十一岁的青青躺在床上，头上敷着凉毛巾，床边的小桌上放着几片药。曹嫂是机车厂的工人，一见我，忍不住哭了。

54

"何队长,你都看见了。你嫂子不是不讲理的泼妇。他一天到晚就是忙,那屋他父亲脑血栓,这屋孩子烧这样。我想领孩子上医院,可老爷子没人管,老人还有心脏病,万一过去咋整?平时,你曹哥的弟弟、妹妹轮流来照顾老爷子。一号那天,全家人在一起吃饭,他弟弟、妹妹愣说老爷子有笔存款在我们手里,让建民拿出来分了。他父亲当了一辈子工人,养三个孩子,上哪能有存款。建民和他们吵了起来。过完节,他弟和妹都不来了。我们单位半死不活的,上班开不出钱,不上班还不行。建民眼里只有工作,没有家。这么重的担子压在我一人肩上,让我怎么办啊!"说完,嫂子哭出声来。

"嫂子,别急,建民大哥是好人。单位有一摊,家又这么难,自古忠孝难两全。他也没办法呀!我现在抱孩子去医院,你在家照顾老人。"说完,我抱起青青就走。

"怎么才把孩子送来?这是肺炎。你这当爹的也太大意了,马上办住院手续。"大夫边看片子,边埋怨我这个"爹"。

我来到住院处,大夫让交一千元押金。可我兜里只有七百。我跟大夫商量,先交七百,一会儿我回去取。大夫直摇头,说这是医院的制度。我有点急了,说:"我是孩子父亲的同事。她爸爸是刑警队长,正在办案子,来不了,能不能先让孩子住下,打上针,钱不会差的。"

大夫毫无表情地摇着头。我拿出警官证,扔给她说:"这是我的证件,押这,差了钱,拿它到单位扣我工资。"大夫看了看,同旁边的医生嘀咕了几句，终于点了点头。青青住了院，躺在床上输着液，一会儿就睡了。我下楼给"小丹东"打电话，让他马上凑五百元钱送过来。一小时后，开夜班车的国子把钱送来了，我把警官证赎了回来。

青青住了一周院，好了。曹队对我很感激。他拿出一千元钱还我说："多亏那晚儿你去了，要不青青不一定啥样呢。你嫂子让我好好谢你，这钱还你，晚上大哥请你喝酒。"

"又见外了不是？队里吃开伙饭那天，你不是说咱们今后要在一个槽子里吃食吗。一个槽子就是一家人。那天我一进你家，心里挺不好受。你是上有老，下有小，嫂子单位还压工资。你负担太重了。这钱我不要了，就当孝敬你家老爷子的了。"

"那可不行，忙帮了，够意思了，钱必须还你。你家在乡下，还没结婚，要房没房，用钱的地方多着哪。"

"别撕巴了，大哥，我现在是一人吃饱，全家不饿，怎么也比你轻巧点。老人、孩子有病，你这段没少花，不紧才怪。这样，就算我借你的，等你宽绰时再还我。"曹队没再跟我撕扯。他低头说："昨天，宋大德的小儿子结婚，我今天早上才知道信儿。这老头也不告诉大伙一声，怎么也得去补个礼呀！"

这老头真有点特立独行。有的局长孩子结婚，提前一周就下帖子了，有的领导怕影响不好，分批宴请，据说南市分局韩副局长的女儿结婚，连着一周，摆了七十多桌，光礼金就收了三十多万。宋副局长都五十八了，再有一年就回家了，咋不借机会捞点，他咋想的呢？是不是大队其他领导知道信儿把礼都送去了？我也得把礼补上，否则不大好。想到这，我去银行取了五百元钱来到宋大德的办公室。

宋副局长正戴着老花镜看材料，见我进来，没吱声，摆摆手让我坐下，等他一会儿。这是我第一次近距离地看他。他两鬓斑白，满脸的皱纹，那一条条纹里仿佛写满了沧桑和故事，见证了无数起大要案的侦破，展示着他对党和公安事业的忠诚和热爱。凭他大队成立时的讲话和丛佳案情分析会上对康敏的信任和拍板，我对他充满了敬意。

"有事吗？何东。"宋副局长摘下花镜，边用眼镜布擦边问我。

"啊，那个，刚才听说你小儿子昨天结婚，我寻思咋没告诉我们一声，我好捧个场。"

他笑了，站起身说："告诉啥。别说你们，潘越都不知道。我这个人面子矮，要是我结婚，让同事们参加，吃个糖，喝个酒，还说得过去。我儿子结婚，挨个告诉，不等于张嘴朝人家要钱吗？我张不开这个嘴呀！眼瞅着快退休了。我不愿回家后，让大伙背后对我指指点点，议论我。我不能为那点礼金，丢了人格。我当了三十五年的刑警，刑警和人格这四个字在我心里很重啊！"

"您的话让我感动，我也敬佩您的人格，可这是人之常情。咱大队小年轻的结婚，您都到场，证婚、随礼。到您儿子这，为啥不好好办一办？大家也想表表心意。"

"当刑警的，社会地位不高，尤其年轻的，都没多大能耐，谁结婚不想风光风光，我当局长的来了，捧捧场，壮壮脸应该的。"

听了这话，我心里一热，说："宋局，我是农村出来的，说话直，我今天来补这个礼绝不是因为您是局长。我在工作上也不需要您任何照顾，这五百块钱真的是我一点心意。"说完，我从兜里拿出钱，放到他的办公桌上。

宋大德离开座位，走到我面前，把桌上的钱拿起塞到我兜里说："何东，论年龄我应是你的父辈了。心意领了，钱必须拿回去，人各有志，不能勉强。这钱你回去代我孝敬你的父母吧！你是个聪明的人，很有前途。但切记，聪明要用在正道上，人间正道是沧桑。懂吗？"宋局言真意切，双眼如炬，令我不敢正视他。我只得红着脸，离开他的办公室。

在宋局的凛然正气面前，我感觉自己是那么渺小。他用他的人生哲学和行动给我上了生动的一课。如果不是亲身经历，我不敢相信竟还会有这样不爱财、重名声的公安局局长。如果公安局的领导都能像宋大德那样，忠诚、廉洁、高尚，那整个公安队伍将是一支无坚不摧的铁军。后来我被捕入狱时曾想，如果宋大德不离休，一直带我们，我也许不会走到今天。

55

转眼间，一年过去了。这一年是我当警察以来收获和变化最大的一年，连我都佩服自己超强的悟性。从没干过刑警的我凭借在重案中队学、悟、熏，已基本掌握了刑警技能，也总结出侦查破案的窍门，在队里的案件分析会上，我已经不像初进刑警队时保持沉默，而是侃侃而谈，好几次，我独辟蹊径，见解独到，对破案起到至关重要的作用。为此，潘大队没少表扬我，甚至说我天生就是干刑警的料。

更让我兴奋的是我的生意越干越好，出租车养了两辆，旅店开了三家，每月能额外收进两万多块钱。有了钱，我买了一部当时还很稀罕的手机。那辆公家的"尼桑"车给了我们队的探长潘展工，我通过朋友买了辆日本本田走私车。车没手续不能落牌，我就套了个假牌上路了。我是警察，根本就不怕交警查。这黑色本田不仅外表厚重、大气，而且开着舒服，噪音极低。

我从干妈家搬出来了，在分局附近租了个一室一厅。因为是刑警搞案子，半夜三更起床、回家是常事，我怕影响干妈休息。自己有了小窝，自在多了。同事、朋友没事时都愿意到我那扎堆，喝啤酒打麻将。这一年我唯一没有收获的就是爱情，自文萱、中贺后，没有第三个女人走进我的生活。

钱赚多了，我找女朋友谨慎而又挑剔起来，标准也变了。我定了三条：一是高干家庭的不找。这样的人家，和我家地位悬殊，总让人瞧不起；二是家庭条件优越的不找。条件太好的女孩大都惯坏了，干不了活，吃不了苦，尤其跟我乡下的妈很难处得来，三是事业心太强的不找。我当刑警没黑没白的，再找个女强人，谁照顾家？谁管孩子？找就找一个贤惠、本分，长相说得过去的女孩。

我们中队还有一个女光棍——康敏，她每天和男侦察员一样，钻在案子里，有时熬晚了，也叼起一支烟，提提精神。曹队曾有意无意地把我们往一起撮合，还跟我说，找个女警察不错，两口子都是公务员，旱涝保收的，不像他家嫂子，在工厂上班，有今儿个没明儿个，连个保障都没有。我也曾动过这个念头，也偷偷地观察过康敏，发现她不少优点和可爱之处，甚至动过娶她的念头，好好气气中贺她爸，让他看看没上过大学的警察娶了个中国警察最高学府的毕业生做妻子。可惜，我怎么也找不到爱她的感觉。康敏对我好像有那意思，虽没表白，但在行为上有所流露。队里有个大事小情的，她愿意让我带她去，她每次买件新衣服都会问问我怎么样。对此，我只能听信上天的意愿和我的感觉。在没找到感觉之前，我不想勉强去爱。当我认为将在三十岁以后才能解决个人问题的时候，无心插柳，一个叫孟可欣的女孩闯进了我的生活。

一九九五年夏天一个周末的晚上，快六点了，侦察员李力伟给我打电话，他正在外边办案子，回不来，他爱人又出差了。让我到幼儿园帮他接一下女儿兰兰。

我到幼儿园时，各班的孩子几乎都回家了。兰兰在中二班，我透过玻璃窗往班里看，只见一个长发女孩儿正抱着兰兰，给她讲故事。我进屋，说明来意，让兰兰跟我走。长发女孩儿对我说："我是兰兰的老师，叫孟可欣。按规定应是家长接孩子，你说得不错，但能不能看看你的证件。"我仔细端详了一下，可欣一米六四的个，娃娃脸，体态轻盈，穿一条蓝色背带裙，黑皮鞋，白短袜，语调柔和，始终面带微笑，我的心一下子被她抓住了，感觉到自己的心跳在加速。可欣被我看得不好意思，脸上泛起些许红晕。我意识到自己的失礼，忙把工作证递给她。她正反两面看了一遍说："是真的，兰兰交给你了。你们警察也太忙了，兰兰的爸爸总迟到，不过没关系，警民一家嘛。"说完，她去收拾自己的东西。

出了幼儿园，我故意等了可欣一会儿。她一出来，我迎上去说:"坐我的车,我送你。"

"不了,我出门坐六路,直接到家了。"

"别客气,刚才你不还说警民一家吗?"

可欣无法再拒绝。她让兰兰坐在副驾驶,自己坐在车后排,别小看这一细节,却反映出可欣的性格。女孩儿坐车大多愿坐副驾驶,体面而又风光。可欣坐后面说明她不张扬、虚荣,是个稳重的女孩。这一点正是我最喜欢的。

56

"孟老师,真羡慕你的职业,每天和天真无邪的孩子们在一起,心灵受不到任何污染,永远都是个纯净的世界,哪像我们,每天和杀人、放火的强盗打交道,心都熏黑了。"我边开车边找话题和她聊天,我想知道她的内心世界。

"一样的,幼儿园也不好干,比你们抓坏人还紧张。现在都是独生子女,我们责任大着哪。上周,小班的一个孩子玩时磕掉一颗牙,家长差点没把老师吃了。当班老师赔礼道歉不说,一个月的奖金都没了。"可欣说话特有意思,边说边做手势,像幼儿园的孩子在表演节目。

尽管我故意把车开得很慢,可还是到了可欣家楼下。她下了车,道了谢,又亲了兰兰一下。我想问她的联络方式,又觉得太唐突。正想着,她冲我摆摆手走了。我望着她的背影,直到消失。

第二天,我交给李力伟一项新的侦查任务,在最短的时间内,查清孟可欣的全部情况,尤其是是否有男朋友。李力伟干了八年刑警,这点任务小菜一碟。当天晚上他就把信息摸上来了。孟可欣,二十岁,属兔,毕业于宜春幼师学校。父母都是市邮电局的职工。业余爱好:弹钢琴、看书。刚处一个男朋友,还不到一星期,是五中的历史老师。

"何队,情报我给你搞来了。要不以后你天天接兰兰,我可不是让你受累,是在给你创造机会啊!"力伟想假"公"济私。

"我张不开口啊!咋跟她说?万一她拒绝了,多没面子。再说她有男朋友了。"我挠着头说。

"精诚所至,金石为开,男怕磨,女怕泡,就怕你功夫下不到。就凭你,刑警队长的身份,大哥大拿着,私家车开着。我要是她,今晚就嫁你。有对象咋的?竞争呗。外国实行决斗,不行你就找她对象打一架。"力伟狠狠地说。

力伟的话让我树立起信心。我坚信,一切皆有可能。不是吗?五年前谁会想到我能当上警察,当上警长,甚至当上重案中队副中队长,可现在这一切不都实现了吗?文萱,省委副书记的女儿,漂亮女大学生,不也爱上我了吗?高中贺,大报记者,不也为了我差点跟她爸决裂吗?我就不信警察追一个幼儿园老师比农民当警察还难。

我坚持每晚接兰兰,每次都故意晚去十分钟,好有借口送她,可欣似乎觉察到我的意图。有天晚上,我接完兰兰,在幼儿园门口等她。可欣出来后,冲我摆一下手,跟一个推自行车的小伙子走了。那个小伙戴副大眼镜,很瘦,走起路来直晃。我纳闷,可欣怎么会看上这样的人。

我没有退缩。尤其看到"大眼镜子"之后,心里更有底了,就他那样,和我根本不是一个档次的。力伟说过,追女孩脸皮要厚,别怕挫折。我继续每天去幼儿园。日子久了,幼儿园老师都知道,兰兰小朋友爸爸的同事天天接孟老师。

有天早上下暴雨,雨大得冒了烟。我知道可欣是早班,七点之前必须到幼儿园,我六点就开车到她家楼下等着。可欣打着伞从楼里出来,没走几步,大雨就浇得她不敢再走。鞋、袜子都湿了。我冲出车门,把她拽进车。可欣见是我,又惊又喜。

"你怎么来了?这么早!这么大的雨!"可欣边用手绢擦脸上的雨水边问。

"因为我心里总装着一个人,自打见到她,我的心就被她俘虏了。我想好好地爱她、宠她、娶她,让她一生无忧无虑,幸福的生活,所以就来接她了。"我边开车边回答,表情严肃,语气坚决。可欣没回答,望着前方,两行眼泪流了下来。

当晚下班,我去接兰兰和可欣。在幼儿园门口,我又遇见"大眼镜子"。我的心"怦怦"地跳着,不知道可欣出来会跟谁走。两分钟后,可欣走出幼儿园的大门。她看了"大眼镜子"一眼,就朝我的轿车走来,上了车,我握住可欣的手,她的手又软又滑。我的内心一阵狂喜,我赢了。把兰兰送回家后我没有送可欣回家,而是把车开到丘比特西餐厅。我兴奋地点了一大堆吃的,可欣忙说:"吃不了的,浪费。"

我又要了一瓶红酒。柔和的灯光下,可欣更显得羞涩、可爱。她的话很少,几乎是我一个人在说。她很少动筷子,我给她夹多少,她吃多少,真是一个宁静的天使。

餐后，也许是红酒的刺激，我隐隐有一种猛烈的冲动。自打中贺走后，我还没碰过女孩。我有了进一步的想法，又怕可欣不同意。可冲动的魔鬼让我难以自制。我把车开到我家楼下，撒谎说让可欣上楼帮我拿几个箱子给朋友送去。可欣想都没想就跟我上楼了。一进屋，我转身就把可欣搂在怀里，吻住她的嘴唇，可欣挣扎了几下，随即没了力气。我把她抱到床上，看到她脸颊绯红，眼中充满了恐惧和渴望。

57

斧头这种我们常见的工具在那个初冬竟让宜春市民谈之色变。它成了歹徒接二连三杀人劫财的凶器。宜春警方将以此为凶器在楼道内杀人抢劫的案件称为斧头大案。

第一起斧头案发生在十月二十八日晚八时，在城东区某银行宿舍楼二楼楼梯口，一个刚结婚一周的新娘子被歹徒用斧头击中头部死亡。被害人戴的七十克金链子及包内的BP机、五百元现金被抢走。在此之后的一个月里，宜春市内有四个城区发生了六起楼道斧头案。歹徒共刨死五人、重伤两人，抢走财物五万余元。犯罪分子之所以选在楼道下手，是因为东北的冬天天黑得早，楼道内没灯，便于犯罪分子作案和逃跑。

楼道系列抢劫杀人案的发生，引起了宜春市局党组的高度重视，成立了斧头案件侦破指挥部。刑警支队牵头，程宇光亲自挂帅，并将斧头大案作为全市公案，各分局都成立了斧头案件专案组。据一名受重伤的被害人讲，使用斧头的犯罪嫌疑人是一人，身高在一米七五左右，身材魁梧。经技术人员及专家对这六起斧头案件的现场进行勘查鉴定，这六起案件系一人所为，可以并案侦查。

指挥部制定了详细的侦破方案。首要任务是在全市调查摸底，摸底范围三个方面：一是身高在一米七三至一米八〇之间有盗、抢前科的"两劳"释放人员；二是从事木匠职业，或会使用斧头工具的各类人员；三是近期内突遭变故，急要用钱，易铤而走险的人员。市局要求各派出所将摸底结果层层审查上报，从中确定重点嫌疑人。对在摸底中不负责任、导致漏掉犯罪分子、贻误战机的，要追究责任，民警要处分，所长要撤职。

宜春连发斧头案，引起市民的恐慌。老百姓一传十，十传百，把斧头案越传越神。到了晚上，有的下夜班的女同志得家里人接送才敢上楼。不少人的交际活动都停了，怕回来晚了碰上"斧头"。宜春的餐饮、娱乐业大受影响，萧条不少，影响了群众的正常生活，这在宜春近十年是从未有过的。治安不好，警察难逃其责，老百姓骂公安局无能。我不禁想起宋大德的话，衡量警察好坏的标准在破案哪！斧头案不破，警察就得跟孙子似的活着。

城东分局的压力也不小，因为我们区发生了两起，而且第一起发案就在城东区。分局抽调重案一、重案二及特案中队三个中队的人马组成了专案组，全力攻坚。在此案的案情分析会上，我也发了言，谈了一己之见。

"发生在我区的两起斧头案的发案地距离火车站都不远，犯罪嫌疑人无固定作案目标，作案随意性强，外地流窜作案可能性较大。嫌疑人抢劫的财物中金银饰品不少。他一定急于把金子换成钱。我建议应加强区内金、银饰品加工点和典当行的控制，争取在销赃渠道上有所突破。"

"我同意何队的意见。同时，我想从犯罪心理学的角度谈点我的看法。"康敏站起来说。

"从斧头案的作案手段凶残性及侵害对象随意性这两方面看，作案人具有强烈的反社会人格。反社会人格在犯罪心理学中属人格异常的一种，其最显著的特点就是缺乏道德，对社会有强烈的报复意识。这类人具有缺乏同情心、名誉感、人际关系不协调、病理性的自我中心等特征。具有反社会性格的人多被公、检、法严厉打击过，以'两劳'释放人员居多。他们错误而又片面地认为社会分配不公和法律对他们犯罪行为制裁太重，就通过犯罪的形式伤害无辜，报复社会。反社会人格者在生理上接受唤起的程度呈现低档状态，并处于较不愉快的境界，通俗地讲，这类人日子不舒服，极可能借追寻刺激，以强化唤起程度，增加舒适感。这类人中吸毒者数量不少，我建议对'两劳'释放人员中的吸毒者进行调查。"

宋大德对我和康敏的提法表示赞同，尤其对康敏说的嫌疑人可能吸毒这一特征很感兴趣。他指示区内各所摸底时加上这一条，同时要求特案中队马上对区内销赃场所进行布控。

十二月十九日，特案中队队长陈小赤在城东区典当行收货簿上发现了一条七十克的金链子。经第一起斧头案被害新娘子的家属辨认，这个金链子正是新娘子戴的。卖金链子的人使用的身份证名叫石小根，家住柳树市站前街六委。斧头案嫌疑人终于有了线索,果然是在销赃渠道上取得了突破。我暗暗激动和惊喜,为自己的智慧与成长。宋大德立即指示重案一队全体赶赴柳树市,调查石小根。

当石小根被带到我们面前时,大家都一脸的失望。石小根身高不到一米六,十分瘦弱。据石的邻居讲,石小根特老实,老婆跟别人跑了,自己带个三岁的儿子,靠蹬倒骑驴生活。这半年多,他压根就没离开过柳树。他的长相也不像被害人提供的人形。可他的身份证怎么会落到卖金链子的人手里呢?

"小根,我们是宜春市公安局的,想问一下你的身份证呢?"曹队边问边看他的表情。

"三个月前就丢了。后来让我们街坊'老五子'捡去了,他让我给他买两盒好烟就还我证。我没买,也没当回事。"小根想都没想就回答,丝毫不见紧张和慌乱,看来他可以排除了。倒是他说的"老五子"进入了我们的视线。

据当地警方介绍,"老五子"大名叫陈少武,三十六岁,无业,曾因盗窃和伤害罪被判刑两次。出狱后靠替歌舞厅"看场子"为生,心狠手辣,在柳树黑道是个人物。据说半年前迷上了杜冷丁,而当地人已有三四个月看不到他了。

到典当行卖金链子的人就是用的石小根的身份证,第一起斧头案发生在三个月之前,而陈少武离开柳树也恰好有三四个月。康敏说有反社会人格特征的人有可能吸毒,而陈少武在发案前一段扎过杜冷丁,我们迅速将此信息反馈到宜春。

市局指挥部接到报告,立即将六起斧头案中提取的一枚指纹与陈少武留在柳树派出所人口档案里的指纹进行比对。结果证实，陈少武就是宜春斧头大案的凶犯。

58

就在宜春警方准备在城内清查，抓捕陈少武时，我们中队在柳树又获取了新线索，陈少武的情妇孙玉香买了当天下午柳树到宜春的火车票，干啥不清楚。她会不会是去见陈少武？曹队果断决定，全体上火车跟踪孙玉香，同时报告潘大队、宋大德，请他们在宜春车站接应。

孙玉香长得的确脱俗，高个，白皮肤，大眼睛，一身貂皮大衣颇显贵气。她看上去心事很重，两眼死盯着窗外，漠视车厢内的一切。我和康敏装作一对恋人，近距离地盯着她。

三个小时后，火车到了宜春。我和康敏跟着孙玉香走出站台，看见大队管电台的老邢头和女内勤老贺。他俩都快六十了，长相、穿得跟农村人没啥两样。宋大德真高明，安排了这么两个看着不像警察的警察跟踪孙玉香。我和老邢一对视，抬头指了指前面的孙玉香，他们心领神会地跟了上去。

十分钟后，老邢用手机向正在车站附近吉普车内指挥的宋大德和潘越报告，孙玉香买了四十分钟后去阳城的火车票。难道陈少武在沈阳？这正符合规律，因为柳树、宜春的警方都在抓他，他到阳城躲避的可能性较大。时间紧迫，宋大德命令一中队人马连同老邢、老贺跟孙玉香上阳城。

我们上了车。老邢、老贺是新面孔，就坐在孙玉香前排的座位上。其他人在附近车厢，我和康敏依然扮作情侣，李力伟、谢长河在一边抱怨地说："还得当队长，同样执行任务，人家就能男女搭配。"

途中，上来两个刚喝完酒的混混儿。他们见孙玉香长得漂亮，就坐在她身边，其中一个胆大的竟将手放在孙玉香的大腿上。孙玉香一个人，不敢发作。老邢连忙跑到我们车厢报告，他担心孙玉香要是提前下车或到别的车厢去，将打乱跟踪计划。曹队忙派李力伟和彭亮去解围。

彭亮当警察前是市散打队的，曾获得宜春市散打大赛的第五名，腿功了得，被誉为"彭铁腿"。他从餐车服务员那买了瓶二锅头，喝了两大口，顿时一嘴酒气，随后和李力伟来到孙玉香那节车厢。彭亮走到两个混混儿旁边时，故意猛踩了其中一人的脚。混混儿猝不及防，大骂道："瞎啊！往哪踩？"

"敢骂我？"彭亮把混混儿拎了起来，右腿一抬，混混儿已经趴在三米外的过道上。另一个混混儿，彭亮一出手，这个也倒下了。老邢、老贺马上坐在了孙玉香的身边，警报解除。

列车到阳城时已是晚上十点半了。孙玉香出了站台，奔向路边的电话亭打了个电话，说了几句就撂了。而后，她在电话亭旁边等人。

十五分钟后，一辆出租车缓缓停在孙玉香的旁边。车内的一名男子下车将车门打开，孙玉香上了车。

"陈少武。"侦察员们叫出声来，大家人手一张他的照片，快背下来了。我们刚要动手抓人，出租车开走了。曹队和我各带几个人，分头上了两辆出租车追赶。

我们的车追上并超过陈少武的车，同时横在他的车前。车尚未停稳，我们已冲了下来，将出租车围住。曹队亮出手枪对准车内，我打开后车门，将孙玉香拽了出来，彭亮将陈少武拽下车。他挣扎着要跑，被彭亮一个扫堂腿撂在地上。康敏和几个侦察员同时扑在他身上，并用手铐将陈少武背铐过去。

在阳城市公安局，一个回合陈少武就承认他是宜春六起斧头大案的主犯。对陈少武这样的江湖杀手，我们不敢大意，脱光了他的衣服搜查，让我吃惊的是，在陈少武的阴茎上发现了一把用小绳系着的铐子钥匙。稍不注意，他就能借上厕所的机会，打开铐子脱逃。

斧头案破，论功行赏，特案中队长陈小赤因发现被抢的七十克金链子，在破案中起到关键作用，荣立个人二等功，宋大德在抓捕陈少武的战斗中指挥得力，荣立个人三等功，我们中队从柳树到阳城，跟踪追击，勇擒陈少武，荣立集体二等功。作为二等功的一员，我倍感自豪，这将成为我晋升的一大政绩。照这么干，副职变正职离我不远了。

我们送走了陈少武，分局给我们中队放三天假。我开车来到可欣的幼儿园。自从可欣的处女之身给了我，思念和亢奋成了我内心的两大主题。我恨不能马上就把可欣娶过来，天天晚上在一起。不巧的是，斧头案子让我忙得不可开交，这期间，除了接她下班两次，就没和她见面，在柳树一呆，就是两周。我给她买了部手机，每天靠煲电话粥维系着思念和爱恋。

可欣知道我放假了来接她，狠狠打扮了一番，让我惊喜的是，可欣的头型变了，染成了暗红色，布娃娃变成了洋娃娃，充满笑容的脸上增加了几分性感和洋气，让我更加骚动不安，充斥着征服的渴望。我们去市场买菜,回到我们的小窝。不到半个小时,可欣就给我端上四菜一汤。她说要慰劳抓获"斧头"的英雄。

饭后,我们躺在床上,可欣依偎在我的怀里问:"你们抓'斧头'时,怕不怕呀?"

"怕?怕他干吗?这叫一物降一物,就像耗子见猫。别看他在老百姓面前凶狠、残暴,在我们面前,他就得跪下。警察是爷,他是孙子。到任何时候,这个辈儿颠倒不了。"

"噢,我明白了。一物降一物。'斧头'欺负老百姓,你降'斧头',那谁能降你呀?"可欣娇嗔地问。

"降我?我是警察,我有枪,我怕谁?谁能降住我呀?"

"是吗?再想想,有没有人能降住你?"

"啊!有,有,这个人就在我身边。不过,今天我要让你求饶,看看到底谁能降住谁?"说完,我把可欣压在身下。

59

一九九六年三月,宋大德年满六十岁,退休令下来了。说心里话,我真舍不得这个忠诚、刚毅、坦荡、体贴下属的好老头。他主管刑警这些年,大案没少破,民警没出过事。最难得的是队内上下像一个大家庭一样,温暖、团结。大队为老局长设宴饯行,我有幸作为中层干部参加了这场告别宴。潘大队举头杯酒,也许是激动和伤感,他哽咽了半天,竟一个字都没说出来,眼泪噼里啪啦往下掉,曹队、我,还有其他刑警都哭了,宋大德很激动。

他安慰我们不要哭,还说要常回来看看。大家边喝边哭,泪水和酒混在了一起。最后,都喝醉了。一个公安局局长在他离开岗位时,能得到下属如此爱戴敬佩,深得人心,难得啊!

宋大德一走,位置空了下来。大家都以为潘大队会接替他,因为潘大队深得众望,加上大队破获了全市公案,智擒陈少武,政绩突出。据说胡局也帮潘越做工作,摇旗呐喊。可惜潘大队没能获得这次机会,理由是他任刑警大队长时间太短。接替宋大德的人由市局另派。

星期三的下午,我在办公室坐着,脚放到办公桌上,叼着烟,屋里乱糟糟的,桌面凌乱地放着一堆旧报纸,地上还有七八个烟头。

我正要给可欣打电话,门开了,进来一个中年男子,一米七五左右的个,短头,挺帅气,名牌西装,锃亮的皮鞋,一身的威严。他进屋也不说话,从桌子到地上,再到我,看了个遍。我心里不大高兴,这人真怪,进屋不敲门,又不吱声。

"你找谁呀?"我没好气地问,脚仍放在桌子上,斜眼看着他。他没吱声,走了。

第二天上午,大队全体集合,欢迎新来的主管副局长。当潘大队和分局政治处汪主任陪着新领导进屋时,我呆住了。新副局长竟是昨天到我屋没说话的中年男子。汪主任对大家说:"根据市局党组的决定,盛禹浓同志任城东分局党组成员,副局长,主管刑警大队。这位就是盛禹浓同志,大家欢迎。"会议室响起掌声,但不太热烈。

"盛禹浓同志此前在南市分局任政治处主任。他从部队转业分到公安局后，从户籍民警干起，做过刑警队员、副队长，有着丰富的基层工作经验。"潘大队补充着说。

汪主任请盛副局长给大家讲两句，他摆了摆手，一句话没说。

盛禹浓寡言的性格和冷峻的出场加上他微服私访各办公室的做法让我感到此人工于心计，城府极深。他到任后常到各中队听情况，据向他汇报过工作的队长讲，盛副局长听多说少，甚至不说。谁也不知道他想的是什么，更甭想知道他是个什么样的人。

因为和盛副局长在我办公室不大愉快的见面，我担心自己当时的形象影响他对我的看法。因为第一印象很重要。他毕竟掌管着我们这些小头目乌纱帽的生杀大权，可不能不当回事，我得摸摸他的底。想来想去，我给孙洋打了个电话。他耳朵长，知道得多。谁知，孙所长一接电话，还没等我问他，先撸了我一顿。

"你小子自从抓住陈少武，立了个集体二等功，也不向你孙哥请示汇报了，是不是觉得我在红石嘴那个又穷又远的地方，没啥发展了？"

"大哥，您可别糟蹋我了。您在我心里的地位跟神差不多，我都有心把您的照片挂我家墙上，天天供着。"

"得，你小子狗嘴吐不出象牙，别折我的寿了，快说，啥事？"

我就把盛禹浓主管刑警及我俩初次见面的细节讲了。孙所听了，收敛了笑容说："盛禹浓一来，你们大队的日子可就不好过了。这人是市局一位头头的一个远亲，究竟多远不知道，反正有亲戚。为人吗？在南市区口碑一般。难接近，交不透，会摆弄干部，好整事。还有一大嗜好——收钱。办多大事，收多大钱。你加点小心吧！"

60

孙所的一席话让我有些忧虑，这样难接近又爱财的领导最难对付，远了、近了都不是，我不知道他的到来对我会有多大影响。两周后，刑警大队开会，内容就一个，盛副局长训话。别看他平时话少，这次一讲就是一个小时。

"这次组织上派我到城东分局是对我的重用和信任。城东分局是全国优秀公安局，底子好，风气正。尤其是刑警大队，连续两年在市局系统考评中名列第一，战功显赫啊！陈少武的到位更足以证明这支队伍的战斗力。不过，我今天绝不是来摆好的，我上任两周多一点，通过所见、所闻，发现大队还存在许多的不足和问题。我的任务就是解决问题，争取在今年的系统考评中再拿第一，实现三连冠。"讲到这时，一位刑警的手机响了。

"请大家把手机、BP 机调到无声，今后大队开会，要保持绝对的安静，还有你的。"盛禹浓指了指坐在身边的潘越。潘大队脸一红，盛禹浓看出潘越的尴尬，从兜里拿出自己的手机，调到无声说："也包括我自己的，要求大家做到的，我先做到。"他的举动让潘越下了台阶。

"第一个问题就是脏、乱、差。我进分局的第一天，没先到局长室，而是直接到重案一中队。不客气地说，中队长办公室更像猪圈，埋汰。有位中队长甚至把脚放在办公桌上，这是公安局,不是土匪窝。各单位马上解决卫生问题,卫生搞不明白的,我看案子也破不明白。一屋不扫何以扫天下?哪个单位卫生不合格,领导写辞呈。第二个,大锅饭问题突出,干部能上不能下,一潭死水。大队带长的近五十人,两年没调一次,这不正常。要让死水变活水,要让庸官下去,有能力的上来。大队要重新制定岗评,实行末位淘汰,对年终考评后两名的,要降、免、撤,成绩突出的,破格提。我的用人哲学是不换思想就换人,适应不了我的思维、节奏,工作没新意,只有淘汰。"

盛禹浓讲话之后,我的脑子乱哄哄的。他公开点了我的名,还有那句不换思想就换人。他拿潘越都不当回事,我们在他眼里是啥呀!新局长一上任就拿我开刀,这第一印象已经打上烙印,如果不扭转过来,以后我咋干都没好。可怎么扭转哪?程宇光的亲戚?我忽然想起程小宇,何不通过小宇做做盛禹浓的工作。盛禹浓再厉害,小宇的面子不能不给吧!

程小宇拧不过父训,在巡警工作满三年,才调出来。他不想往基层扎,直接到市局治安警察支队管场所去了。小宇接了我的电话,听清了来意说:"我知道盛哥调你们那去了。你咋知道我俩有亲戚呢?说吧,啥意思?是不让我摆个场子,你好认识认识,想进步啊?"

"进啥步,盛局初到城东,当下属的想认认这个大哥。可我哪请得动啊?还是你面子大。"

"行,我说句话,他肯定到。"

在宜春的饭店里,聚宾楼的牌子是相当响的。请客人到聚宾楼,是对客人尊重和重视的表示。我请盛禹浓吃饭定在了聚宾楼。光我们三个吃饭,人少了点。我找孙所作陪,他不是刑警的人,身份和与我的关系恰当,既惯于应付场面,还不至泄密。孙所告诉我,让我准备些钱,看场面和火候,有机会就送给他,这不光是扭转看法的事,还关系到我今后的成长。盛禹浓来了,不可能一年半载就走。

酒桌上的盛副局长和在单位时截然不同,最突出的变化就是有笑模样了。

"盛哥,何东是我哥们。我爸那脾气你知道吧,办我的事都费劲,可何东当警长,他亲自到城东分局给说的话。这回又升了,当重案中队副中队长了。"

"小宇,在大哥面前说那些干啥。今天能把大哥请来,是我的荣幸。胆大一点说,这恐怕是盛局到任后第一次赴大队民警摆的宴吧!有小宇在,我不敢说给盛局接风,只想认识一下盛局这个大哥,也希望盛局收下我这个老弟。另外,我在这表个态,以后我死心塌地跟盛局干了,盛局指哪我打哪。"说完,我一仰脖,大半杯白酒进去了。

"何东是个聪明人,思想转变快,年轻有为呀!咱们都是跟程局长干的。凭你刚才这几句话,又有小宇引见,错不了。"说完盛禹浓喝了一大口。接着,孙所干了。小宇喝了一小口。

酒一多,话就多了。盛副局长简直就像换了一个人似的,谈古论今、讲案子、讲改革、讲笑话。他和孙所都下过乡,俩人讲起在集体户偷老乡鸡的事,逗得我和小宇差点没把嘴里的菜喷出去。酒足饭饱,我觉得盛禹浓心情不错,就趁孙所和小宇去卫生间的工夫,拿出装着一万元现金的信封塞进盛局的兜里说:"大哥,这是小弟的一点敬意,要是认我这个老弟,就收下。"

盛禹浓推了一下说:"你小子,净整没用的。好好干啊!否则,降、免、撤。"

盛副局长上任以后,刑警大队确实有些变化,各屋都干净多了,在大队闲扯开玩笑的人少了。

新的岗位考评细则也出台了。一百多号人,无论是内勤还是外勤,不论是当官的还是当兵的,人人得参评,人人有分数。年底排名次,并与评先进、发奖金、提升、重用以及降、免、撤挂钩,体现出干好干坏不一样。宋大德时代,也有岗评,但没这么细。过去是等活干,现在是找活干。不干活不得分,名次靠后,就危险了。

半个月后,盛禹浓搞了一次演习,深夜两点大队紧急集合。这一招是许多人没想到的。一百二十六名刑警,有四十二人联系不上,规定时间准时到达的只有三十八人,剩下的最少迟到十分钟,最多的一个半小时才到位。联系不上的四十二人中,有二十七人是中队的队长、探长。盛局大为恼火,声称近期要大调整,对某些责任心不强的领导动手术,要换岗位一批,要拿下一批。这下有些中层干部毛了。有的通过领导向盛禹浓递话保位置,还有的托人或者直接把钱送到盛局办公室。

结果,盛副局长高喊的大调整雷声不小,可一个雨点都没下来。大队中层带长的,一个都没动。

61

一九九六年春夏之交的晚上，距城东分局不到二百米的景胜公园，接连发生三起抢劫、轮奸案。四名歹徒冒充公安人员，以查卖淫嫖娼为名，将公园里恋爱的男女分开，先抢财物，后将女的轮奸。最惨的是一对十四五岁的早恋初中生，漂亮的小女孩儿被四个歹徒轮番糟蹋，造成大出血，经医生抢救，才捡回一条命。

我们中队接到报案后，开始勘查现场，走访被害人，初步断定这几起案件系同一伙人所为。康敏在与女被害人交流中，以女性的身份和耐心打消了被害人的羞耻、顾虑和恐惧，掌握了不少有价值的细节。她认为，嫌疑人以恋人为行凶目标，侵财为次，劫色为主。因为根据犯罪现象的时间性，性犯罪受季节影响显著，随着春夏季节的气温上升，人的欲望也随之膨胀，而女性的服装也随气温升高而减少，又增加了对性欲望的刺激。嫌疑人几度得手，尝到了甜头，继续作案的可能性极大。康敏建议分局抽调男女刑警扮成恋人，诱敌上钩打现行。

盛副局长对康敏的分析、判断和建议表示赞同，从派出所调来五名身体条件较好的女民警，与我们中队的刑警扮作恋人，晚上到公园"谈情说爱"。康敏也积极参战，主动提出与我配对。我笑着说："跟踪孙玉香，你装我女朋友，立了个集体二等功，可任务一结束，你也不表示表示就没影了，这回我可假戏真做了。"康敏听了，脸一红，冲曹队说："曹哥，你也不管管他，他总占人家便宜，上次在火车上，他一会儿摸我手，一会儿搂我腰，坏透了。"

"我还不是为了工作吗，要是装得不像，早被孙玉香识破了，上哪抓陈少武去呀？"

"对，男人不坏，女人不爱吗。"曹队说完，憨厚地笑起来。让我想不到的是，这竟是我听到的曹队最后的笑声。

四月的景胜公园春意盎然，花草树木已发芽长叶，久违的绿色吸引着游人踏青的脚步。晚上六点钟，警察"情侣"们走进园内。曹队的搭档罗亚娟和黄金万的搭档林红都是市体工队下来的柔道运动员，一人对付三四个都没问题。

七点一过，天慢慢黑了，公园里的人一下子少了不少。我与康敏肩并肩地走在林荫道上，康敏挽着我的胳膊，身体略微靠在我的肩上，和恋人没什么两样。我们正走着，就听见身后不远处的小马路上传来一声沉闷的枪响。我大喊一声"出事了"，掏出枪就往枪响处冲。原来，曹队和罗亚娟遇到两个男青年，曹队见他们可疑，就亮出身份，上前盘问。谁知这俩人掏出匕首顽抗，曹队鸣枪示警，当我赶到时，另两个歹徒摸到曹队的背后，举刀向曹队后心扎去。此时黄金万已经冲到持刀歹徒跟前，可他竟愣那了。我一边去抓要跑的两个歹徒，一边喊："曹队，注意后边，老黄扑他。"可是晚了，两把锋利的匕首已经扎进曹队的背部。曹队大叫一声，转身就是两枪，两个歹徒倒在了地上，一死一伤。随后，曹队那庞大的身躯也倒下了。

侦察员们从四周围了上来，三个活着的歹徒全部被抓获。此时的曹队大口地喘着气，两眼闭着，说不出话来。我们抬着他往外跑，在公园门口截了一辆车，往医院送。

我坐在急诊室门前的凳子上，目光呆滞，完全蒙了。望着大夫们忙碌的身影，我期盼奇迹能够出现。这时，黄金万来了。一看他，我就气不打一处来，骂道："你这浑蛋咋不上哪，啊？你也配干刑警，滚。"当时老黄要是扑上去，曹队有可能躲过这两刀，可他被当时的情景镇住了，没做出任何反应。

这时一位老教授走出急诊室，无奈地冲我摇摇头。我明白了，那个憨厚的曹队牺牲了。我"哇"的一声哭了出来，边哭边敲打着雪白的墙壁，喊着曹队的名字。胡局、潘越还有队里不少弟兄都来了，看着曹建民躺在冰冷的手术台上，本就苍白的脸因失血过多显得更加苍白时，大家都流泪了。潘越和曹队是一批进公安局的，两个人的感情最深。此时，这个铮铮的铁汉像个孩子似的失声痛哭。我们把曹队的血衣换了下来，用纱布蘸着清水擦他的身体，擦完给他换上一套新警服。

接到信儿的曹嫂跟跄着跑到医院，当她看见一动不动的曹队和抱在一起痛哭的警察们时，两眼一黑晕过去了。

彭亮他们把那三个歹徒带回队里。经审讯，公园发生的三起抢劫、轮奸案件都是他们所为。

第二天上午，听说曹建民同志牺牲的噩耗，市委副书记兼政法委书记罗杨、市局局长程宇光来到曹建民的家里慰问。望着家徒四壁的房间和病床上的老人，程宇光两眼湿润着对罗副书记说："这就是我们刑警队长的家。"罗副书记握着曹嫂的手说："建民同志是宜春人民的好儿子、好警察。他是为春城的平安牺牲的，人民不会忘记他。从这个简朴的家中，我看到了民警的廉洁，也看到了他们对党的忠诚。你要坚强起来。"

"罗副书记，建民的爱人下岗了，父亲得了脑血栓。建民同志牺牲后这个家就没了顶梁柱，能否考虑把建民的爱人调进公安局，既可让她继承建民的遗志，又能解决曹家的困难。"胡局长深情地说。

罗副书记听了，叹了口气。他正犹豫着，青青从里屋出来了，扑到潘越的怀里，哭着说："潘叔叔，我想爸爸，我要爸爸。"青青的哭声引来满屋的哭泣。潘越更是难以自制，任两行热泪流在脸上。

罗副书记也流下了泪水，他掏出手帕擦了擦，对程局说："你们打个报告给我，特事特办，让建民的爱人进公安局。另外，全市政法系统要掀起向曹建民同志学习的热潮，学习他那种不怕牺牲、对党忠诚、清正廉洁的精神，对烈士的抚恤要按最高标准执行，追悼会我要参加。"

在准备曹队追悼会的过程中，我看出百姓对警察深厚的感情。不到两天，社会各界人士共给曹建民捐款二十六万元。大队党支部的意见是这二十六万由大队替青青存着，等青青过了十八岁，再把这笔钱交给她。

62

曹队出殡那天，宜春下起了一九九六年的第一场春雨。三十辆警车开道，载着曹队棺木的灵车缓缓行驶在宜春的大街上，引来十多万市民送行。当群众听说灵车送的是与歹徒斗争牺牲的刑警队长时，既对警察的英勇啧啧称赞，又对英雄的牺牲感到惋惜。追悼会上,程宇光宣读了省委、省政府批准曹建民同志为革命烈士的批复,罗副书记致了悼词。我和近千名民警一道向建民大哥的遗体做最后的告别。望着鲜花丛中覆盖着党旗的曹队,我心如刀绞,泪流满面。

告别仪式结束,当曹队的遗体即将推走火化时,告别厅内哭成一片,曹嫂哭晕了过去,被几名女民警抬了出来。

曹队的牺牲对我刺激很大,我们毕竟在一个办公室,坐对面桌。他走之后的那段日子,我特消沉,一时难以从失去好同事、好领导、好大哥的悲痛中走出来,尤其当我坐在办公桌前时,总觉得对面的曹队刚刚走开,一会儿就能回来……

其实曹队这一生,命够苦的。上小学时遇上"文革",上初中又赶上上山下乡,好不容易抽回城,可没分到好单位,进粮库背了三年麻袋,把腰累伤了,阴天下雨腰就疼。后来,恰逢公安局招人,他费了好大劲才从背麻袋的工友堆里爬出来,穿上了他一直梦想的警服。干公安十年,他勤勤恳恳,任劳任怨,我到大队一年半了,没见他穿过名牌。他去的最远地方就是北京。曹队活了三十六年,除了受苦,就是挨累,再就是操心,一点福没享着。

曹队一走,重案中队长的位置空了出来。中队不可一日无主,曹队走了,队领导就剩下我了。潘大队让我先把队里的工作挑起来,将来谁当中队长再议。对曹队的位置,我的态度是顺其自然,领导愿意用我就用,不用拉倒,我不想主动做工作去争。因为曹队尸骨未寒,我就去琢磨他的位置,让人看了不太讲究。然而,让我意想不到的是,我不琢磨,不等于别人不琢磨。曹队走后一周,就有不少传闻,大队至少有七八个副职都要往曹队的位子上挪。好心的哥们提醒我注意点,别错过机会。

一听有人争中队长,我有点警觉了。我和曹队搭班子,现在他走了,这个位子怎么说都应该是我的。如果我整不上,那多丢人啊。我找到潘大队,想从他这透透风,看他有何想法。因为我毕竟是通过他到大队来的。我说明了来意,潘大队一脸凝重和无奈地说:"东子,要是以前,这事儿我就能定下来。可现在是盛禹浓大权紧握,小权握紧,大队的大事小情都得他点头,我这个大队长成了传话筒。重案一中队长的位置,他不点头不行。据我所知,他对你看法挺大,刚来就把你给点了,难哪!现在还没议,议的时候,我会给你说好话的。"潘大队没拿我当外人,这番话明显对盛副局长抓权不满。看来,城东刑警队将进入盛禹浓一手遮天的时代。我暗暗庆幸自己棋看五步外,通过小宇扭转了盛禹浓对我的看法。可我争不争这个中队长呢?我有点拿不住主意,只得求助孙洋。他听了我的话后说:"争,必须争,而且要当上这个中队长。你呀,还是有点年轻,光看到争不上丢人,其实这是你成长进步难得的机遇。你当上中队长,正科,下步就有提副处的可能。你这步上不去,以后再想进正科,就不一定啥时候了。现在竞争多激烈呀!你去找盛禹浓直接谈,他不是喜欢钱吗?你就投其所好,这点投资相当值。别舍不得钱,只有舍,才能得。"

63

孙所给我指了一条路。好在我现在旅店开着，出租车养着，月月进钱。这该花的钱一定要花，男子汉大丈夫要成就事业，绝不能心疼钱。周二晚上，盛副局长值班，我揣着两万块钱，走进盛禹浓办公室。盛禹浓正躺在床上看电视。

"大哥，值班呀！"

"何东啊，怎么没回家？对了，你现在租房住吧？好像你家在农村。"

"大哥真关心下属啊，连我家在农村、租房住还记得。"

我边说边掏出根烟，递给盛副局长，又给他点着。

"自古以来，将帅带兵，讲究爱兵如子，只有像对待子女那样关心、体恤下属，弟兄们才会在关键时候血战沙场，回报将帅。我主管刑警，不了解、关心刑警怎么行啊！"

"能遇上您这样的领导，是我们的福分哪。大哥，有个事，我想跟您商量一下，我原来想找小宇，让他帮我出出主意，后来一想，大哥在城东，又正管我们，还绕啥弯子。"我故意把小宇露出来，引起盛禹浓的重视。

"你这么做就对了。小宇没少提你，说你是干大事的人。有话就说吧！"

"曹队走了，我这段心情一直不好，毕竟在一起工作了一年半。队里现在没有一把手，我临时代理一段。我今年也快二十七了，当副科也快两年了，正好现在有这么个机会，我想进一步。城东分局领导层，我只认识您，老弟的前程全仗大哥了。"说完,我把用报纸包好的两捆钱放到他的桌上,没等他答话,我就离开了他的办公室。

一周后,潘越在大队中层会上宣布,我任重案一中队代理中队长,接替我副中队长位置的是康敏。潘越私下里告诉我,盛副局长在研究重案一中队班子时,先听了他的意见的,并特意问了我到刑警队后的表现。当他听说我立过集体二等功时,当即表态,有政绩就该提,但考虑到我年轻,让我先代理,干好了再转正。

潘大队有点弄不明白的是盛副局长对我的看法怎么转变得那么快,在关于我的问题上,盛禹浓很民主,把政绩看得很重。唯有我心里明白是咋回事。

我上任后第一件事就是把黄金万调离重案一中队。一想起公园抓人的事我就来气,紧要关头,他成了缩头乌龟。老黄自打曹队牺牲后,一直抬不起头来,有愧呀!见我当了队长,也知道我不能容他,就服从大队的安排,到综合中队统计报表去了。我对中队剩下的十个人讲了三条规定:第一,工作上不能出差错,不能掉链子,要出活,否则,对不起曹队在天之灵;第二,我想方设法把中队的装备和待遇搞上去,要多弄钱,让队里办案经费充足,不能再出自己掏腰包办案子的事了;第三,一切行动听指挥,中队抓人、放人都必须经我同意。曹队开的捷达车给彭亮开,接送康副队长上下班,白天办案用。

一听说我安排专车接送,康敏不好意思起来,连说不用。我说:"别谦虚了,你现在是大队的副科级干部,又不是搞特殊化,办案需要吗,何况你又是分局的宝贝。这回咱俩搭班子,你也进入决策层了,可得帮我多出主意啊!"

康敏听了,十分严肃地说:"咱俩都年轻,好沟通,真有些好想法,我认为可行,也很紧迫。"

"直说吧!你说的,宋大德、盛禹浓都听,别说我了。"

"一个是队里应加强犯罪心理学、犯罪心理画像以及侦查心理学方面的学习和培训,我们多数同志在这方面是空白啊!在国外,要想成为一名刑事侦查员需要严格的测试和选拔,要考察队员的心理、智力、特殊能力以及社会成熟性、稳定性等等。不掌握这些学识和技能,仅依靠传统思维,凭经验办案,破案率只能越来越低。我想搞几期培训,把我学的知识,讲给大家听。另一个,曹队牺牲的事,我们得吸取教训,光靠防弹衣、防刺服还不够。日常的抓捕、擒拿格斗、集体行动等方面的训练太少了。咱们队每周至少要抽出一个下午的时间进行刑事侦查战术和散打格斗训练。平日多练兵,战斗时才能不流血啊!"

康敏说的这两条,我真没想到。她的培训观点的确符合中队的实际。不是纸上谈兵。丛佳案和斧头案这两个成功侦破的案例在那摆着哪,这里面的科学含量不低啊!我的性格是认准的事,说做就做,当天下午,第一期培训就开始了,全队一个不落都参加。我拿着本坐在头排,不是做样子,是真想学点东西。不学不知道,原来自己肚里那点东西跟康敏讲的没法比。许多理论,我是第一次听说。

就说人的气质吧,竟与犯罪有着密切关系。按传统分类,气质共分为四种,即敏捷好动的多血质型;性情急躁、容易冲动、好战斗的胆汁质型;反应缓慢、沉默寡言的黏液质型;怯懦、迟钝、孤僻、呆板而羞涩的抑郁质型。各类气质在一定程度上影响着犯罪的发生，其中胆汁质型的人犯罪相对多些。因为这类型的人大脑神经细胞兴奋性强而耐力差，兴奋与抑制处于破坏状态，从而导致异常行为，异常行为得不到应有的抑制，胆汁质的消极因素突出膨胀再加上其他不良因素的刺激，行为人无法自控而实施犯罪行为。

再比如杀人犯，由于气质类型不同，他们形成的杀人动机、过程及杀人手段也不同。常见的激情杀人犯，多是胆汁质类型，他们杀人没有预谋，犯罪动机形成的过程短，杀人手段残忍，而那些经过长期预谋，反复思虑斗争而杀人者，多为黏液质类型。

64

康敏的课讲了三次，第一次是我们中队的人在听。第二次，其他中队的人也来听了。第三次，大队长潘越竟拿着本和笔坐在下面。他认为我们中队从抓提高刑侦人员素质入手的路子是对的，还表扬了我，并让其他中队学习。分局还为此出了一期简报，介绍了我们的出发点和做法。盛副局长看见我说："我没看错人，你脑子里有东西，就这么干，用不了多久，你的'代'字就能拿下来。"

孙所知道我当上代理中队长后，特别高兴。他更知道我这个第一次挑大梁的部门一把手最需要什么，我上任第二天，他就打发内勤给我送来五千块钱，真是雪中送炭哪。

不当家不知柴米贵，五千元不少，可队里两台车都得修，又还了些曹队遗留下来的几笔饭费，一撒手就没了，不少同志手里的票子还没报。一想到自己对弟兄们做的承诺，还得想办法弄钱。供一顿不能供百饱，我不能指望孙所再赞助，而指望别的单位支援无疑是痴人说梦。思来想去，还得靠自己。咋靠？只有做买卖。

我盘算了不少挣钱的道，最后把目标定在歌舞餐厅上。当时，歌舞餐厅在宜春刚开始时兴。饭店大厅设个舞台，台下客人喝酒吃饭。台上，歌手唱歌助兴。客人既可以上台唱歌，也可以跳舞，歌舞餐厅有专门陪客人喝酒、唱歌、跳舞的小姐。

虽然赚钱，可开歌舞餐厅并非易事。首先得找地方，当时开歌舞餐厅的酒店还不多，恰好我熟识的东方宾馆没这项目。我找到邵总。他也有这个意思，可一没有合适的人选，二是他操不起这个心，尤其带小姐，太乱，打仗的也多，还得跑各种关系。最终他答应我，把餐厅包给我，每月给酒店交承包费就行。

说干就干，我花了一万块钱，将餐厅装修了一下，又拿四万块买了套当时最新款的日本进口音响。经专业人员调试了一下，那效果，拿麦克的人喘个气都听得见。为了有别于东方宾馆，我给自己的店取名为新东方歌舞餐厅。牌子一挂，立马就有几伙乐队、歌手找上门来，与我合作。其中"滚天雷"乐队为我提供主持人、歌手、包括小姐的全包形式，符合我的心思。我们签了一年合同。万事俱备，我才想起还缺个领军人物——总经理。以我的身份，暗中操纵行，明里当这个头，违反公务员和警察禁止经商做买卖的规定，可用外人，我又不放心。家里的亲戚都在农村，别说当经理，当服务员都不合格，没谁能挑起这个担子。忽然,我想到了可欣,她会弹琴、懂音乐,长得也漂亮,还是我的未婚妻,最合适不过了。唯一不足的是她性格内向,不善交际,不过环境是能改变人的。我让可欣停薪留职,当总经理,把她吓一跳,死活不肯,她既怕干不明白,又舍不得那帮孩子。最后我吓唬她,要当幼儿园老师,就别当我的女朋友。最后她只得听我的,买了几本酒店管理的书,匆匆上阵了。

因为带小姐,公安局的关系得协调好。东方宾馆归站前治安派出所管辖,自打我走,段誉当上一警区的警长,霍达管宾馆,正管我这片。新东方正式开业前,我把站前所全体,包括孙洋请到东方宾馆聚聚,席间曲所当场表态,为新东方保驾护航。分局治安科和市局六处的关系是潘大队帮我联系的,他说新东方是刑警大队的据点,是打击流窜犯罪的前沿阵地,这个阵地必须被公安机关控制。

新东方开业后的火爆出乎我的意料。由于地理位置好,音响进口,再加上四星级宾馆的金字招牌,大厅十二张桌,天天爆满,有时客人必须提前订桌才能有位置。起初每晚有五十个"陪唱"小姐就够了,到后来达到八十人,才能满足客人的需要。还带动了宾馆的生意,邵总也很满意。第一个月下来,我仔细算了一下,去掉承包费及各项开支,竟然赚了十二万,是我开旅店、养出租车利润的六七倍。

赚钱必须大家花。我以交治安费为名给站前派出所和分局治安科拿了两笔钱,给刑警大队交了些管理费,把我们中队弟兄们手里没报的打车钱、汽油票子、饭费都给处理了。唯一让我心疼的是可欣，自打当上总经理，她几乎每天深夜两三点才能回家，最晚的一次到早上五点，一个月下来，人瘦了一圈。不过，她进步很快，文静低调的风格没了，变得会笑、会说，见啥人说啥话，圆滑得体。

65

六月初的一天，我刚到单位，孙所打电话约我晚上五点到聚宾楼吃饭，没说啥名堂。

聚宾楼？以往我俩最爱钻狗肉馆子，经济又实惠，今晚跑这么高档的地方干啥？

晚上五点，当我走进聚宾楼大堂时，孙所正和几个男的站在那唠嗑。见我进来，他对身边一个叼着烟斗的男子说："怎么样？准时吧，一分钟都不差，咱们到包房再说吧。"

进了包房，孙所把我介绍给叼烟斗的男子说："陆哥，他就是何东何队长，城东分局的顶梁柱之一。何东，给你介绍一位重量级的人物，陆文正。宜春的名人，道上的大哥！"

陆文正？这名太熟了。在宜春黑白两道，几乎没有不知晓他的。听潘大队讲过，陆文正十四岁开始混社会，十五岁与同住一条街的一伙小流氓打群架时，曾用手指将对方一个人的右眼戳瞎，进了少年管教所。长大后，曾因流氓殴斗和伤害罪被教养两次，判刑一次；出狱后正式进入黑道顶层，在宜春老大身边伺候。一次，他陪老大与另一伙流氓谈判。双方谈不拢，剑拔弩张之时，他右手持刀扎进自己左手手背，刀进骨，血外流，他仍谈笑风生，边喝啤酒边往嘴里扔花生米。对方被镇住了,做出了让步。陆文正凭借手背一刀得到老大赏识,也得到道上人的尊敬。两年后,老大被仇人杀死,陆文正顺理成章坐上大哥的位置。他平日见谁都先笑,话未出口,笑声先到,人送外号"笑面虎";又因他爱叼牙签,颇似电影《英雄本色》中的小马哥,道上的人也叫他"小陆哥"。别看他一副笑脸,可心狠手辣,说一不二,颇具大哥风范。宜春道上的流氓之间闹了矛盾,结了梁子,解决不了或解决不好时,都请陆哥出面主持公道。不管多大事,陆哥一到,嘴角一笑,一了百了。

我边和他握手边打量他,个子不高,微胖,上身穿了件旧夹克,脚穿老北京圆口布鞋,头发也没个形,整个一个工厂看门师傅,怎么看,也无法把他和宜春黑道老大联系起来。不过,陆文正叼烟斗的样子酷极了。

"您好,陆哥,久闻大名,以前总听孙哥提起您。"

"老弟一表人才啊!我听孙所说了,你二十七岁就当上城东重案中队的队长。今日一见,果然是气宇不凡,一身英雄气概!来,咱们入席吧,边喝边聊。"

陆文正让我坐在主位上,我高低不肯。我让孙所坐,孙所直摇头。他又让陆哥,可陆文正干脆坐在主位左侧的位子,把他当请客的了。我说:"既然是朋友相聚,就别争了,年长者居主位。陆哥,您最大,就坐主位吧!否则,我和孙哥谁坐那心里都不踏实。"陆文正不再让了,笑着坐在主位。和他一起来的四个年轻小伙儿,清一色的寸头,黑西服,规矩地站在陆文正身后。陆文正侧身对他们说:"今天是哥们聚会,你们也坐吧。"这几个人依次坐下。

陆文正让服务员打开五粮液，给大家倒上，他自己则倒了两杯，我正疑惑着，陆文正举起双杯说："前段时间我有点血糖高，俩月没喝酒。人在江湖走，最重义气二字。今天特殊，认识了何队长，宁伤身体，不伤感情，临时开个戒。我欣赏两位老弟的为人，敬你们一人一杯。"说完，左手一杯，右手一杯，全干了。我和孙所跟着也干了。

按酒桌的规矩，主人提酒后，该孙哥提了。他先给陆文正斟满，又给我倒上，举杯说："我与陆哥认识七八年了，我当民警那会儿遇到个案子很麻烦，陆哥为我暗中指点，让我抓到了人，破了案，立了三等功，打下了我升迁的基础。每想到此事，总不忘陆哥的恩情，我以酒代谢。"说完干了。

"哪里是什么恩情，同违法犯罪分子作斗争是每个公民应尽的责任和义务。我也是宜春市民，应该的。"陆文正干了，放下酒杯说。

该我提酒了。我端起杯想，陆文正毕竟是宜春黑道老大，以我的身份和他喝酒要谨慎，打得过热，走得太近，都不合适。自己可是刑警重案中队的队长啊！有些界线还是要划清的。不过，就算给孙所面子，这面子上的事还得过去。我说："陆哥，感谢盛情，有孙哥在，您今后有什么事喊一声，老弟能做的马上做。"说完，我把酒倒进嘴里。

"爽快，我就喜欢和爽快人打交道。"陆文正说完，冲着四个随从使了个眼色，他们就出去了。屋里只剩我们三个。

66

"你们前天不是抓了三个拎包的吗,他们的家属找到了我,看能不能高抬贵手?"我这才想起前天老潘在新都商场抓的三个人。当时他们五个人偷了一位顾客三千元钱,不过后来跑了两个。明白了陆文正的来意,我说:"是抓了仨,已经刑拘了,他们偷了三千元,够线了,肯定是要判的。"

"我对法律也略知一二,够线我知道,也懂。让你把他们放出来不现实。我的意思是就事论事,别深抠了。否则抠得越多,判得越重。另外,跑的那两个人就跑了吧!别深究了。"我明白了陆文正的真正意图。

"没毛病,不违反啥原则。既没私放嫌疑人,也没降格处理。深挖余罪挖不出来不算什么。"孙所红着脸在一边说道。

看来孙所知道陆文正请我吃饭的意图,他也想帮陆文正办这事。虽说和陆文正不熟,但孙所的面子必须给,何况这又不违反原则,我不过是做个顺水人情。我装作沉思了一会儿说:"孙哥说话了,陆哥又是第一次求我,这个事我得办,但能办成啥样不好说,尽量吧!"

"没关系,公安局的事我也清楚,何队长尽力就行,别太为难。事成不成无所谓,反正何老弟这个朋友我交定了。"陆文正笑着说。

酒足饭饱,我们离开了酒店。我刚上车,孙所追了过来,打开车门扔进一个信封,我打开一看,整整两万块钱。

这钱肯定是陆文正留下的。我开车追上陆文正的车,我打开他的车门说:"陆哥,您的钱我不能要。陆哥能求我,是给我面子。我连陆哥的钱都收,太不讲究了,何况孙所又是我师傅、恩人,难道你们俩的面子就值两万吗?"说完,我把装钱的信封扔进他的车里。

中队每天早上都开例会,各探区汇报一下手头的案子,我部署下步工作。今早的会上,潘探长汇报了新都拎包的案子。

"这伙应该好好抠抠,挖好了,幕后不单单是三个人,也许能挖出一串,甚至能把区内的拎包案清一清。"康敏听完,立刻提出自己的看法。的确,她说得不错,稍有一点侦查意识的人都会这么想。不过,孙哥、陆哥求我了,这事必须按我的想法来。

"这几个拎包的我亲自审过,都是硬骨头。那天老潘没轻收拾他们,可审讯结果并不理想。这个团伙要想有所突破就得采取非常手段,可现在分局正开展刑讯逼供专项治理整顿,打嫌疑人的事必须叫停,否则打出事,就得挨处分,咱们中队就成典型了。我的意见是,直接把这几个人捕了诉出去,别挖了。打都打不出来,靠咱们做工作、讲政策,白搭。老潘,你们探区转攻一下系列入室盗窃的案子,胡局长、盛副局长对这个案子很重视,有批示。"说完,我起身走了。康敏想争执,可刚一开口,又咽回去了。

两天后,潘探长告诉我,新都拎包的案子按我的意思出手了,跑那两个人也没深究,在材料上也没体现出五个人。看来潘探长是深知我心啊。我忽然想起他老丈人住院的事,问道:"你岳父的病怎么样了?""脑血栓,死不了活不好,就是个靠,靠到灯枯油尽就完了。仗着家里孩子多,轮流伺候呗。"

我从兜里拿出一千元钱递给他说:"我,就不过去看了,这是队里给你岳父治病的钱,算是慰问金吧。"

"这太多了,不好,不行不行。"潘探长一直拒绝。

"是不看我岁数小,你岁数大,不服从领导的命令是不?"

老潘听我这么说,就把钱收下了。

67

干妈病了,肺炎,高烧不退。王姨给我打电话,说老太太刚住进医院。自打我租房住后,每周至少回去看一次老太太。上周我回她那时,她说有一点感冒,没多大事,看来是小病耽误了。

我急忙到花店买了个大花篮,都是红色康乃馨,老人喜欢红色。我进病房时,老太太正在输液,郑副书记两口子和王姨都在。老太太看见我拿的花篮,笑着说:"何东最懂我的心思,这病房白色的东西多,不吉利。鲜艳的红花篮往窗台一放,亮堂多了。"

郑副书记问了我单位的情况。我把到刑警重案中队的事和曹建民牺牲的过程告诉了他。他说看报纸了,为我到刑警队感到高兴,认为年轻人就得到最苦、最累的地方去。我知道郑副书记忙,就让他们夫妇回去。说我天天晚上到这伺候老太太,白天让王姨照顾就行了。郑副书记连说不行,说我白天上班,晚上再护理病人身体吃不消。我说:"干妈对我恩重如山,跟亲妈一样,我尽点孝心是应该的。平时老人没事,我连尽孝的机会都没有，老太太有病我再不到床前，还叫什么干儿子。再说，我了解干妈的喜好，她喜欢听我说笑话，老人心情好，病就好得快。"郑副书记听我说完就没再坚持，回头告诉夫人，一周让她替我两个晚上。

当天晚上，我住在医院，帮老人洗脸，洗脚，又帮她捏脚。干妈打完消炎吊瓶和退烧针，烧退了，精神多了，话也多了。她说郑副书记要到北京工作了，组织上对他已经考核完，就等调令了。我听了暗暗高兴。郑副书记又要升了，我将来有难处或想提拔时，郑哥在北京打个电话，宜春这边还不痛快给办哪。我越想心里越舒服，干妈住院这段，我一定得照顾好。把老太太伺候好了，我在郑副书记心里的位置就会重要起来，他对我帮助就会越来越大。晚上十点多，干妈刚入睡，我的手机响了，是新东方收银台的小苏打来的电话。

"东哥吗？快来呀！有个男的喝多了，在店里闹事，要打孟总。"

谁这么大胆？开业以来酒店有过打仗的事，可一劝就拉倒了，没有过要打经理的。我连忙给霍达打电话，让他带人先过去看看。霍达正在外面喝酒呢，他说马上往新东方赶。我怕霍达去晚了可欣吃亏，就让值班护士帮忙照看一阵儿，开车直奔酒店。

我以最快速度来到新东方，离老远就听见一阵吵骂声。走进大厅一看，一个穿西服、剃寸头的男子坐在餐桌边，指着可欣骂道："浑蛋，我看你这酒店是开到头了。"说完，他将一杯白酒泼到可欣的身上。可欣双眼喷火似的看着他，一言不发。一个男服务员看不下去了，对这个男子说："你别闹了，我们老总的男朋友是警察。"

"警察多什么,警察家开酒店也得把菜洗净了,不能有苍蝇啊。你是干啥的?你有什么资格跟我说话?"说完,他拿起个酒杯砸向男服务员。服务员没躲开,打胳膊上了。

看着他疯狂的表演,我本想上前揍他,可又一想自己的身份,就强压着火走过去说:"朋友,不知你是哪路的,这是我朋友的店,有话冲我说。"他看我一身名牌,说话还上路,就说:"我和几个外地朋友在这吃饭,菜里吃出个苍蝇,让经理来。可她过了二十分钟才到,来了说免单。你打听打听,我武大可到哪吃饭差过钱。我让经理,也就是对面这位小姐敬我们两杯白酒拉倒,她不敬。不敬就是不给我面子。经理咋的?在这上班的女的都是鸡,装什么有身份。今天她不喝这酒,事就没完,我的弟兄马上就到。"

可欣是我的未婚妻,警察的女朋友,我无法容忍他在我面前侮辱她,我起身猛地一脚踹在他的胸口,他毫无防备地倒下了。我冲上去对准他的脑袋就是一顿猛踢。他捂着脑袋往起爬,一帮手拿镐把的流氓冲进了酒店。

"快点,快点,揍他,敢打我,把店砸了。"自称叫武大可的人让这帮小子动手。这些人拎着镐把,猛冲过来。我没多想,从里怀掏出手枪,摔在桌子上说:"不怕死,就上,就砸。"

看见我拿出枪后,要砸店的流氓们都愣住了,武大可捂着头也不动了。他们没想到我是警察。屋里的空气紧张极了,像是弥漫着煤气的厨房,稍有一点火星就能引爆。

就在这工夫,穿着警服的霍达,带着三个治安员赶到了。

他大喊一声:"都别动,我是警察。"那些流氓见状,扔了镐把,全跑了。武大可见了,拽住霍达的手指着我说:"打人了,打人了,他把我脑袋踢出好几个大包,都打出血了,胸口这还有他踹的脚印哪。"

"别拽我手。你啥意思?能不能私了?要私了,你们自己谈。要不就跟我回派出所。"霍达装作一副不认识我的样子,对武大可说。他看出我虽然打人了,也没吃亏。

"上派出所,打我的人是警察,我告他。"武大可明白了咋回事,狂叫着。没办法,我们只得跟着霍达到派出所。

为了把我弄出去,可欣找了几个证人。他们按事先教好的,说被打男子酒后闹事,何队长为了制止他,才打了他。霍达取完材料,没马上处理,让武大可先去医院看病,听候结果。听霍达说,武大可是水果批发中心卖水果的。

我低估了这个水果贩子,没拿他当回事,心想官司打到我战斗过的派出所,还能有他好啊!谁知第二天,他拿着医院检查证明和被打坏的头部伤口照片到市局纪检委告状,说警察在酒店无理打人,还动了手枪。市局马上责成城东分局调查,负责调查此事的就是跟孙所个人关系不错的纪检员老薛。

老薛到站前派出所查了霍达当晚出警的记录和案卷,又走访了新东方的服务员。不少材料都证实武大可酒后闹事在先,我制止并打武大可在后。让我意想不到的是,纪检最终得出结论,武大可虽酒后闹事,但何东作为人民警察不该违反人民警察使用武器的规定,在不该动枪的时候和场合,擅动枪支,还出手将人打伤,违反了纪律,应当处分。

当老薛把调查结果讲给我听时,我的肺都快气炸了。我瞪着眼睛,激动地说:"老薛,这警察还能不能干了。他在酒店闹事,把一杯白酒倒在我未婚妻的身上,一个女孩子受这么大的侮辱,我是她的男朋友,怎么能袖手旁观。警察连自己的女朋友都保护不了,还谈什么保护人民,那不扯淡吗?"

"何东,你的心情可以理解,事是那么个事,理也是那么个理。可别忘了咱们是有组织有纪律的人民警察,警察都像你似的随便动枪打人,那我们还叫人民警察吗?打了人不处分行吗?那不乱套了吗。你先回去想想吧!"我刚出纪检组的门,就碰上了盛副局长,他让我到他办公室。一进屋,他就批评我说:"何东啊,你怎么不长脑子,身为警察怎么能乱动枪呢?再说了,保护你女朋友,打人也行,打完你咋不跑啊?过后一查谁打的,都说不认识不就完了吗。当回警察,咋还能让对方抓住把柄哪?"

"大哥,别提了,当时脑袋一热,啥都忘了,刚才老薛也跟我谈了。事儿虽然气人,可冷静下来一想,我打人肯定不对,更不该动枪。不管怎么说,我总不能刚当上代理中队长,就挨个处分吧!"

"我既是你的领导,又是你大哥,能不替你考虑吗。刚才我跟胡局、廖政委碰了一下。分局现在正在争创全国优秀公安局,在队伍建设上必须做到民警违法零点,违纪低点。只要被打的人不告,分局可以找市局纪检委,做做工作,不给你处分。不过,你得找被打的人赔礼道歉,赔偿损失,让他不告了。"

68

让我去找武大可说软话，求他别告了，这也太窝囊了，穿警服的向流氓低头，这警察当得憋屈呀！可盛副局长都替我做工作了，这警察还得干，事还得摆。我想来想去，决定让霍达从中调解一下，他是办案人，一手托两家，好说话。我给霍达定了底线，我能做的最大让步是给武大可拿医疗费。

霍达按我的意思，把武大可找到所里。武大可头缠着绷带，由两个小混混搀着走进派出所。霍达见他装得厉害，心里这个气，可一想得帮我做工作，只得压着火，强作笑脸地说："老武啊，伤怎么样？好点了吗？"

"疼呀！伤的是头。这头疼不算大病，疼起来真要命。大夫说了，我这脑袋可能要留后遗症，以后就让新东方歌舞餐厅养活我吧。"武大可说。

"你们打仗这个案子，所里研究了，你也有毛病，你逼女经理喝两大杯白酒，把酒泼她身上，还找一帮流氓要砸店。我要是不去，酒店都让你们毁了。"

"你根本不了解详情。我给女经理倒的是两杯水，不是酒，她听错了。她身上的酒是碰酒溅到身上的。至于那帮流氓，我根本不认识，可能是江湖好汉，路见不平，拔刀相助吧！"

武大可就是个无赖。即使在派出所，他依然跷个二郎腿，叼着小烟。最后他竟然说："霍警官，这样吧，你要是觉着为难，就各打五十大板。我闹事押我，他打人押他，这行吧！"武大可摸透了我的底，他知道我穿警服的最怕啥。

霍达虽然生气但还不能表现出来,说:"各打什么大板,你们认识一下,私了算了。何东是刑警队的中队长,大家做个朋友,你就别告了。"

"不告?不告我这头疼的后遗症谁给治?我武大可在宜春也是有身份的人。被打了,没个说法,谁还能瞧得起我,谁还能拿我当回事,最误事的是有笔买卖要泡汤。我原计划两天后和日本水果商洽谈,准备引进日本水果保鲜技术,可我现在这德行,咋去?"武大可边抽着烟,边跟霍达诉苦。霍达听了有点儿不耐烦地说:"得了,我可不听你的经文,你就实说吧,要啥条件,给个痛快话。"

"既然霍警官爽快,我也就别在这绕弯子了,咱们打开天窗说亮话。别看他姓何的是刑警队长,可我不买他的账,我奉公守法,犯不到他手里。他不是想封我的嘴,不让我告吗?我今天就给霍老弟个面子,两条就平事。第一,让新东方给我拿十万看病费、误工费和精神损失费。第二,让何队长在新东方摆五桌,把道上的朋友请来,当面向我赔礼道歉,敬酒赔罪,把我的面子挽回来。这两条做到,我立刻到市局把状子撤回来,否则,这事肯定没完。"

霍达把武大可的两个条件和他们的对话原原本本向我学了一遍。他接着说:"士可杀不可辱,我没见过这么嚣张的。"霍达到队里找我说这事时,恰好国子和"小丹东"也都在我这。国子说:"东哥,我还没听说敢骑在警察脖子上拉屎的,咱们宁愿让他打死,也不能让他吓死。这世道我看透了,愣的怕横的,横的怕不要命的。甭跟他谈,我去找他,我就不信刀架到他脖子上他不怕死，大不了一命换一命。""小丹东"也张罗要跟国子去。

　　生气归生气，可事情还得解决。霍达在中间调解，力是出了，可他毕竟只是个小民警，面子小，说话分量轻，还得再找个说客。武大可卖水果的地方归花桥派出所管理，所长赵志浩和我还算熟。如果他出头，也许能有个理想的结果。

　　我开车来到花桥派出所，找到赵所，说明来意。赵所说："武大可在这片是个人物，手下雇了一帮人。他本人有两间库房，对外出租。平时以'扒皮'为生。外地人进二十四线卖水果，他以低价买进，再按市场价批出去，赚差价。有人反映过他欺行霸市，我们也查过，但证据不足。我认识他，但接触不多，我找找他，能办啥样是啥样。"

　　当晚，赵所长给我回信了。他亲自找武大可面谈，武大可把赔偿价钱减到五万，还说这是给赵所长面子，第二条摆酒谢罪还是免不了。

　　我谢过赵所，没表态行还是不行，我要想一想再给他答复。放下电话，我心里不是滋味。细想自己从巡警到站前派出所，再到重案中队，拿下的大盗恶人十多个，被架到刑场枪毙的就有俩，功没少立，还觉得自己是个人物呢，可现在竟让一个水果贩子卡住了。五万块钱对新东方来说，不多，我拿得出，关键是摆酒谢罪。武大可这是有意在社会人面前砢碜我，借以抬高他自己。我要是在他面前丢了面子，今后还有脸再在城东破案抓人、除暴安良吗？

69

　　我也想过不理他,挨个处分就挨了,可细想更不妥。我现在是代理之职,一旦受处分,下一步扶正是个问题不说,这个污点可能影响我一辈子,不能因小失大呀!君子报仇,十年不晚,韩信不忍胯下之辱,怎能日后升帐为帅。怎么把这个事摆平呢?我一时没了主意,甚至后悔那天的莽撞。可当时我要是不在可欣面前揍他,我还叫男人吗?真是进也难,退也难。江湖路,万水千山,沟壑纵横啊!

　　我想起了孙所,他见多识广,经历得多,或许能帮我出点高招。我拨通了孙所的电话,把纪检调查后直到目前的进展情况讲了一遍。他听了,深思了许久说:"这事是难缠的事,人是难缠的人。处理这样的局面,就像打牌一样,牌背时走正张白搭,看来得按黑道的规矩处理。这样,我约一下陆哥,他面子大,估计武大可不敢不给陆哥面子。你等我电话,我联系到陆哥,咱们立刻去见他。"

　　"现在都快十点了,陆哥是不休息了?"

　　"休息?陆文正不到凌晨两三点睡不着觉。"十分钟后,孙所让我开车去他家接他。陆哥在金皇后洗浴中心呢。

　　我和孙所来到金皇后的豪华包房,陆哥躺在床上看足球赛,一个男按摩师正在给他捏脚,一个穿着短裙,模样俊俏的女孩躺在陆哥身边。见我们进来,陆哥摆了一下手,让我们坐下。他两眼盯着电视说:"球赛还有两分钟就完事。"

　　几分钟后,陆文正关掉电视机,让外屋的随从给我们倒了两杯茶。他从兜里掏出烟斗，塞上点烟丝，我掏出打火机上前给他点着。他吸了一口说："看球啊还得看欧洲的，那才叫足球，像爷们踢的。何老弟，上次那事挺亮堂，我谢了。怎么？听孙所说老弟遇上点麻烦，谁胆这么大，敢跟刑警队长过不去？"

我看了看屋子里的人，陆文正明白了我的意思。他一挥手，随从和捏脚的都出去了。那个女孩儿偎在陆哥身上，像贴住了一样。陆哥拍了拍她的肩膀笑着说："听话，你也先去，一会儿再回来，大人谈点事。"女孩儿在陆哥脸上亲了一下走了。

我把武大可到酒店闹事被我打伤以及他到市局告我的过程说了一遍。我没说武大可提的那两个条件，想先看看陆文正的反应。

"你知道武大可的外号叫啥吗？"陆文正拿过紫砂壶，抿了一口，笑着问我。我摇了摇头。

"叫武大赖。十年前，武大可从乡下进城骑倒骑驴，靠着在农村种地攒下的一股子蛮力，在市场站住了脚。后来他因为拉生意跟同行打了几架，连蒙带唬，要出点医疗费和损失费，从中尝到了甜头。以后他靠放赖整外地人，外地果商的车一到市场，他把脚往人家车轮胎底下一放，就说腿被轧坏了，没少讹人。'武大赖'的外号就这么叫出来了。后来，他混出点名，养了一帮打闲工的，专门截外地运果的汽车，'扒皮'挣好处。他'扒皮'几乎和抢差不多，不低价卖他，他就不让外地人卖。现在，他嫌'扒皮'费事，干脆直接收客商保护费。我曾给他封了个雅号，叫宜春讹祖。你碰上他，不讹你才怪哪。"

噢，原来武大可是这么个人。我这才把他提的两个条件告诉陆文正。陆文正说:"嗯,这才是武大赖的风格。不过,他在你家酒店吃出苍蝇的事绝非偶然。武大赖从今年开始,已经把手伸向城东区大小酒店了。他和手下人用苍蝇、头发、玻璃碴子这些小玩意偷放在菜里,没少祸害酒店,有的酒店明知他们讹人也没招。新东方歌舞餐厅在城东最火,他肯定看着眼红,想从中分一杯羹,但他没想到这店是警察开的。在黑道混,最忌讳的就是被人打了,他想借讹你给他脸上贴金。一旦得手,他以后有吹的了,警察家的店都得乖乖地给他服软拿钱。到那时,他混社会更有本钱了。"

陆哥的话让我恍然大悟。新东方的厨房特别干净,从未出过菜里有苍蝇一类的事。

"陆哥,这事走到这步了,我想请您出出面,帮我平息了。我给他拿医疗费可以,但摆酒谢罪,我肯定做不到。"

"你不要低估了武大可。他现在混大了,手下有三四十个弟兄。其中一部分人在倒水果,还有一部分人已经开始到场所收保护费了。他到新东方讹钱是假,想长期收保护费才是他的目的。你开这么大场子,养了这么多小姐,不找几个看场子的怎么行?遇到喝多的、捣乱的,靠你女朋友领一帮服务员,根本不管用。这样吧,我有两个兄弟,在道上资历不浅,让他俩到你那看一段就没事了。工钱不用给,供顿饭就行了。"

70

陆文正没提如何帮我摆平武大可,却把他的人安到新东方看场子。不过,他讲得有道理,如果那天有看场子的,我就无须出这个面,也就不会惹今天这样的麻烦了。我说:"好的,听陆哥安排。"

陆文正打了个电话。没十分钟的工夫,两个三十岁左右的男子走了进来。陆哥指着戴眼镜地对我说:"他叫胡晓凯,外号'眼镜蛇',肚子里有墨水,点子多。"又指了指另一个身材魁梧、一脸黑胡子楂地说:"他叫张常五,外号'片刀',是员虎将,头些年打仗,他拎把片刀冲锋。在道上,一提'片刀',没有不知道的。你们过来认识一下,何东,城东分局刑警大队重案中队的中队长。新东方歌舞餐厅是他女朋友开的,你俩去照应一段。你们有幸跟着何队,多学点东西,顺便帮他破点案子,尽一点公民的义务,懂吗?"

"明白,大哥,以后请东哥多关照。"常五和晓凯笑着向我打招呼,我点点头。按理他俩比我大,我应叫他们哥才对,但按道上的规矩,以道行深浅,而不是以岁数大小论长幼,我是刑警队长,陆文正又让他俩跟我学,他们叫我东哥是对的。我也必须这么答应。

陆文正又对晓凯说:"你给武大赖捎个信,说我约他明晚五点到茗香苑喝茶。"

不知从什么时候起,宜春兴起一股到茶楼品茶风。也许是生活好了,肚里油水太多了吧!但让我弄不明白的是陆文正说和事为何不上酒楼而上茶楼。晓凯跟随陆哥身边多年,深知他的脾气、秉性。他跟我说,陆哥表面看像个粗人,其实心细着哪,心计和品位都是一流的。摆事地方的选择颇有讲究,茶能醒脑,酒可乱性。朋友相聚要喝酒，冤家相见易喝茶。否则，一对冤家上了酒楼，几杯酒下肚，酒壮英雄胆，不一定哪句话不投机，说干就干起来。进了茶楼则不同，茶香飘散，氛围宁静。人的情绪也随之平静，想激动都难，正是解决矛盾的好地方。

我不禁暗暗佩服陆文正的才智和对江湖细节的掌控，不愧为宜春大哥，确有手段，就这些细节上的学问都够我学的。第二天晚上五点整，我怀揣手枪，带着彭亮来到茗香苑二楼大包。我本打算一个人来，又怕遇到麻烦，就把功夫好的彭亮带来了。包房里，陆文正叼着烟斗坐在沙发上，跟晓凯聊天，常五坐在他后面的椅子上，摆弄着手机。陆文正见了我，露出他那招牌式的微笑，摆手让我坐在他左边的空位上，又看了看彭亮。我连忙介绍说："这是我的好兄弟，我自己来，他不放心。亮子，过来见过陆哥。"彭亮过来冲陆文正点点头。

五点过五分，武大可带着两个弟兄进了包房。他见到陆文正，刚笑着要打招呼，见我在座，笑容减了不少，顿了一下，明白了陆文正请他喝茶的用意。他强装笑脸对陆文正说："陆哥约我，不上酒楼上茶楼，越来越有儒雅之气呀。"陆文正一笑，让武大可坐在他的右边。

"大可呀，现在宜春市面的西瓜涨了三分之一，你这段儿又没少赚吧？"陆文正抿了口茶问道。

"哪呀！今年西瓜是贵点，可钱都扔道上了。宜春到沈阳修高速，老国道塞车，涨那三分之一是成本，不是利润，我能赚哪去，跟您永远都比不了。您打个电话就够我的货车跑半年的，挣钱不费力，费力不挣钱。"陆文正拿西瓜开篇，准备进入正题。

"大可,你是了解我的,在酒桌也好,茶桌也罢,能坐在我一左一右的,肯定都是我最近的人。何东,你已经认识了。他是我兄弟,和你闹了场误会,正所谓不打不相识。今天我花点茶钱,摆个小场子,请你们来化痰消食,把疙瘩解开,你们有什么话和委屈都放到桌面上吧。"

"陆哥,天大地大没有陆哥面子大,我武大可能有今天,也多仗您扶持。既然您让我说话,我就讲两句。那天我到新东方是吃饭,可不是踢场子去了。为那么点小事,何东抱我脑袋踢,要不是我有经验,抱头往外滚,眼球都得踢出来。干咱们这行的,看得最重的是面子,最忌讳的就是栽了、折了、弯了、倒了、蔫了。这次,何东可把我撅够呛。现在都传言,说我被打得惨不忍睹,我这个面子要是要不回来,还怎么在社会上混。何队是拿枪的人,跟我不是一道的,没办法,我只能到纪检委告他。打这样,总得给我个说法吧!"

71

"人是我打的,可打人的前提是什么?我女朋友从小到大,爹妈都没打过一巴掌,你倒好,一杯白酒泼她身上,还骂她是鸡,我可是她男朋友,哪个男子汉大丈夫能忍受这等侮辱。当时我考虑这身警服,我要是老百姓,就用刀砍了。"我指着武大可的脸说道。

"听见没?陆哥,看他多嚣张,我非把他告倒了不可!"说完,武大可一拍桌子。

"干啥呀？大了是不？敢在我跟前拍桌子了！"陆文正把烟斗扔在茶几上，一副怒容。常五从后面过来，从袖口抽出一把片刀，咔嚓一声，把茶几的一个角削了下去。

"陆哥，您别生气，我是冲事不是冲您。"武大可连忙道歉。这时，陆文正的一个随从进屋，在他的耳边说了几句。陆文正眉头一紧，问武大可："怎么？我陆文正约你喝茶不放心？带了二十多人来？"

"陆哥见谅，这段风紧。自打新东方的事出了以后，社会传闻有人要做了我，我做点防护没坏规矩吧！"武大可分明是在向我示威，显示他的势力。不杀杀他的威风，这事是谈不下去的。我一使眼色，彭亮起身来到陆文正桌前，在果盘里拿出两个核桃，左右手各拿一个，食指、拇指一用力，两个核桃全碎了。彭亮笑着对陆文正说："您吃核桃。"这一手，让陆文正吃了一惊。武大可眨了眨眼睛不作声了。

"大可呀，我陆文正快五十了，岁数是大了点，可脑袋清醒，腿脚利落，说话呢，暂时还有点分量。人在江湖走，最崇尚的就是个'义'字。何东和你都是我兄弟，何东找我约你，已退了一步，你也算有面子。我出头说和，面子也够大了，你那点伤也不重，我的意思是，此事到此为止，明天你到市局把状子撤了。如果给我面子，就把这茶喝了，不喝我也不勉强。"说完，陆文正拿起茶杯，吹了吹面上的茶叶，喝了一大口。武大可盯着茶杯，又看了看一脸不乐意的张常五和彭亮，拿杯喝了。

武大可喝了茶，向陆哥道别走了。这个坎总算迈了过去，我心里对陆文正充满感激的同时，也感受到黑道的威力。陆老大一句话，一张脸，就有那么高的价值，就好使。同时，我为自己感到悲哀，堂堂刑警队长竟找黑道大哥向一个水果贩子说和。我何东跌份啊！这口气我一定要出。我眼珠一转说："陆哥，武大可能把状子撤回来吗？他带了二十多兄弟在楼外，又在屋里拍桌子，怕他嘴服心不服啊！"

陆文正把烟斗塞进嘴里，吸了一口说："暂时他还没这个胆量，道上的规矩他清楚，我的脾气和为人他更清楚，我还没七老八十。"

"可据我所知，你让晓凯通知武大可来喝茶，可没说替我何东摆场子说和。他赴您的约，竟带那么多拎家伙的弟兄，这里恐怕另有说道吧！"

"兄弟，你眼里不容沙子。武大可这两年在二十四线混赚了不少黑钱，聚了不少兄弟。他是觉得二十四线太小，装不下他了。他以为我要跟他谈他到城东区一些歌舞餐厅收保护费的事，他带人来是怕和我谈崩了干起来，是防我的。可他没想到你这个警察在场，刚才要不是常五削掉一个桌角，彭老弟捏碎俩核桃，把他镇住，他不一定能干出啥事来。"陆文正低头抿了口茶，接着说："以前我不主张手下到个体餐饮业收保护费，那些个体小买卖都不易，挣得也不多，没啥意思。可最近城东乃至宜春歌舞餐厅火起来，是暴利，这块肥肉，谁都想吃。我让晓凯、常五收歌舞餐厅的保护费，武大可也不跟我商量，就插进一腿。他拿你家开刀，谁知撞到枪口上，就演了这么一出。武大可这人我了解，心太狠，不达目的不罢休。早晚不等，他还得整事。"

"武大可不除，是块心病啊！"我盯着陆文正的脸说。我想借陆哥的手收拾武大可,报自己的仇,就又上了个条子。没等陆文正说话,常五从后面站起来说:"大哥,甭跟他费唾沫星子。武大可是个啥呀,您发句话,我和凯哥把他一条腿卸下来,让他倒骑驴都骑不了。谁敢挡咱们财路,我就做了他。"

"就知道打打杀杀,还以为七八十年代打、砸、抢那阵哪。现在是法治社会,做事要讲法,这个法两个含义:一是法律,二是方法。《孙子兵法》说,上兵伐谋,其次伐交,其次伐兵,其下攻城。上等的用兵策略是用智谋令对手臣服,下等的用兵之法才是动刀动枪。我们要多动脑子,要少用刀枪,少流血,流血是要付出代价的。"

陆文正确有韬略,想不到他对《孙子兵法》还有研究,这不能不让我重新审视这个宜春大哥。陆文正挥了一下手,常五、晓凯都出去了。他又看了一眼彭亮,我让彭亮也出去,屋内只剩下我俩。陆哥从牙签筒拿出两个牙签,用一个剔了两下牙,扔了,又把另一个叼在嘴上说:"人无远虑,必有近忧。武大可不除,无异于养虎成患。别看武大可张狂,可在我眼里是草包一个。半年前,我在他那安了个'钉子',就是刚才陪他一起进屋的胖子。武大赖一天上几趟厕所,跟哪个女人上床我都知道。他要是消停地在二十四线发财,我啥说没有。他要是扩地盘,往大了整,我就得拾掇他。如果我没说错,宜春市公安局一九九六年夏季严打的重点不是有打击带有黑社会性质的犯罪团伙这一条吗,我想请老弟出手,把这个毒瘤割了。你要是把武大赖打掉了,二十四线的水果商都能给你树碑立传,他把水果商欺负苦了。"

我原打算借刀杀人，挑起鹬蚌之争，坐收渔人之利，谁知陆文正的预谋比我还早。能收拾他再好不过了，武大可这段儿把我欺负够呛，恨得我直咬牙根。可公安局办案得讲究证据，"出手没问题，可没啥抓手。我听花桥派出所的赵所长说，他们想收拾武大赖，秘密搞了一些侦查和调查，但证据不足。"我摇摇头说。

72

"我虽不是警察，但你们办案的程序和原则我都清楚。你只要有这个决心就行，证据我都替你办好了。我得到消息，武大可在库房私藏五连发手枪两支，片刀十把，镐把三十根。最近半年敲诈勒索外地客商十八起，靠欺行霸市获利三十多万。不听话的商人被他和他手下打伤的就有六个，现在在医院住院的就有两个。我这有被害人的名单和电话，你按图索骥，都能找到。"

说完，陆文正从里怀拿出一张纸递给我，上面密密麻麻写着人名和电话。工作能做到这程度，让我目瞪口呆。陆文正早就有拿下武大可的意图，看来我不找陆文正摆事，他也会找我，借我的手收拾武大可。

"陆哥，您真神，我服了。有了这张图就好办了。不过这件事不能马上办，怎么也得拖个三四天，得麻痹武大可一下，我把前期工作先做了。您这块要保证随时掌握武大可的行踪和最新的动态，我一准备好就动手。"陆文正点了点头，又叼起他的烟斗。

两天后，老薛告诉我，武大可撤状子不告了，这个事就此拉倒。不过他还是批评了我几句，让我今后遇事压着点火，少惹犯不上的事，我连连道谢。

武大可退场了，该我上场了。要拿下武大可近四十人的团伙可不是件小事，必须请示潘大队。我到大队长室时，他正在看卷宗，见了我就问："咋样？武大可的工作做通没有？他还去不去告了？"

"通了，不告了，纪检委的老薛通知我了。他不告我了，我现在到你这告他了。"

"告他？告他啥？"潘大队糊涂了。我就把武大可团伙的形成、危害及我手头目前掌握的信息以及证据做了细致的汇报。

"你小子不是借机打击报复吧？要是那样可不行。"

"潘队，我何东公是公，私是私，不会公报私仇。我多大胆子，敢拿这么大的事开玩笑。我想先把被害人及证人材料取了，外围做好了，再向您汇报。"

"行，搞吧！慎重一点，不可凭印象，凭私愤办案。如果掺假，我可收拾你，另外注意保密。"

回到中队，我把康敏、彭亮、潘展公找来，将武大可的事说了一遍。我让彭亮、潘展公扮成贩水果的扎进二十四线摸底，查清武大可的老窝。我和康敏到医院，找到被武大可打伤住院的广东水果商何永根。老何五十二岁了，一听说我们是来调查他在二十四线被打案的，哭了，边哭边用半生不熟的普通话诉说案情："我们从广东到宜春做香蕉生意，三车皮香蕉，到了二十四线，正常对外批三元二一公斤，可武大可来找我，非要统购，收购价每公斤两元三。我说太低了不卖，武大可上来就给我一拳，一下子就把我的鼻梁打折了。他手下有个叫金刚的，拿出一把匕首，朝我小腿肚子就是一刀，我倒在地上就啥都不知道了。醒来后，我的伙计告诉我，三车皮香蕉全被强行收购，一共才给六千块钱。这跟打劫有什么区别呀！我到花桥派出所报案，派出所的人跟我到二十四线转了一圈，说没找到打人的就回去了。"

康敏按老何说的做好笔录，让老何签了字，按了手印。另一个住院的被害人跟老何一样，都是从外地倒弄水果进宜春的，被武大可一伙强行收购、殴打。经过一周的工作，收获不小。武大可一伙有证据证实的犯罪案件就有十三起，其中六起是敲诈勒索，七起是伤害，有四名被害人被打成重伤，三个人被打成轻伤。武大可在二十四线藏枪、刀、棍的地方也摸清了，他手下人经常聚会的点也找到了。最可喜的是，这些秘密侦查工作一点没泄露。陆文正提供的最新信息是，武大可天天领着一个女大学生在浴池潇洒，浑然不觉危险已向他袭来。

我把秘密调查的结果向潘大队做了报告。潘大队认为时机成熟，可以收网了，收网时间选择在下午两点，因为武大可手下这个时间多在二十四线活动。潘大队把重案一、重案二、特案中队等四个中队近六十人集中到一起，制定了详尽的抓捕方案。擒贼先擒王，我带彭亮等四人负责抓武大可，潘大队带领潘展公和重案二的人马抓武大可的八名团伙骨干，魏泽生副大队长带一伙去端武大可二十四线的据点。考虑到武大可可能带枪，我和彭亮都穿上了防弹背心。

73

动手前,我又给陆文正打了电话,确认武大可和他的小情人正在金皇后洗浴中心大包休息,武大可身边没带弟兄,也没带枪。我们马上来到"金皇后",先考察了外围地形。"金皇后"共三层,大包在二层,为防武大可从二楼窗口跳下来逃跑,我让两名侦察员在一楼外守候,我带着彭亮、谢长河直奔大包。在门口我一使眼色,彭亮一脚将门踹开,武大可正赤身裸体地搂着情人看电视,一见我们进来,直奔窗台,想往外跳。我掏出手枪,对准他的小腿就是一枪,一股血喷了出来,他"扑通"一声倒在窗台下,不停地呻吟着。彭亮、谢长河上来把他铐上。武大可的情人吓得钻进被窝,瑟瑟发抖。我拿起她的外衣扔过去说:"你也穿上,跟我们走。彭亮,你把武大可送医院包一下,完了带回队里。"

与此同时,潘大队他们也相继得手。武大可的八名骨干,有七人到位,三十七名团伙成员有三十三人落网。在武大可的库房搜出五连发手枪两支,子弹十三发,镐把、刀片、棍子两麻袋。分局刑警大队会议室里,被抓的人双手抱头蹲着。

两个小时后,武大可腿上缠着绷带,一瘸一拐地被押进刑警大队。他坐在椅子上,点名要见我。当我出现在他面前时,他咧嘴笑了。

"怎么,威风凛凛的宜春水果'扒皮'大王也会笑了。你要是早跟陆哥学会笑着做人就不会有今天了,自古黑不与官斗,可你偏偏坏了规矩,不仅敢跟我这个在公安局做事的小官斗,而且斗得还挺狠,天作有雨,人作有祸呀!今天你也作到头了。见我啥意思?是想骂我一顿,还是想诉诉委屈,痛痛快快地撂案子?"

"何东,算你狠,我放了你一马,可你却抄我后路。人在江湖混,你就这么个混法?我进来无所谓,可你怎么出公安局的大门,陆文正和道上的人会怎么看你?"

"陆哥已经知道你进来了,刚给我打完电话,让我转达对你的问候,还派弟兄给你送来两条烟。陆哥对你不薄啊!当然,陆哥还有一句话,坦白从宽,抗拒从严,让你好好配合政府交代问题。"

"姓何的,原来你和陆文正合伙整我。这笔账我先记着,君子报仇十年不晚。咱们走着瞧,日子长着哪。"

"彭亮,抓紧审讯。他手下八大金刚现在是八块豆腐,撂了不少案子。武大可要是死不开口,那就对不住了。"

"何东,你公报私仇,栽赃陷害,我要告你,扒了你这身皮。"武大可脸上的肉抽搐着骂道,我没理他。审讯的事潘大队都安排好了,四个中队,每个中队包五个人,突击审。我让康敏盯着点,然后开车直奔金皇后洗浴中心。陆文正在那等我呢。

陆文正光着膀子,坐在沙发上看球。这段时间正在直播欧洲杯足球赛,爱球如命的陆文正就泡在洗浴,晚上看球,白天睡觉,过足了瘾。陆文正见我进来,摆了一下手让我坐在沙发上,扔过一盒中华,没说话,两眼盯着电视,一会儿屏住呼吸,一会儿唉声叹气。我知道他又进入状态了,没打扰他。

约莫过了半个多小时,比赛结束了。陆文正拿过紫砂壶抿了一大口说:"我这辈子,有四大爱好,烟、茶、足球、女人。

要说把这四样排一下名哪,足球第一,烟排第二,女人吗,排第三,茶第四。"

"陆哥,武大可一进去就明白了,现在在队里骂你哪,说咱们合伙整他,正过堂哪。"

"这小子脑袋不笨,心明镜似的。这都是他自作自受,天作孽,犹可违,人作孽,不可活。他在二十四线作恶太多,据我所知,有不少人被他坑得赔了老本,还有的迫不得已改行做别的生意去了。这不是孽是啥?报应啊!不过,武大可以赖出名,你们审他难度不小啊!"

"他手下那帮都是乌合之众。武大可一进来,就树倒猢狲散。他们都往武大可身上推案子,证言可畏,现在他不开口,证据也够了,估计定他三项罪名一点问题都没有。"

"武大可太想坐我的位置了,可他哪知道,这大哥的位置不是那么好坐的。武大可一个拉板车的,能混到今天,也算祖坟冒青烟了,可他欲壑难填,得陇望蜀,才遭此劫难。人的欲望永无止境,要是不学会知足常乐,控制自己的欲望,收敛自己,早晚要出事的。"

74

经过近两天一夜的审讯和调查,武大可团伙的案情基本清晰了,武大可涉嫌伤害罪、敲诈勒索罪、私藏枪支罪。他手下被抓来的三十三人,涉嫌犯罪的有二十二人,另外十一人违反了《治安管理处罚条例》。胡局长、盛副局长亲自到大队慰问刑警，并指示我们，先把够罪的送大号（看守所），其他的送小号（治安拘留所），并决定两天后在二十四线水果批发中心召开公捕大会，定点揭露武大可一伙的罪行，斩草除根，彻底铲除二十四线黑恶势力的影响和滋生黑势力的土壤。

公捕大会当天，二十四线人山人海。分局在市场搭建了一个临时台子，当七十名全副武装的民警将武大可及其团伙成员押上台时，台下群众一片掌声，个别胆大的，用苹果、橘子打武大可。潘大队长宣读了执行对武大可及其二十二名团伙成员逮捕的决定。盛副局长做了关于打击带有黑社会性质的、欺行霸市类犯罪团伙的动员讲话，号召广大群众勇于揭发检举，配合公安机关深挖武大可犯罪团伙的余孽。

这次公捕大会在城东区打黑的历史上尚属首次，效果之好是我没想到的。外省、市一些曾被武大可团伙侵害过的客商知道信儿后，竟然坐飞机到宜春，控诉他们的罪行，提供证据。宜春媒体连篇报道了武大可团伙的覆灭过程，有的报道说，城东刑警乔装打扮，在武大可内部卧底半年，终于揭开团伙的黑幕，还有一家报纸把我打武大可小腿的那一枪说得神乎其神，说我是部队转业进公安局的，在部队就是特等射手，说打眼睛不打鼻子。

盛副局长对我上线索，摧毁武大可团伙的事感到十分满意。这也是他上任主管刑警以来最大的成绩。在大队中层班子会上，盛副局长表扬了我，说当刑警的就得像何东这样干，城东要是再有两个何东，城东刑警不仅能在宜春刑侦系统拿第一，在全省也能拿第一。他还宣布，经报请分局党组批准，我的代理两字去掉,正式成为重案一中队的中队长,分局还为我报请个人三等功。

七月十六日是欧洲杯决赛的日子,陆文正约我晚上到"金皇后"看球,并说有要事相商。武大可的事,无论是封他的嘴,逼他撤诉状,还是献内情,打他的腿,直到将他送进看守所,陆文正居功至伟。我让可欣买了两盒上等的毛尖茶,准备送给陆文正,以表谢意。我拿着毛尖来到"金皇后",晓凯、常五和其他两个随从在包房的外屋嗑瓜子,见我来了,忙把我让到里屋。陆文正正躺在床上看球,笑着让我坐下。

"陆哥,武大可不是说黑道的人就怕栽了、倒了、折了、弯了、蔫了吗,这回这几样他都摊上了。咱哥俩联手,除了您一块心病,这回您高兴了吧!"

"唉!兔死狐悲,物伤其类,有啥高兴的,虽说他做人、做事差些劲,可大家毕竟都是一个道上的。武大可只不过早倒下了,明天不一定谁倒下哪。"陆文正坐起身,抿了一口茶。

"谁让他胡作非为,不管咋说,您也算为民除害。二十四线的水果商虽没给我树碑立传,但公捕大会后,不少人放起了鞭炮,看来是大快人心啊!陆哥,可欣听说您爱喝茶,就去茗福茶庄给您买了河南信阳毛尖。以前我不懂毛尖啥意思,现在才明白,毛尖是用精细挑选的幼嫩芽叶加工而成的茶,凭您的茶龄和功夫定能品出其醇香和美妙。"我边说边把茶盒递给他。陆文正接过盒,看了看说:"替我谢谢弟妹。不过下次给我买毛尖要买贵州都匀的,我对都匀毛尖才是情有独钟。中国的毛尖,贵州都匀的最好。不懂茶道的人品这两种茶是一个味,我就能喝出哪个是河南的,哪个是贵州的。这其中的区别很微妙,难以言表。"

"陆哥,您真是天才,懂的可真多,您上学时功课一定特好。"

"的确挺好,但没赶上好时候。我刚上初中就碰上'文革'。那些年,净砸学校玻璃了,听到玻璃碎的声音有种快感。上学时没念几本书,倒是在监狱那几年,闲着没事,读了不少书。这书啊,越读越觉得自己的知识少,越少越想读。书读多了,人的气质和底蕴都会发生变化。我在道上这些年,每天都在算计别人和被别人算计中过日子,靠啥不倒、不败?很大程度是靠书中的知识和计谋。你年轻,有机会要多读些书啊!"

"嗯,我已经报了中文自学考试辅导班,下周就开课了,当警察要是知识少,懂得少,跟睁眼瞎差不多,甭说破案子,连简单的小事都办不明白。"

"知道今天是什么日子吗?"陆文正拿起烟斗,吸了一口,吐了个大烟圈。他的烟丝一点也不柔,很辣,空气中弥漫着一股呛人的味道。

"欧洲杯决赛,闭幕。您不是让我来看球吗?"

"是呀!欧洲杯结束了,谢幕了,我也要谢幕了。"

75

陆文正把晓凯、常五叫进里间。屋里只有我们四个人。陆文正打开一盒中华,扔给我们一人一支。他依旧往他的烟斗里塞烟丝,塞完了,晓凯用火柴给他点着,点燃后,晓凯把仍烧着的火柴杆递给陆文正。陆文正吹灭了火,闭上眼睛,闻着火柴杆的味道。我不明白他这是什么意思。晓凯看出我的疑惑，说："大哥特喜欢闻火柴硫黄烧过的味道，据说这东西还能治皮肤病哪。"

"晓凯、常五，咱们认识多少年了？"陆文正抽了一口烟问道。

"十二年了。当年咱们五个在聚仙阁喝的酒，磕头拜的把兄弟。您是老大，我是老三,二哥陈旺兴伤害致死被判了无期徒刑，病死在狱里。常五是老四。老五楚志海和南市那帮小子喝完酒飙摩托车摔死了。现在就剩咱们哥仨了，二哥和五弟要是活着，多好啊！"晓凯扶了扶眼镜，感慨地回忆着。

"是呀！一晃十二年，我这辈子最难得的就是有你们两个好兄弟。人在难处见真情，我在监狱那两年，每到接见日，你和常五都来看我。那时你俩一个月才挣八十块钱，可每次来总给我买烧鸡，买好烟。一想到常五抽两毛钱一盒的烟，却给我买一块多的，我心里特难受。"

说到这，陆文正竟哭了起来。一时间，我们仨儿都惊呆了，堂堂的宜春大哥竟像女孩子似的，掉起了眼泪。

"大哥，我是局外人，斗胆说句话。您应该高兴才对啊！您现在要风得风，要雨得雨，黑白两道都有朋友，都给您面子，风光无限啊！"我递给陆哥一条毛巾说道。

"何东，今天之所以找你来，绝不是让你听我们叙旧的。我准备离开宜春一段时间，时间不确定，也许一个月，也许一年，也许十年，要离开你们，心里难过呀！"陆文正边擦眼泪边说。

啊？回想起陆文正刚才说的要谢幕的话，难道宜春大哥要金盆洗手，退出江湖？我没有吱声，因为我们毕竟不是一个道上的，只是朋友。常五噌地一下站了起来，瞪着眼睛说："怎么了大哥？你要上哪？谁惹你生气了，还是谁逼你走？"

晓凯和我一样，沉默着。他最了解陆文正，知道他话出有因，静静地等待着陆文正的下文。

"谁能惹我。我退出江湖，离开宜春的念头由来已久，其中一个最重要的原因就是我的身体。我今年四十八了，前一段到医院检查，五脏六腑，除了阑尾还算健康，其他地方都有毛病。糖尿病四个加号，乙肝小三阳，最要命的是冠心病，属于说不行就不行，说倒下就倒下，突然死亡的那一种。最近又添了个新毛病，失眠。我要想多活几年，赶快静养治病，否则……"

说到这，陆文正无奈地摇摇头，为这可怕的现实叹息、感慨。随即，陆文正看着我说："没遇到何老弟之前，我纵然有一千个理由退出，也不能走，毕竟我要对手下的弟兄们，尤其是对常五、晓凯负责啊！可认识了你，交往几次后，我终于下定决心，离开江湖。我的位置由你何东来坐，晓凯、常五还有其他弟兄就托付给你了。"

陆文正此言一出，无异于晴天响起一声惊雷，把我们都镇住了，好半天屋里没有一点声音。我暗暗掐了自己一把，有点疼，不是梦。陆文正疯了？把老大的位置让给警察来坐？这不是天方夜谭，也是东方神话，不现实啊！晓凯、常五也呆住了，两个人面面相觑了半天，又看了看我，最后惊醒一般，同时把目光投到陆文正的脸上，想从他的脸上找到答案。

我笑了，不知为啥，自打认识了陆文正，我就迷上了他的微笑，也学会了他微笑的举止。我在笑中体会到它的好处，尤其是紧张时，既可以掩饰内心的真实心态，也可以缓解气氛。我率先打破了沉默，刚才我无法插话，因为我不是黑道上的人，可现在陆文正提到了我，我不能不表态了。

"大哥，我注意观察了，您今天肯定没喝酒，您说的不是醉话。您也没睡着，说的也不是梦话。既然大哥说的是深思熟虑后的真话，我就得认真对待了。您以身体原因退出江湖，合适与否，我不敢妄言，但要我坐您的位置，根本就没有这种可能。我觉得有三个不合适：一，我是警察，身份不合适。自古黑白对立，两条线，黑的白不了，白的黑不了。二，我的德行和道行与您比相距甚远，德不高不能望重，义不深无法服人，带不了弟兄。三，晓凯、常五跟随您鞍前马后，忠心耿耿，又熟悉道上的规矩，有他们的，也没我何东的，不知我讲的对不对。"

陆文正听了我的推辞理由，先摇了摇头，又摆了摆手说："人和人看问题的角度不同，以我的观点看，结论恰恰相反，不是三不合适，而是三都合适。我混了大半辈子，别的本领没学透，识人的功夫还是很深的。"

76

陆文正说完从床上下来，闭掉了正在直播欧洲杯决赛的电视，边踱步边说："首先，你说你德行太浅，这自谦了。我托孙所请你吃饭，求你帮忙软处理拎包的那几个弟兄，并给你拿两万块钱。这收人钱财，与人消灾，天经地义。何况又不是我亲手给你的，有孙所做中间人。你完全可以放心地收下，无被纪检、检察院查处之虞。但你却看重孙所的面子和陆哥的名声，先把钱退回，后把事办了，可见你重情重义。我在社会这么多年，事没少办，能做到在两万块钱面前不动心的人不多见。在对钱的态度上，最能看清一个人的本质。既有财路又拿钱不当回事的人是干大事的人。"陆文正拿过紫砂壶，喝了一大口，漱漱嘴，吐到痰盂里，接着说："你当中队长后，把两辆公车给手下开，而你开私家车。你化缘要来钱，不揣自己腰包，给队里买来防弹衣、防刺服，减少民警在抓捕中的危险。你还给同事们报销了因公欠下他们的汽油费、打车费。你无论在哪家酒店吃饭，只要遇到局里的警察，无论是当官的还是当兵的，你总是悄悄把他们的单一道买了。你在中队民主测评的优秀率是百分之百，在大队中层干部测评的优秀率是百分之九十五，这些都能看出你的仁义和胸怀的广阔。当然，我最欣赏的是你身上的狠劲，武大可刚同意放弃告你，你转身就琢磨收拾他。最终，你笑到了最后，让道上的人认识了一个毒辣和不容侵犯的何东。"

我刚要说话，陆文正摆了一下手，不让我说。他接着说下去："至于晓凯、常五，虽然他们跟我多年，忠诚可靠，在道上的名气也不小，但让他们坐我的位置，差得太多了。晓凯城府很深，点子多，有谋略，但做事优柔寡断，没有独断专行的霸气，天生是辅佐别人的料，而非做主帅之材。常五就更不用说了，有勇无谋。让他俩接班，那不等于把他们架到火炉上烤一样吗？"

"陆哥讲得在理，可不管怎么说我是警察。这黑道名声不好，从武大可的事就看出来了，老百姓对黑恶势力恨之入骨。我穿着警服做大哥，群众恨我，共产党不会容我，公安局得收拾我，你不是让我身败名裂吗？"我亮出最后一张牌。

陆文正听了，不慌不忙，似乎早有准备地说道："你何东的年龄不大，经商的意识却很强烈，而且做的也顺，规模不小。新东方歌舞餐厅已成为城东区餐饮业的龙头，依我看，你恰好可以将新东方作为基地，带领弟兄们向外扩张，把买卖做大。到那时，晓凯、常五都是经理，正道人，这才是我想看到的黑道未来。"陆文正说完，眼睛望着窗外，憧憬着。

"是啊，东哥，陆哥说得太好了。我和常五跟着陆哥倒也风光，但也是提心吊胆地过日子，心里不踏实啊！稍不注意，也得跟武大可似的。我和常五希望能跟你一起整买卖，赚大钱。"晓凯在一边深沉地说，听得出他是心里话。常五没吱声，但在一边直点头。

"晓凯、常五都能懂我心思。人在黑道走，早晚要掉脚。今后，公安局打黑的力度不能小了。我听省厅的人说，一两年内，县级以上公安机关都要成立打黑的专门机构。黑道生存的空间越来越小，像现在这样暗地里收保护费根本行不通。到那时，弟兄们怎么生存啊？想转行都难。如果你领着晓凯、常五，我就放心了。你身在公安局，熟悉公安内部的行动规律，知道什么能做，什么不能做，哪些做了查不出来，或者根本就不能查。这是你最大的优势啊！你担心的名声问题，我也考虑到了。除了我们四个，外界无人知道我退出，我仍挂大哥之名，由你行大哥之实。为了便于你和晓凯、常五接触，你可以将他俩正式建立为刑警队的线人。这样，你们就可以名正言顺地在一起了。

他俩手里的破案线索多的是，完全可以保证你们重案中队捷报频传。"

陆文正在他退出让我接班的问题上煞费苦心，看得出他去意已决，而且谋划已久。他说了这么多，唯一能打动我的是破案线索，这正是我当重案中队长最需要的。

77

回想自己当警察以来，连破大案，屡立战功，一步步走上重案中队长的位置。在这些大案侦破的背后，几乎都有线人的功劳。抓诈骗二百三十万巨款的秦皇岛逃犯是"小丹东"报的信；打掉韩老六是"铁拐李"设计的；收拾武大可是陆文正幕后操纵。晓凯、常五天天和黑道的人打交道，熟悉内情，掌握着许多道上的秘密和线索。如果我能够进入黑道，领导晓凯、常五这帮人，让他们为我所用，不就等于拿到侦查破案的金钥匙了吗。前两天，潘大队找我谈话，已把我当刑警大队的后备干部报上去了。他让我再加把劲，提高一下重特大案件的破案率，争取到年底评上刑侦系统的标兵。明年魏副大队长到任退休了，让我做好往上上的准备。黑道除了能帮我破案子，还能日进斗金。据说陆文正每月靠收保护费、替人摆事，至少能进十多万，几乎和新东方歌舞餐厅的利润相当。我接过陆的人马，利益多多，既能破案，又有钱赚，顺带把新东方做大做强，实现黑道向红道转变，只要多加小心，不会出事的。想到这，我对陆文正说："陆哥，这件事我考虑好了。我答应您，但我有三个条件。第一，宜春大哥的位置永远都是您的，我不坐，算帮忙，日后弟兄们只能叫我东哥，不能叫我大哥。对外您不能说退出，我也没接班。第二，让弟兄们把手头的刀、枪类的家伙统统扔掉，准备做生意。第三，晓凯、常五及其他弟兄必须无条件地服从我的命令，听从指挥，道上的大小活动必须请示我后再做。"陆文正听了，点了点头说："对路，我答应你。你肯帮我我就放心了。我再多说一句，你要好好善待我这两个兄弟，到任何时候，别扔下他们不管，行吗？"

"行，陆哥，我试着来，如果弄不明白，您再出江湖。"

陆文正披上睡衣走了，连头都没回一下。他这一走，手机停机，人无踪影。我让晓凯秘密查找，连他乡下的家都去了，就是找不到。看来，他是想彻底告别江湖，不留任何余味。一年后，有人说在辽宁千山的道观里见到一个和陆文正长得很像的人。还有人说在长白山脚下一个村庄看到过陆文正，说他在山上采蘑菇哪。不过这些都是传闻，他究竟去了哪，永远都是个谜。

陆文正走后，晓凯、常五将弟兄们的名单交给了我，还把陆时代运作的方式讲给我听，宜春黑道的秘密一清二楚地展现在我面前。

陆文正手下共有两路人马：一路由胡晓凯负责，共有七十多人。这些人形形色色，遍布宜春的各个角落。戴大檐帽的，医院穿白大褂的，开公车的，银行管钱的，浴池搓澡、捏脚的，开饭店的，掂大勺的……他们一旦跟陆哥、凯哥攀上，进了圈子，就没有流氓无赖敢欺负他们了。这些人只要晓凯一个电话，立刻到位,需要他们办点自己工作范围的事,马上就办。

另一路由张常五负责,共有二十多人,由蹲过监狱的和搞武术、散打、摔跤的运动员组成。这些人个个都是打仗的好手,有的在宜春比武大赛上获得过名次。其中,刘家辉是宜春一九九三年度散打大赛第三名,孔令骄是宜春摔跤大赛的亚军。还有一个叫辛清的,擅长使弹弓,一副弹弓,十个铁弹,指哪打哪,百发百中,被道上的人称为"神弹子"。

陆文正日常有两样活:一是摆事,即收钱办事。主要业务是讨债、要账。企业之间,商人之间欠债不还的很多,有的告到法院,官司是赢了,但执行不了。债主托人找到陆文正,陆按债务总量的百分之十提成,即一百万的债,如全要回来,就提十万。别看有的欠债的在债主面前挺牛,一副死猪不怕开水烫的架势,可一见到黑道的就迷糊。晓凯讲,有个私企厂长欠了一家建材商店四十万货款,咋要都不给,就是没钱。建材老板通过总给晓凯搓澡的小贾求到晓凯。晓凯带了两个弟兄去要,也不好使,没钱。晓凯丢下一句话,骑驴看唱本走着瞧。这个厂长家住五楼,每天晚上半夜十二点,他家窗户玻璃就碎一块,一连碎了三天。派出所警察来了,在屋里找到铁弹子,知道是弹弓打的,但就是抓不到人。三天后,胡晓凯又带人来要,这个厂长有点吃不住劲了,心里明白是晓凯干的,想拖一拖。晓凯又点给他一句话,说厂长的女儿在哪所学校读书,叫啥名,长什么样,都很清楚。如果他女儿三天后要是脸被划了,屁股被扎了,可就不好看了。这下倒好,厂长立刻把账还上了。

二是收保护费。凡是大一点的洗浴、录像厅、台球室、歌舞餐厅之类的娱乐、休闲场子,要想平安无事,没人捣乱就得交钱。收费的事由晓凯负责。晓凯上门找老板谈,谈好了,一好百好,都消停。谈不好,常五带着几十人闯进店里。如果开的是饭店,好,两个人占一张桌,就点一个菜,一瓶酒,从下午三点喝到晚上十二点,别的客人根本进不来。老板报警,警察来了,也没招。客人吃饭消费,正常行为,并没有违法,管不了。宜春往陆文正这交保护费的共有七十多家,每月仅保护费这一项就能进十万多块。对于收上的这些钱,除存起来一部分,大部分钱都给弟兄们分了。

78

干妈的病虽有点好转,但距离痊愈还差一些。她的主治医生卢大夫说,老人家肺炎倒不用担心,吓人的是她的冠心病,一旦发作,十分危险。他建议老人多住些日子,待心脏的情况彻底好转后再出院。

我本想借这个机会尽尽孝心,报答老人的恩情,同时也在郑副书记面前好好表现表现。可我答应了陆文正,接手了这个新摊子,再加上重案一中队的事,忙得我头昏脑胀,分身乏术。情急之下,我想到乡下的母亲。自打妹妹何多进城帮我照看旅店,家里就剩下她自己了。她身体好,又闲着没事。我让国子开车回乡下将妈接过来,替我伺候干妈。

我妈的岁数比干妈小十多岁。两个人又都是农民出身,能唠到一块。我妈人实在,知道干妈给了我好前程,所以在照顾老太太上特别尽心,端屎端尿的,把干妈伺候得又精神、又干净。郑副书记进京报到前,去医院看老人,见我把亲妈接来照看老太太,很感动。他把秘书的电话留给我,让我每天报一下老人的病情。他还给了我宜春市委秘书长邱永隽的电话,嘱咐我工作上遇难事时可以打他旗号去找邱秘书长,邱秘书长是他的老部下。

通过一段时间的相处,我发现晓凯和常五是两个特别听话,又特别讲义气、重规矩的汉子。我虽然答应陆文正只是帮忙,但他俩儿在我面前毕恭毕敬,老老实实,从尊重程度上,与陆文正相比有过之而无不及。每次我开车到新东方,他们只要听说我要到,都提前到门外迎接,为我开车门,进屋落座后,先给我把茶泡好,端上来,我只要把烟从盒里一抽出来,晓凯马上就凑过来给我点着。甚至在吃饭时,我动筷之前,他俩是不会先动的。我感到满意的同时,也暗暗佩服陆文正教导有方。

我找来介绍境外黑社会组织的一些书籍和资料进行了研究,最让我感兴趣的是境外黑社会组织以公司形式出现,组织合法化。他们以攫取最高利润为目标,以经商的面孔出现,使他们违法犯罪行为、涉黑行为与正常的商业行为混一起,使黑道更加隐蔽。我决定效仿境外的做法,到工商局为新东方歌舞餐厅办了正式执照,成立了新东方餐饮娱乐有限公司。孟可欣是总经理和法人代表,我安排胡晓凯做副总经理,张常五为保安部部长,他俩主要负责小姐的管理和夜间秩序的维护。他俩头上有了职务,等于有了身份,便于他们在外活动。对此,晓凯、常五特别高兴。尤其是常五,不许弟兄们再叫他五哥,要叫他张部长。

随后,我又精简了队伍。尤其是常五的人马,让我砍掉一多半,只保留了一批武把操。那些有抢劫、盗窃、强奸前科的几乎都让我开走了,我担心这部分人底子太潮,心狠手黑,不好管理,一旦出事,影响公司的声誉。危险分子减掉不少,保险系数更高了。唯一让我不太托底的是心腹太少,我怕在这支队伍中,自己的眼不明,耳不聪,深层次的信息不掌握,影响我对公司的掌控。我让国子和"小丹东"停开出租车,找两个卖手腕子的替他俩,让他们一个给晓凯当助手,一个在常五手下。这样,胡、张两支队伍的活动都在我的视线和控制之中。

公司创建之初,需要原始积累和资金的集中管理。我让晓凯继续负责收保护费,与以往不同的是,收上的钱不再给弟兄们分,而是交给公司会计。需要花销支出时,由我签字。胡晓凯对此十分理解,但他担心弟兄们不能像过去那样分钱,会影响积极性。我告诉他,公司发展起来后,第二家、第三家公司会相继开起来。懂道理地留下来干,不愿干有想法地开走。等将来买卖做大做强了,论功行赏,忠于公司,肯为公司卖命而又不计较个人得失的都有当老板的机会。

治军之道在于严,没有规矩不成方圆。陆文正时代,给弟兄们定了六条规矩。我感觉不错,又进行了修改,加了两条,以公司名义颁布。一、公司人员一切行动听从指挥,要绝对忠于领导,服从领导。二、不准参与盗窃、抢劫、强奸等活动。三、不准吸贩毒品。四、不准欺老凌弱,仗势欺人。五、不准泄露公司秘密。六、不准动用截留公司钱财,损害公司利益。七、公司内部人员之间不允许恋爱结婚。八、不准擅自以公司名义在外从事非法活动。对违反以上八条者，共有三种形式的处罚方式：轻的罚款一千元；稍重的开除出公司；最重的斩手指，打折腿。

就在我准备把公司发展壮大，大干一场的时候，一件意外的事发生了。陆文正走后第一个月的保护费只收上六万元，与上个月比少收了五万三千元，我马上安排晓凯去查。一天后，晓凯向我报告说："查清了，除了有三家场子黄了没交外，南市区有十家大场子没交费。经暗访，这十家都听说陆文正退出江湖了，所以他们决定以后不再往我们这交了。"

79

陆哥退出只有我和晓凯、常五知道，他俩不可能泄露出去，那是怎么回事呢？

"东哥，我想起来了，估计是陆哥的侍从韩小朋那出了问题，他知道陆哥出走的事。陆哥走后，我把他安排到歌舞餐厅看夜班场子。他家在南市住，和南市那些场子都熟，百分之百是他漏的底。"晓凯十分肯定地说。

"韩小朋为人怎么样？"我问道。

"挺鬼的，他最早是捏脚的，活不错，给陆哥捏了几次，陆哥很满意。之后就把他带到身边，随时侍候着，每月给他一千块钱。"

"你直接给他打个电话，让他马上到公司来。"

不到一个小时，韩小朋来到保安部。

"东哥，凯哥，五哥，找我有事啊？"韩小朋看出屋里的气氛不对。

"怎么？陆哥一走，就没人能管你了。是不是觉得东哥不如陆哥啊？"晓凯点燃一支烟，盯着韩小朋的脸，慢声慢语地说。

"凯哥，陆哥走时嘱咐过我让我今后跟东哥走，听东哥的话。我这一个多月天天晚上在餐厅看场子，可没出过差呀！"韩小朋慌忙回应着。

"公司的八条规矩你知道吧？"晓凯接着问。

"知道，五哥，不，张部长给我们开会时传达了，还让我们背下来。"

"第五条记得不？"

"记得，公司人员不准泄露公司秘密。"看来韩小朋确实背下来了。

"你执行这第五条执行得怎么样啊？"我在一边插了一句。这一问，韩小朋的脸唰一下就白了。以我的经验看，陆文正退出的事是韩小朋透露到社会上的。

"没犯哪，东哥，我没泄密呀！"

"你还嘴硬，就咱们几个知道陆哥出走的事。东哥一接手，南市区的大场子就不交保护费了，还说陆哥走了，他们就不交了。是不是你告诉他们陆哥不干了？"常五在一边怒喊道。

"没有，不，不是我，肯定不是我。"韩小朋抵赖着。

"晓凯，甭跟他废话，到厨房找包辣椒面，兑杯水里，给他往嘴里灌，我看他嘴还硬不硬。"我从盒里抽出一支烟，常五拿出火机给我点着。晓凯听了我的话，就要去厨房。韩小朋见了，"扑通"一声跪在我面前，哆里哆嗦地说："东哥饶了我吧，我不是有意把陆哥退出的消息泄漏出去的。大上周南市区的'大灯泡子'请我吃饭，想让我跟陆哥说个情，把他家酒吧的保护费减点。我贪杯喝多了，就把陆哥退出的事跟他讲了。"

"常五，小朋以前虽是陆哥的侍从，但现在是你们保安部的人。这事就交你处理。按公司的规矩，他触犯了第五条，给公司造成巨大损失，应按最重的形式处罚，断指或打折腿。不这样，不能杀一儆百，对公司弟兄也起不到教育作用。一会儿就办，办好之后，要把韩小朋被罚的事传到外面，但不能说他犯了规矩，就说他背叛陆哥，陆哥一怒之下打折了他的腿，懂吗？"我边说边抽着烟。

"东哥，看在陆哥的份上，饶了我这回吧！我再也不敢了。"韩小朋浑身抖个不停。"祸从口出，这次给你个教训，看你以后还敢不敢瞎说。知道应该在外面咋说你腿折的原因吧？"我吐了口烟圈说。"知道。"韩小朋点了点头。"看在他伺候陆哥一场的分上，让他在断指和折腿上做一下选择。另外到会计那取两千块钱，就算是陆哥给他的补偿费。"说完我起身就走了。

我刚要开车回中队，程小宇给我打来电话，说他正在金皇后洗浴中心洗澡，碰上两个朋友，三个人要玩牌，缺个手。他想起我，让我马上过去。程宇光的儿子找我，怎么都得去啊。我赶忙开车来到金皇后。小宇穿着睡衣，正在大包品茶。我连忙打招呼说："听说你到六处了，那真是个好地方，又有权，又轻巧，怎么想起我这个基层小民警了？"

"听说你小子开了个新东方歌舞餐厅,七十多个小姐,我今天就是来查这事的,你看怎么办吧?"我知道小宇是在逗我,笑着答道:"哪是我的,刑警大队的买卖,我临时管一下。既然宇哥来查,我愿束手就擒,听候宇哥发落。"

程小宇的麻将打得还是不错的,但他性子太急,几把牌不和就沉不住气了,沉不住气就乱了方寸,方寸一乱,牌就走样了。不到八圈,小宇就输了三千多,我赢了两千多。他包里的钱没了,要打电话让朋友送来。我给拦住了,从包里拿出一沓钱递给他说:"小宇,到城东区打麻将,让朋友送钱来,你不怕碜碜,我还怕哪。别急,接着干。"

"牌桌上最忌讳借钱。我怕你借完再背了,刚才你挺幸的。"小宇不好意思地挠挠头。我斜眼瞅了一眼他的手机,有些旧,于是我趁上卫生间的工夫,悄悄给可欣打了个电话,让她马上买一款最时髦的手机,送到金皇后。一小时后,可欣到了楼下,我让服务员把手机给我取来。

80

又打了八圈,程小宇没什么起色,还输三千多。他有些泄气,说不玩了。他桌面还是我给他拿的那叠钱,他要还我,让我给扔了回去。我说:"宇哥到我这微服私访,能让太子爷输钱吗。我又没输,总不能让宇哥空着兜离开金皇后啊!我看你的手机太旧了,和身份不符,就让你弟妹给你买了一个,最新款。这手机功能多,还有游戏,你就用吧!"小宇连摆手推托不要。

"怎么？我可不是冲你老子才给你买手机，别忘了咱俩可是一起进的公安局，不给我面子？"听我这么说小宇才收下。临走时他告诉我，市局有事，吱一声。

第二天，陆文正又回来了，连同打折了韩小朋腿的消息传了出来，当天下午，欠保护费的那十家主动找晓凯承认错误，把钱补上。看来陆文正这张牌好使啊！我决定继续打好这张牌。

晓凯在民航局有个当空姐的表姐，叫宋晓婷，三十四岁。晓婷有个十四岁的女儿，叫格格，长得特漂亮，今年上初二，被班上同学称为白雪公主。前一段，晓婷发现女儿有些不正常，总想吐。到医院检查后吓了一跳，格格竟然怀孕了。晓婷又急又气，一问女儿才知道，两个月前，格格到同学朱锋家玩，朱锋拿出一盘A片放了起来，男女赤身裸体地在床上亲吻、滚动，弄得格格心跳加速，脚都迈不动了。朱锋趁机模仿片中的男主角，和格格发生了性关系。

考虑孩子的声誉，晓婷没找学校，直接找到朱锋的家。朱锋的爸爸是大瓦房村的主任，有钱有势。他一听说这事，二话没说，当着晓婷的面胖揍了朱锋一顿，但在后事的处理上没了下文。朱主任说两个孩子小不懂事，双方家长各自教育自己的孩子。可格格肚里的孩子咋办哪？晓婷领孩子到医院做了引产手术。术后，晓婷去找朱主任，朱主任不但没有给拿钱的意思，而且还说格格把朱锋带坏了。晓婷不差钱，但咽不下这口气，所以她找到晓凯让他帮着解决。晓凯遵循公司大小活动一律请示我的规矩，找我商量。

"这事你先别急着去，我让彭亮去当地派出所查一下格格和朱锋的真实年龄。如果格格不满十四周岁，朱锋年满十四周岁，朱锋就构成强奸罪。到那时，别说让朱主任拿五千，就是拿五万都得拿，否则就追究他儿子的刑事责任。如果他俩都不够十四岁，或者格格年满十四周岁，就啥都够不上，到那时再派弟兄们去闹也来得及。"说完，我给彭亮打电话，让他去查。

不到两个小时，彭亮把两个人真实年龄的复印件送到我手里。我一看，格格还差一个月十四岁，而朱峰已过十五岁了，正合我意。我让晓凯拿着格格和朱锋的年龄复印件、《中华人民共和国刑法》关于强奸罪的司法解释及关于刑事责任年龄规定的复印件，带着五六个兄弟，直接闯到朱主任的办公室。朱主任听完晓凯的来意，汗就下来了。晓凯接着说："我外甥女还不到十四岁啊！多嫩的一朵小花呀，就让你儿子给祸害了。刚才我都说了，《中华人民共和国刑法》有规定，和不满十四岁的少女发生性关系，就是女孩愿意，也是强奸罪，怎么办吧？事到如此，总得找个解决办法呀！经官，你独生子就得进去，这辈子就完了，将来升学、当兵，都受影响。要是私了呢，倒是条道，花钱免灾。我外甥女长得跟电影明星似的，这处女之身咋也值十万吧！花十万买你儿子个平安，你看咋样？"

"太多了吧！他们是孩子，都不懂。"朱主任心疼钱，拿这么多，觉得有点冤大头。

"不懂？不懂咋知道让我外甥女看黄片？不懂咋知道给我外甥女扒光了？我胡晓凯在宜春也算是个名人，我外甥女的事要是处理不好，我在宜春也没法混下去了。今天我把话撂这，你一天不答应，就增加一万，要不咱们就走着瞧。到时候，别怪我不客气。听说你们村快换届了，你不是想再干一届吗？你要是不怕我把你儿子的事抖搂出来，让村里的百姓认识一下朱主任的儿子是强奸犯，我看到时群众还会不会投你的票。"

胡晓凯的话软中带硬，硬中带尖，直刺朱主任的要害。

朱主任无奈地点点头，但他求晓凯宽限三天，晓凯答应了。三天后，朱主任打发人把十万元的存折给宋晓婷送去了，还赔礼道歉。宋晓婷留下五万，把另五万给胡晓凯送来。晓凯没请示我，直接把这笔钱交到会计那，自己一分没留。我心里很满意晓凯的做法，但嘴上没说，我就是要培养他们对公司的忠诚和守规矩的自觉性。

新东方歌舞餐厅的火爆让站前周边许多只开餐厅没有歌舞的老板眼热。临渊羡鱼，不如归而结网。一些规模较小的餐厅也购买了音响设备，请了乐队和小姐，想在歌舞餐厅这块蛋糕上分一杯羹。起初，我没拿这些小歌舞餐厅当回事，认为他们这些小鱼、小虾掀不起什么大浪，对新东方这艘餐饮航母构不成什么威胁。可渐渐地我感觉新东方的生意与以前比逊色不少。我暗中派晓凯、可欣到周边的小店摸底，终于找到症结。原来这些餐厅费用低，小姐的小费低，点歌费低。这"三低"特别符合中低收入阶层的胃口。同样是找小姐唱歌、跳舞、过瘾，却能比在新东方少花近一半的钱，何乐而不为。

81

更让我愤怒的是，自打周边小歌舞餐厅开起来以后，市局、分局以及站前派出所经常会接到新东方歌舞餐厅养小姐,进行卖淫嫖娼活动的举报信件和电话。经我调查,正是这些小店举报的。胆子不小,我没去整他们,他们却来整我。看来竞争不可避免,尤其是一场不择手段的竞争更是不可避免。俗话说,恶虎害怕群狼,但恶虎不怕独狼,我要一个一个地收拾,让他们知道跟我对着干的人,都没好下场。

新开的这十多家店里,海棠花、醉秋风、如梦醒三家规模稍大。尤其是海棠花,听霍达说,它的后台是城东区工商局的杨副局长。开业前,杨副局长让分局李副局长出面,请曲所长还有治安科的杜科长吃饭,李副局长让两个单位对海棠花予以照顾,有李副局长的面子,曲所和杜科长只得答应,李副局长在分局领导中是末把手,主管经文保和保安公司。我平日与他没什么接触,暂且装糊涂,不理他这套茬,我决定拿海棠花开刀。我把晓凯、常五找到办公室,细细地嘱咐了一番。晓凯听了说:"东哥,你这招真绝。"常五说:"东哥,多余跟他们玩计谋,我直接带弟兄们平了他们算了。"我摇摇头说:"忘了陆哥的话了?上兵伐谋,出师有名。"

入秋后的一天晚上五点多钟,海棠花相继走进两伙客人。其中一伙都穿黑西服,寸头。另一伙都穿夹克。"黑西服"中领头的是晓凯,"夹克"中领头的是张常五。他们各要了一桌酒菜,装作互不认识的样子喝起来。歌手献歌要在七点钟开始,约六点半的时候,晓凯拿出两百块钱给服务员,让七点歌手一上场,就把第一组大联唱献给他们桌过生日的彭姓兄弟。又过了一会儿,常五拿出三百块钱交给另外一个服务员,让歌手把第一组大联唱献给他们桌姓付的大哥，说是付大哥的生日。老板不认识晓凯和常五，见常五拿的比晓凯多，就让主持人上台时把第一组大联唱献给付大哥，根本不知道这里面是个阴谋。

七点一到，在一片掌声和乐曲声中，漂亮的女主持人穿着旗袍，带着八名歌手走上舞台。她笑容可掬地拿着麦克风说道："今日秋风正爽，今夜星光灿烂。首先我代表海棠花的老板和全体员工，欢迎大家到海棠花度过欢乐今宵，下面我们将一组轻松欢快的大联唱献给三号桌的付大哥，祝他生日快乐，财源滚滚通四海，买卖兴旺达三江。"主持人报完，八个歌手拉开架势，刚要开口唱。晓凯拿起一瓶啤酒摔在了地上，全场的人都怔住了。歌手们拿着麦克风，不知所措。女主持人连忙跑到晓凯身边，娇滴滴地说："大哥，您别发火，有事跟小妹说，哪个环节照顾不周，您多担待。"

"担待？我胡晓凯刚才给你们拿的两百元钱是假钞还是冥币呀？啊？我先花钱点了一组大联唱，祝我彭老弟生日快乐，你们怎么把彭老弟换成付大哥了？我在宜春大小场子吃饭，还没有谁敢把第一组大联唱献到别的桌去，马上给我倒过来。"晓凯叼着烟，慢条斯理地说着。同桌的弟兄们撸胳膊，挽袖子，个个一脸的不愉快。女主持看出这伙人不是善茬儿，就跑到三号桌常五身边说："大哥，的确是那桌的大哥先点的，您能不能把第一组大联唱让给那桌？"

"笑话。刚才你把话都喊出去了，祝付大哥通四海，达三江，转身又要把这些收回去给那桌，你这么干，我付大哥还能通四海，达三江了吗？啊？那桌摔个啤酒瓶子，你就怕他，那我摔俩。"

说完，张常五把两瓶啤酒摔在地上。常五的啤酒一落地，屋内其他桌的客人都跑散了。

"这位兄弟，咱们不要为难一个丫头，有话冲我来。"晓凯冲常五一拍桌子，常五装作一副不在乎的样子说道："那就冲你，给我上。"说完把桌子就给掀翻了，两桌客人打到一起。可细心的人发现，这两伙人之间并不是真打，只是意思意思，都冲餐厅的摆设用劲。桌子、椅子和音响都给砸坏了。砸完了，两桌人全没影了。

海棠花的后台杨副局长来到餐厅，见店被砸成这样，恼羞成怒，就要报警。一个歌手出面拦住了他，这个歌手以前在新东方干过，认识晓凯和常五，知道他俩是在演戏，就对杨副局长说："您别报警，报了也没用。刚才那两伙都是新东方歌舞餐厅的人，是来捣乱的。穿西服的叫胡晓凯，道上人叫他凯哥，是新东方的副总。穿夹克的叫张常五，是新东方的保安部长，道上人叫他五哥。他俩都是宜春黑道的顶级人物，你根本惹不起。再说新东方是城东分局刑警队何队长的买卖，根硬着哪，你报警就得报到何队长那里，这样的警报着还有意义吗？就算警方受理了，只怕明天、后天他们还会来骚扰，到时就怕咱们承受不起啊！"

82

杨副局长听了歌手的话，先点了点头，觉得他说的有道理，随后又摇了摇头，无可奈何地叹了口气说："那咱们也不能就这么算了，砸点东西没关系，关键是他们明天不一定还来不来闹哪。"

"恕我直言，您干脆通过关系，直接找到何队长，他说句话，海棠花就平安无事了。我分析一定是咱家抢了新东方的生意，他们才来搅和的。"歌手说。

当晚，杨副局长找到分局李副局长，让他找我给说和一下。李副局长认识我，但他觉得直接找我，有点掉价，就找到潘大队，让潘大队给两家调解一下，最终目的是让海棠花正常营业，不能再出问题。潘大队连夜把我找到刑警大队，问道："海棠花今晚被两伙吃饭的客人砸了，据说是胡晓凯和张常五带人去的，他俩可都是新东方的人。刚才李副局长给我来个电话，让我把这事平了。是不是你们的人搞不正当竞争，到海棠花捣乱啊？"

"不会吧！我刚才在家睡觉，会不会有人打着晓凯他们的旗号整事呀！再说晓凯、常五都是新东方领导层的人物，最近忙得很，怎么会有时间到海棠花唱歌、喝酒、闹事。"我辩解道。

"行了，我也不听你解释了。我心里明白，你小子甭跟我打马虎眼。李副局长虽说不主管刑警，但那也是分局领导，他既然说话了，又找到了我，这个面子必须得给。从今天起，你们各干各的买卖，竞争行，但不能做得太过分。"潘大队递给我一支烟说。

"大哥，您有话就行，天大地大没有潘哥面子大。甭说了，我回去查一查，如果是晓凯他们干的，我安排他们过去赔个不是，赔偿损失。不过，海棠花要是还靠压价格抢新东方的生意，这肯定不行。新东方旗下三十多号人靠酒店吃饭，没生意做，赚不到钱,他们去闹我也没办法。"我抽着烟说道。

"行,这事我去说。你可给我消停点,不许再整事。另外,你女朋友经营歌舞餐厅,到啥时都不犯毛病,可你别忘了你是人民警察,重案队长,介入买卖、经营场所可不是那么回事,一定要闪开身子,懂吗?"潘大队严肃地对我说。

"这我能不懂吗,我的好大哥。对了,我看您的手机太旧了,大队长指挥作战,通信工具落后怎么能行。明天我给您换个新的,戴耳机的,没污染。"

"你小子,去吧!把事情处理好,别让李副局长再找我。"

杨副局长很识趣,被闹一回,知道了黑道的厉害,更知道该按游戏规则游戏。他提高了歌舞餐厅的三种价位,和新东方站在同一条起跑线上。我让晓凯放过海棠花,收拾剩下的那些家。继海棠花之后,醉秋风、如梦醒也接连出事,先是醉秋风的后厨出了问题,不知哪道菜犯了邪,让三十多客人拉肚子,排着队上厕所,五个重点的到医院挂起了吊瓶。区防疫站的来了,当即给醉秋风下达了停业整顿通知书。如梦醒的客人正吃正跳的时候,舞池里突然出现了三条蛇,吓得满屋的客人乱跑。这两家店出的事绝非偶然,幕后都是我一手策划的,目的就是让他们灭火,并借这俩店出事之机,先对他们来个威逼恐吓,再来个巧取豪夺,让他们成为新东方的子公司。醉秋风、如梦醒出事后,虽然做了些工作,又重新开了业,但生意已大不如从前。我又让彭亮、谢长河假借到歌厅抓人为名,查了他们几次,不仅吓跑了一些客人,而且许多小姐不敢再到他们那上班。两家老板眼见着赔钱,想把店兑出去。我让晓凯以我心目中的低价收购，这两家高低不肯。我让常五带人盯着，谁去兑，就吓唬谁，到最后无人敢兑了。俩老板明知是我背后使坏，可又拿我没招，最终只得忍痛割爱，低价把店兑给我。对其他的那几家小店我没整这么复杂，直接让常五带几个弟兄去谈，这叫先礼后兵。谈的内容就一个，开餐厅可以，但不能有歌舞，更不能带小姐。否则，这几家就得像醉秋风、如梦醒一样，大事小事都得出。这几家小老板哪见过这阵势，乖乖就范了。

摆平了这几只小鱼小虾，新东方又恢复了以往的火爆。醉秋风、如梦醒兑下来后，停业进行装修，待装修完毕，再选吉日开业。这件事给我提了个醒：这竞争的小风浪可以冲过去，可如果将来歌舞餐厅的风刮过去，不流行了，新东方的出路又在哪里？把宝全压到歌舞餐厅这不行，一旦遇到大风大浪，就有全军覆灭的危险。避险的最好办法就是经营多元化，再开几家其他项目的店，到时候东方不亮西方亮。

我把目光盯到了洗浴，尤其是带卖淫小姐的洗浴，那几乎就是无本生意。洗浴如果有三十个小姐，每个小姐出台费是二百元。照此计算，一个小姐一天干一个活，浴池毛收入就能进六千，除掉给小姐一百元，浴池仅这一项一天就能净剩三千，一个月将是十万。这利润远远高于歌舞餐厅，暴利啊！我不甘心这肥水流入外人田。

就在我琢磨这事的时候，东方宾馆后楼的一层要搞装修。我一打听，原来是东方宾馆想开洗浴中心，真是天赐良机，想啥来啥。我开车到商店买了部新手机，带着它来到邵总办公室。

83

邵总正在接电话，见我进来摆摆手，示意我坐下。他打完电话，站起身，坐到我旁边，笑着说："哪阵风把你吹我这来了，你这歌舞餐厅火的,不少人还以为是我的买卖哪,都说我发大了。后悔喽，不如当初我自己搞好了。不过，今年年底再签合同时，我可得多要管理费了。"

"邵总，你拔根毛比我的腰都粗，还能看上我那小生意。您吃大鱼大肉，我不过是喝点刷锅水，差远了。"我调侃着说道。

"你是无事不登三宝殿哪。又有啥指示？对了，郑副书记进京后怎么样？顺心不。"

"还成，我一天给他打一个电话，报告老太太的身体康复情况。这不老太太还在医院住院吗，他一走，他家的担子都压我肩上了。"

"行啊！不知道多少人羡慕你啊。我要是有郑副部长这门亲戚，别说这点担子，再压两副都行。"

"我今天来，头一件事是给邵总换换手机。我每次给你打电话，都听不清楚，细想邵总一身正气，两袖清风，准使的旧手机，刚才一看，果然如此。"

"我不是没有新的，这一使新机器，老让别人给要去。尤其是省里几个领导的秘书。我在他们眼里，就像大款似的。不敢使新的，旧的将就着用吧！"

"反正我买完了，给你放这儿了，至于你使不使是你自己的事。"说完，我把装手机的盒子放到他的办公桌上。

"我来的第二件事吗,听说你们后楼一楼正装修,说是要建洗浴,有这事吗?"我掏出盒中华,递给邵总一支问道。

"得,这手机我不能要了。要了你的手机,就得给你办事,那叫受贿呀!不过你小子不愧是干刑警的,鼻子比狗都灵,智商比狐狸都高。宾馆从今年起独立核算了,我寻思光靠客房这块吃不饱,就琢磨建个洗浴。干洗浴不带小姐不挣钱,带小姐,我又操不起那个心,成天提心吊胆地担心这个来查,那个来问,一不留神让警察给掘了,再见了报,东方宾馆的声誉就完了。我准备建好后,把它承包出去,宾馆坐收管理费。至于浴池怎么开,跟我没关系。这不刚动工不到一周,至少得有十多位人物跟我打招呼要承包。你来找我得排到第十四五位吧!"

"我听这些没用。一句话,我现在有没有资格参加竞争吧?你们是准备公开招标,还是暗箱操作?"

"你何东还能没资格?不过,难。省里有几个处的处长三天两头来电话,惦记这块,我怕顶不住啊!"邵总为难地说。

"行,有这话就行。东方宾馆不是归省政府办公厅管吗,这事我不难为你。要是哪个大领导说句话,你对别人也好解释,两天后我给你回信。"

"得,我现在看出来了,你是得寸进尺。一个歌舞餐厅还不够你消化的,非得再整个洗浴,你这胃口太大。干脆我把总经理也让给你得了。"

在邵总这儿摸清了底牌,我决定当晚坐火车进京找郑副部长。要想让省里领导为我承包的事说话,只有郑副部长出面。但郑副部长的为人我很清楚,一贯低调、小心,轻易不写条子,不开金口。我要是说个人承包干浴池,他肯定不会同意,尤其是以我警察的身份,连老太太知道都得批评我。我只有以分局在东方宾馆建据点,控制、打击犯罪为理由才行。为公家办事,跟公事沾边,郑副书记不好拒绝,也好开口。想到这,我开车直奔医院,跟干妈谎说我要进京出差,顺道想去看看郑副部长。干妈让我给郑副部长捎两件入冬穿的衣服,还嘱咐我买点道口烧鸡、老韩头豆腐串这两样他最爱吃的带给他。她还亲自给郑副部长打电话,让他安排车到车站接我。

火车颠簸了一夜到了北京。我是第一次进京,北京给我的感觉就是大。小秦亲自开车来接我。郑副部长进京高就,把他也带到北京了。坐在车上,我的眼睛都不够使。到处都是立交桥、摩天大楼、建筑工地。车开了一会儿,我就转向了,不清楚自己到哪了。小秦把车直接开进部机关,门口值勤的武警认车不认人,见是部领导的车,敬礼放行。

郑副部长的办公室没有我想象的豪华,房间不大,普通的办公桌椅、书柜,一套老式沙发。唯有他座椅后的国旗使整个办公室显得庄严肃穆。郑副部长见了我十分高兴,拉着我的手坐在沙发上,还亲自给我沏了杯茶。没等他问,我就把老太太最近恢复情况详细做了汇报,包括每天吃多少东西,睡得安不安稳这些细节都讲了。郑副部长听说母亲一天天见好,脸上的笑容更多了。连说让我挨了不少累之类的话。趁他心情不错的工夫,我讲了进京的意图:"郑哥,我这次来是受分局领导之托,为刑警大队办点公事,想请您帮个忙。"

"什么事?说吧。"郑副部长笑着问。

"我们刑警大队肩负着城东区大、要案侦破和抓捕逃犯的任务，控制治安地段最复杂的火车站前是打击犯罪的一个重要环节。我们准备在站前找个场所作为据点，便于监控，有利于开展工作。恰好省政府下属的东方宾馆的浴池对外承包，大队想把它承包下来，明着开洗浴，实际上是通过控制洗浴这个地方，发现犯罪，抓捕逃犯。"

84

"把洗浴作为据点和打击犯罪有什么关系？"郑副部长有些不解地问。

"宾馆、旅店、洗浴中心历来是流窜犯罪分子、逃犯易落脚藏身的地方，尤其在火车站前，这点更加明显。要是把这块阵地控制好了，每年抓获百八十个流窜犯罪分子和逃犯不成问题。可以使宜春每年少发几百起案子，为群众减少几百万元的财产损失。"郑副部长一向爱民、亲民，但对公安业务他是外行。我故意夸大公安机关控制好洗浴的重要性，上升到为百姓谋利造福保平安的高度。果然，这段话打动了郑副部长。

"你们破案任务很重，洗浴承包后谁去管理呀？总不能穿着警服去卖票搓澡吧？"

"当然不能，我更不会参与到经商中去。"我知道郑副部长担心我个人掺和进去，接着说："大队在区内有不少买卖，设了不少据点，专门有个部门负责这些据点的经营和管理，我们中队平时在洗浴主要开展侦查控制业务。"

"噢，既然是公事，又确实对破案有益，那我给省政府广清秘书长写个条子，他认识我的字，你拿着条子找他就行。"说完，郑副部长在桌上拿起一张便笺，写道：

广清同志：

见字如面。我有一亲属在公安局工作，他有一件关于承包洗浴、控制阵地、打击犯罪的公事，我托你帮助运作一下，如无大原则，望予以办理为盼。

谢谢！

红 生
一九九六年十月十九日

我拿着条子，谢绝了郑副部长的挽留，连夜坐火车返回了宜春。

第二天早上，我下了火车，直奔省政府，找到了刘广清秘书长。刘广清以前在郑副部长手下工作，再加上郑副部长又进京高就，所以郑副部长的条子在他眼里分量不轻。他当即给邵总打电话，话不多，只三句："我是刘广清，你们洗浴承包的事，让何东干吧！"

就这样，我花了两张火车票的钱，就把东方宾馆近千平方米的洗浴中心承包了下来。邵总与我签了三年合同，我每年上交给宾馆十五万元的管理费。明眼人一下就能看出，这是一笔多么划算的买卖。通过运作这件事，我再次感受到权力的重要。一张便条，一个电话，就带来三年的承包合同，我的公司至少可以赚上一百万。

　　合同签了，洗浴装修工程还得一个月才能完工。趁这工夫，我把开业前期的准备工作先做了。一个是洗浴中心总经理和副总经理的配备。我接手陆文正的人马后，提出的中心任务就是要把公司的生意做大，而且要论功行赏。通过这段时间的运行看，晓凯和常五对公司、对我都忠心耿耿，立下汗马功劳。尤其是晓凯，不仅为公司的发展出谋划策，而且亲自上阵，给弟兄们做出了样子。晓凯名义上是公司的副总经理，但那是虚名，下面无实体，更无分管部门。歌舞餐厅的生意由可欣把着，他从不过问，我决定让晓凯兼做洗浴中心的总经理。醉秋风、如梦醒已经装修完毕，我让常五任如梦醒歌舞餐厅的总经理，徐予国当醉秋风的总经理。洗浴副总经理由晓凯提名，晓凯向我推荐了马刚放。马刚放，三十二岁，曾因伤害罪判刑六年，释放后一直在晓凯手下，负责收洗浴等场所的保护费，熟悉洗浴的运作经营方式。我接手后，马刚放的表现很抢眼。前一段时间，盛元开发公司强拆迁受到居民的阻拦，托人找到我，我派些弟兄去帮忙。拆迁中，晓凯带的人与居民发生了冲突，马刚放拼得最凶，打倒了三个小青年，他自己的脸上也挂了花，出色地完成任务，为公司赚了三万块。对这样的手下，我是十分欣赏的。我同意晓凯的推荐，并让他和马刚放提前进入角色。

　　另一件事是招服务员、收银员、搓澡工、锅炉工和小姐。其中招小姐是重点，洗浴的小姐是要出台卖身的。宜春带出台小姐的洗浴很多，竞争很激烈，新开的洗浴如果没有特色很难产生轰动效应。我要求晓凯招一批大中专在校学生或毕业生。

因为学生有文化，素质高，清纯一些。不像有些洗浴的小姐全是职业"杀手"，满身的风尘味道。可上哪整那么多学生呢？

晓凯先在歌舞餐厅七十多小姐中挑出十七个学历较高的。又以新东方餐饮娱乐有限公司的名义在报纸上打了广告，高薪招聘公关小姐，要求中专以上文凭，相貌端正，漂亮。广告发出，没几天，就有三十多人应聘。晓凯亲自把关，从中挑出十六个有模有样的漂亮女孩儿，算是录取。人是选好了，可怎么才能让这十六个以为到公司就是联系业务或陪客人喝喝酒的女孩儿宽衣解带，上床卖身呢？胡晓凯不愧是智多星，点子就是多。他先让这十六个学生妹到歌舞餐厅实习，当"三陪"。只要她们肯当"三陪"，就好进行下一步工作了，十六朵小花青春靓丽，一进歌舞餐厅，很招风，抢了那些老"三陪"小姐的生意。有的女孩一晚能翻好几个台，能挣二三百的小费。接下来，晓凯亲自给这些学生妹上培训课，进行思想教育，讲公司的前景和未来。晓凯忽悠说，只要大家效忠公司，将来都能分到公司的房子。这天花乱坠的许诺让这些涉世不深的女孩充满了幻想。最后，晓凯组织大家集体观看黄色录像。肉欲横流的镜头，让这些女孩儿个个红光满面，心跳加速。

85

培训一结束，晓凯又挨个进行谈话，经过几番耐心、细致的劝说工作，有十五个女孩同意陪客人上床，唯有一个叫章语惠的女大学毕业生死活不肯。晓凯见劝说无效，就悄悄将两片春药放进饮料里，语惠喝下去后，没过十分钟，就感到浑身燥热，坐立不安，不能自控。晓凯借机脱光她的衣服，强奸了她。语惠清醒后，明白了发生的一切。她先是痛哭，继而又要自尽，最后她狂喊着要告晓凯，谁也拦不住。晓凯哪受过这个，让手下弟兄动手打，被闻讯赶来的可欣拦住了。可欣撵走了屋里人后，对章语惠说："妹子，别看我是总经理，可实际上我只比你大一岁，如果你不嫌弃就认我当姐吧！事已至此，你得现实些。你要告晓凯，行，姐不拦你。可你告完，法院判他几年，你能得到啥？晓凯是宜春最大的流氓，手下弟兄有好几百，你就不怕他们报复你？要是给你破了相算轻的，要是把你加块大石头塞进麻袋扔水库里，你人死了还得在水里泡着。我劝你别告了，当然女人的身子不能让他白占便宜。我让晓凯拿三千块钱给你作为补偿。另外，姐也劝劝你，常言道，笑贫不笑娼。做小姐听着难听，可兜里钱鼓啊！一个月挣个万八千的，两年下来，挣个三十多万，就洗手不干了。你用这钱支个买卖，这辈子就不用愁了。当然，你不干也行，可出外应聘找工作，一个月也就挣个三四百，一年能攒一千块钱是一大关，何时能熬出个头来呀！不趁自己年轻捞钱，到老了想捞都捞不到了。"可欣的话很有说服力，语惠无奈地点了点头，几颗豆粒大的泪珠落了下来。

可欣把胡晓凯强奸章语惠，逼她做小姐的事告诉了我。她担心晓凯他们胡整下去，会影响公司的声誉。我没吭声，一切装作不知道。公司要做大、要强壮、要发展，有时就要不择手段，就要冒一些风险。钱财险中求吗！不过，我对新东方洗浴带卖淫小姐的事还是有所顾忌，毕竟卖淫嫖娼不同于"三陪"，这是违法犯罪呀！对一般的嫖娼行为，《中华人民共和国治安管理处罚条例》第三十条规定，可处十五日以下拘留，警告、责令具结悔过，或者依据规定，实行劳动教养，并处五千元以下罚款。情节严重的，触犯《中华人民共和国刑法》第三百五十八条，第三百五十九条，犯组织、强迫、引诱、容留、介绍卖淫罪，最重可以判死刑。开这样的涉黄洗浴，组织者弄不好，会掉脑袋呀！我虽没有挂名到新东方歌舞餐厅和洗浴，但我是后台老板，又是警察，明摆着执法犯法呀！

这份担心和动摇只是短暂的。只要没人查，就有钱赚。分局这好办，治安科、站前治安派出所都知道新东方是咋回事，主要是市局六处这块。六处是治安管理处，宜春市范围内的公共娱乐场子，它都有权查。开这么大个涉黄场子，不和六处说明白，早晚要翻船。以前开歌舞餐厅时，潘大队曾和六处沟通过，说歌舞餐厅是大队的买卖。现在洗浴带出台小姐，再说是大队的据点，不妥当。必须得找个有力度，说话有分量的人。我想到了程小宇，他本身就是六处扫黄队的民警，加上他的身份，别说六处，宜春市公安局的下属单位和领导多少都得给他面子。我给小宇打电话，讲了开洗浴的实情和担心，小宇说让我听信儿。

程小宇的确厉害，我给他打完电话的第二天晚上，他把六处几个主管部门的一把手聚到聚宾楼。酒桌上，程小宇说得很到位："何东是我兄弟，弟妹下岗没事干，承包了新东方洗浴中心。东弟的事就是我的事，今后各位到新东方洗浴随便玩，检查吗，要讲究点方法。"这些中层干部都明白啥意思。扫黄队的王队长，管场所的洪科长当场举杯表态，为新东方的发展提供一流的软环境。

经过一个多月的筹备，新东方洗浴开业了。这次开业，我没请任何人，也没举行任何仪式，毕竟浴池里有肮脏的勾当。尽管没大张旗鼓地宣传，但开业后，洗浴的生意还是一天比一天火爆。宜春城内玩场子的老板、大哥听说新东方洗浴的小姐都是大学生，都来尝鲜。尤其是那个章语惠，几乎成了一棵摇钱树。

转眼到了一九九七年的十一月，新东方洗浴经过一年的经营，去掉各项费用，赚了一百三十五万。醉秋风、如梦醒的生意也带了起来，几乎天天爆满。公司有了钱，弟兄们的待遇都上去了，我的坐骑换成了丰田越野车，可欣买了辆本田雅阁，晓凯和常五各配了辆奥迪，国子和"小丹东"也都混上了捷达。公司按我设想的轨道运行着、发展着、壮大着。

十二月二十五日是圣诞节，宜春城里突然对这个西方的节日重视起来。利用这个机会，我约康敏吃顿饭。因为前一段我忙着搞歌舞餐厅，很少顾及单位。康敏作为副手，把中队的工作安排得井井有条，还带领三个探区破了几起大案子。最让我感动的是，她从不揽功，一有成果，就把我找回来，让我到大队汇报。我想好好谢谢她，特意到宜春名表行，花八千元钱给她买了一块手表。

86

我把吃饭地点定在了多瑙河西餐厅。今日的康敏让我大吃一惊,一扫往日的灰色调,从着装到头型,艳丽,明快起来,一身暗红色呢子裙,淡妆,紫色的口红,简直就是另外一个人。

"天哪!美女就在我身边,可我浑然不觉,你隐藏得太深了。"我赞叹道。

"扎眼吧!我就怕把自己弄太漂亮了,招风,追的人一多,招架不过来,今天过节,打扮一下,换换心情,明天一上班,我就恢复老样子。"康敏边脱外衣坐下边说。我要了一瓶红酒和几个西式拼盘,把酒倒好后,举杯说:"说实话,第一次见你觉得你平常得很,可通过破丛佳和陈少武的案子,领教了你犯罪心理画像的功夫。做你的领导,既感到光荣,也感到惭愧,论知识和能力,我不如你呀!"说完,我一饮而尽,康敏说了声过奖了,也干了。

"今天我不叫你何队,叫东哥吧!说心里话,你是个讨女孩儿喜欢的男人。你身上有股说不出的味道,对女孩儿很有杀伤力。我见过你女朋友,真漂亮。有一天你俩在超市买东西,我看见了。你们手拉手,真幸福。来,为你们的幸福干杯。"说完,康敏干了。酒后吐真言,从康敏的话里我隐约能感觉到她喜欢我,至少是暗恋吧。

"东哥,其实你不找我吃饭,我也想找你,不是吃饭,是想和你唠唠嗑。有许多话,想跟你讲,但我又怕你接受不了。"

"康敏,你能跟我说掏心窝子的话,我最高兴了。我不是跟你说过吗,我是半路出家当警察的,懂的没你多,有时做人、做事肯定有想不到,做不好的地方,你直说吧!"

"最近一段时间,以我的观察,有许多事缠着你,对你很不利,我希望你能尽早找个解决办法。一个是新东方的事,现在的新东方不光有歌舞餐厅,还有洗浴,据说洗浴大厅有不少出台的小姐。虽说新东方是你女朋友的生意,可外面人都知道你是后台老板。警察开涉黄洗浴,我怕你到时说不清楚啊!第二个,胡晓凯、张常五这些宜春黑道上的人,现在摇身一变都成了新东方的副总,如果他们守法经营,无可厚非,关键是他们一直不消停啊。进我耳朵的不少信息都是涉及他俩的,包括砸海棠花场子的事。我怕你和这样的人搅在一起,将来洗不干净啊!第三个吗,我对你的生活方式有点看法。你现在做买卖有钱了,开名车,穿名牌,狂得很。可你忘了自己的身份,也忘了中国人有眼红的毛病。你看看你周边的民警都穿什么,都怎么生活。他们有的买件一百多块的夹克都要寻思寻思,而你一套西服就一万多,这怎能不让人眼热?这回你应该知道,为啥市局、分局总能接到反映你各种问题举报信的原因吧!"

康敏一口气说完,举杯把红酒干了,而后靠在椅子上看着我。她的话很重,很刺耳,但都是苦口良药。看得出,她是为我好,为我担心。

"先谢谢你,我的好妹妹,你的话我一个字都没落,全记着哪。你说的有些对,但有些纯是谣言。要说洗浴有小姐,这倒是真的,可现在宜春的洗浴场所,有几家没小姐呀?要么就都没有,要么就都有。别家有,我家没有,让我怎么去和别人竞争。晓凯、常五在宜春的名声确实不好,还蹲过监狱。可那是过去,现在他们都是有身份的人,做事守法,讲究分寸。至于砸海棠花,那是他家自找的。海棠花竞争不过新东方,就三天两头打电话举报新东方，对这样下黑手的，不跟他们干，不砸它，行吗？砸完咋样？他家的后台老板乖乖地请领导找我求和。现在没人再敢举报新东方了。至于我的生活方式，的确有点与自己身份不符。可我长这么大，让人瞧不起的日子太多了，我活得也太压抑了。现在我好了，我要好好享受，要昂着头过日子，我不觉得自己错哪了。再说，自打新东方开业，咱队里办案经费充足，弟兄们手头的票子全报了，每月每人还有一百六的通讯费。我做得仗义，弟兄们也乐啊！"

听了我的辩解，康敏一句话没说，也不知是被我说服了，还是觉得我的话毫无道理，我们一直沉默了好久。我猛地想起给她买的表，从包里拿出来，递给她说："咱们别争了。过节了，东哥送你样礼物。"

康敏接过盒看了看，没打开就还给我说："太贵了，我做人有我的原则。改日再聊吧！"

87

一九九八年三月，宜春市公安局开展了以教育民警、惩治腐败的教育整顿活动，类似于香港警署的廉政风暴。这次活动来势迅猛，重点查处民警队伍中的以权谋私，权钱交易，民警涉黄、赌、毒以及民警经商，尤其是经营公共娱乐场所的问题。在全市民警教育整顿工作动员大会上，程宇光做了重要讲话。他强调，在这次活动中，对于确有严重问题的，不管他多高的职务，不管他有多硬的后台，都要一查到底，从严惩处，让宜春的警察队伍更纯洁。

我深知自己到刑警大队后这几年所作所为的严重性,准确地说,我的问题已经不再是简单的违纪,而是触犯了刑律。许多人,包括内部民警,都知道我的发家史,看我眼红的人多的是,稍有不慎,就可能出大事。为了渡过这次教育整顿关,我绞尽了脑汁。经过深思熟虑,我决定从收敛入手,并打出了一套组合拳。我先是以洗浴装修为由,让出台的小姐放假,啥时上班听候通知。浴池内无黄,变成正常的洗澡和中医按摩。歌舞餐厅的小姐也全部撤掉,变为正常餐饮。公司又拿出一笔钱让晓凯、常五带领国子、"小丹东"等中层经理到香港、澳门学习、考察。我把自己的车放在车库,开起中队的警车。身上的名牌也换了下来,换上普通的夹克。中午吃饭就到食堂。分局组织的教育整顿学习,我积极参加,从不落课,笔记更是一篇不少。在中队举行的查摆个人问题的会上,我做了十分深刻的查摆和反省。我指出自己身上存在的三大问题,此言一出,语惊四座。

"我当警察有六年了,在党的培养下,我从一个农民成长为刑警重案中队的中队长。风里来,雨里去,立过功,受过奖,这些成绩就不说了。此次教育整顿,意义重大,非同以往,我的理解是这次整顿绝非让大家听几场报告,记点笔记,搞搞座谈,而是要解决队伍深层次的矛盾和问题。从队伍的现状看,也是到了非整顿不行的程度。个别民警的所作所为已经涉足腐败,严重影响了公安机关的形象。只有搞好教育整顿,才能惩治警界败类,纯洁民警队伍。现在整顿进入查摆阶段。我是中队一把手,我先查摆,剖析自己,我的问题有三个方面:第一,和其他民警有相同之处，工作中接受过吃请，管洗浴时到浴池洗澡不给钱，体罚过不肯开口的犯罪嫌疑人；第二，众所周知，我的未婚妻孟可欣在站前开了个歌舞餐厅和洗浴，我作为她的男朋友，虽没直接参与，但或明或暗地为酒店的经营提供了一些方便，甚至在女友被流氓侮辱时，我也曾动过枪，打过人，受到组织上的批评和教育；第三，人生观、价值观出现滑坡，向'钱'看的意识增强了，艰苦朴素的生活作风没了，喜欢开名车、穿名牌，追求高消费、高享乐。以上是我的主要问题，如有缺漏，请大家开诚布公地提出来，我一定虚心接受。也希望我能通过教育整顿改掉自身的毛病，把中队的工作搞得更好。"

我刚查摆完，彭亮第一个站起来说："何队查摆得很认真，但有些说得严重了。就说他开歌舞餐厅吧！还不是为了咱们中队，现在咱们中队办案经费充足，弟兄们手里的票子都报了，月月有补助，这多亏了新东方啊！何队开歌舞餐厅，主要为公，不应作为问题查摆出来。"

潘展公、谢长河及其他弟兄也都附和着，说我言重了，中队之所以成绩突出，与新东方强大的经济后盾是密不可分的。唯有康敏，一言不发。

我之所以敢在中队会上大讲自己的问题，而且说得很深，不是没有道理。一方面因为我参与场所经营的事，局内外早有人反映，已不是什么秘密，我不说不摆反倒不好；另一方面我看上去查摆得挺深，实际上摆的都是面上的问题。我带领弟兄们收保护费、敲诈勒索、组织介绍、容留妇女卖淫，这些足以让我脱警服进监狱的事我一件都没说。这叫避重就轻，轻的事不足以致命，重的事又不漏，足以保我过关。当然，我还有更深一层的考虑，魏副大队长离休后，他的位置还空着，包括我在内，分局有五个人竞争这个岗位，我担心那些竞争对手，包括记恨我的人借这次教育整顿，写黑信举报我、整我。我不等上边来查，先自己查摆出来，这叫争取主动。至于查吗？就让他们查去，我已经做了准备。

果然不出我所料，教育整顿进入查摆阶段后不久，市局纪检委收到两份关于我的举报信。反映的问题有三：一、何东身为人民警察，与胡晓凯、张常五等"两劳"释放的社会流氓交从甚密，甚至安排他们在其女友的公司任职，丧失了立场，敌我不分；二、何东的女朋友开了新东方歌舞餐厅、洗浴中心。这两家场所都有小姐，卖淫嫖娼问题严重，而何东为其女友经营场所提供了保护伞；三、何东开名车，穿名牌，消费水平高，与其收入严重不符，存在巨额财产来源不明的问题。

这两份不是出自一人之手的举报信的内容之严重和详细，在这次教育整顿中实属罕见。由于被举报对象是中层干部，内容又涉黑涉黄，市局纪检委将此信直接报到程宇光的案头。

程宇光知道我最近两年总跟小宇联系，更知道我的来头，鉴于正在教育整顿的风口浪尖，他不敢贸然将信压下，思考良久，最大的感觉就是不相信，不相信那个十分腼腆地拿着苹果到他家串门，又屡立战功的何东会变得这么坏，如果反映问题属实，何东够进监狱了。他在信上写了两行字：查报结果，反映问题的真实性值得研究。前边一句的意思是既然有人举报，而且问题又十分严重，必须得查清。后一句明显带有不相信的意思，程宇光知道我这几年干得不错，没少立功。他怀疑有人嫉妒，借教育整顿整人。

88

市局纪检委的同志拿着程宇光的批示到分局查我。胡局的意思是，让分局刑警大队配合市局纪检委和分局纪检委组查一下。当市局纪检委的同志问及我的表现时，胡局说我既是一员虎将，又是一员福将，既有攻坚克难之才，又有侦破大案的运气和福气，有开拓精神和创新意识，在大队及中队中口碑不错。他也怀疑举报内容的真实性，更直接地说，他认为有人在与何东竞争刑警大队副大队长中，采取不正当手段。一封信，八分钱，让你纪检委查半年，通过这个办法达到干扰组织部门考察干部、任用干部的目的。

调查组对新东方歌舞餐厅和洗浴中心进行了暗访，没发现有小姐。他们又公开查阅了新东方餐饮娱乐有限公司的营业执照，的确是孟可欣的名字，找可欣及公司的员工谈话时，所有人都提供了何东很少到公司来的材料。至于公司用晓凯和常五的事，有两个方面的解释：一、晓凯、常五是刑警大队的线人，有档案为证，他俩为大队提供了不少破案线索，是协助警方破案的有功人员；二、新东方公司为"两劳"释放人员提供就业机会，帮助他们改邪归正，从这个角度看，新东方娱乐有限公司应该被树为帮教"两劳"释放人员改好再就业的典型。

查了一周，调查组做出了反映问题无依据，捕风捉影的结论,市局纪检委将调查结论写成书面报告给程宇光。程宇光批示:请城东分局加强对何东的培养和教育,并注意保护。就这样,我闯过了教育整顿关。没多久,餐饮、洗浴的小姐又都回来了。

通过这次教育整顿,我认识到,做了坏事不可怕,关键是要摆好,处理好各种关系,并善于做好伪装。这两条做好了,啥事都没有。晓凯、常五到香港、澳门考察回来后,对澳门赌场兴趣甚浓。晓凯对我说:"东哥,我这次出去发现了,原以为养小姐挣钱快,但还有比这还快的,就是开赌场,但在国内不可能像澳门那样公开设赌。不过,宜春地面上好赌的有钱人不少,这些人把钱都扔到澳门去了,如果在新东方洗浴设两个大包间,把宜春大耍聚来,咱们给他们提供安全、舒适的环境,而后抽红,就不能少赚了。"

我对他的想法也很感兴趣,觉得挺有道理。就让他先联系赌客,待组织好后,安排几个大赌局,我想到了"金三指",让晓凯给他打个电话,请他到新东方主持赌局。晓凯的组织能力和交际能力的确很强,不到一周,他就把宜春周边县市的各路赌博高手约到新东方,免费提供吃喝玩乐一条龙的服务。"金三指"也来了,我知道他的手段,让公司给他提供二十万,作为庄家赌资,并与他说好输了算公司的,赢了公司与他六四分成。"金三指"不愧为赌术高手,他主持赌场三个月,为公司赚了六十万,他自己也得了四十万。后来有几个输钱的到省公安厅举报了新东方,省公安厅派人秘密到新东方查了两次,但未抓到现行。听到风声后,我将这个赌局取消了。

一九九八年五月，香港香舟股份有限公司在城东区修建的集餐饮、住宿、娱乐于一体的五星级宾馆落成了，取名为香舟大酒店，这是宜春第一家五星级大酒店。酒店装修豪华，配有游泳池，服务员全部在港培训，服务质量上乘。

香舟大酒店开业那天，宜春市委书记、市长及香舟香港总部的董事长亲临剪彩。市长还发表了热情洋溢的贺词，称香舟大酒店是宜春改革开放进一步深化，招商引资取得重大突破的标志。他还要求全市各级政府、相关部门要为香舟这样的大型招商项目提供一流的软环境。香舟成为宜春的一道新的风景线。

一九九八年"五一"黄金周期间，香舟大酒店一〇二八房间住进一对来宜春游玩的福州新婚夫妇，三号晚上六点多钟，三名歹徒以服务员给房间送开水为由，骗开房门，将这对新人捆绑起来，抢走了手机、照相机、金戒指及现金，折合人民币三万余元。歹徒见新娘貌美，当着新郎的面，轮奸了她。案发后，市领导极为震惊，做出批示，要求公安局十日内破案，消除影响。正在北京开会的程局长责成常务副局长钱永生挂帅，组织刑侦支队和分局刑警大队的精干人马火速破案。

因为香舟的总部在香港，所以香港报纸对发生在宜春香舟的这起抢劫、轮奸大案铺天盖地地进行了报道，这让香舟总经理廖志雄极为恼火。香舟在港及内地宾馆业中的影响非常大，被誉为宾馆业的旗舰。此案的发生对香舟的声誉破坏不小，这位四十二岁的香港人一扫往日的斯文，对来现场的市局钱副局长说："我对宜春的治安环境感到愤怒，不清楚宜春警方是怎么为外资企业保驾护航的。如果此案得不到侦破，我将向香港总部打报告，推迟与宜春的其他经贸合作。"

钱副局长先是道歉，又连连做保证，抓紧时间破案，并增加在香舟的治安警力，确保此类案件不再发生。对钱副局长的表态，廖总的火气不见减少，仍满脸的怒容。

89

这是我第一次跟香港老板打交道，对这些有钱的大老板在内地人面前颐指气使、高人一等的傲慢和对警察的轻视感到气愤。都是中国人，不就是先富起来，有俩臭钱吗？心里虽不高兴，可活儿还得干，对这么一起影响宜春招商引资的案子，警方投入一百二十分的力量。我们中队配合市局，仅用三天就将三名歹徒抓捕归案，缴回全部被抢财物，宜春刑警的战斗力通过这一仗显示出来。内地及香港媒体都报道了这起大案的侦破，称赞宜春刑警破案神速。按理说，香舟大酒店对破案应该有所表示，不说拿点钱慰问一下参战民警，哪怕送个锦旗、牌匾也行啊！可廖志雄的嘴里连个谢字都没有。我被廖志雄的狂妄激怒了，下决心要跟他斗一斗，杀杀他的威风。

对廖志雄这样的人物，动粗动野是要不得的，要讲点策略。既要拿住他，让他骨头不疼肉疼，又不能伤到他。要想做到这一点，关键是要找到他的弱点，对症下药。我通过香舟的员工得知，廖志雄有个男人通有的毛病——好色。他在香港有妻室儿女，可刚到宜春不久，就把新招聘的漂亮女秘书带到床上。既然廖总有此雅兴，那就投其所好，充分满足他的欲望。我让晓凯把新东方洗浴的摇钱树章语惠找来，详细安排了一番。起初，语惠有点害怕，不想干。后来，晓凯威逼说，如果不干，她在农村的家就得出大事，她爹妈都好不了。并答应事成之后，给她三千元，语惠这才答应试试。

廖志雄喜欢喝咖啡，但他从不去香舟的咖啡厅，而是喜欢到香舟附近的一家叫梦幻的咖啡厅。一天晚上十点多，廖志雄来到梦幻，要了一杯他最爱的卡布吉诺，刚要喝，忽然发现邻座坐着一位清纯的女孩儿。女孩儿看上去二十岁左右，牛仔裤，旅游鞋，白衬衫，白净的脸上不施粉黛，恰似一朵天然去雕饰的芙蓉花。她的桌上放着一个背包，包上放着两本大学英语教材，从打扮和带的东西来看，她像个大学生。廖总见女孩儿身边没人，就走过来，用一口流利的英语问道：

"Are you tasting coffee alone, young lady？（小姐一个人品咖啡吗？）"

"Yes, I have made a appointment with my classmate, but she will come later.（是的，约了女同学，可她要晚一会儿到。）"女孩用英语回答。

"Which university are you from？（你是哪所大学的学生？）"

"I am a student of the English Department in Yi Chun University.（我是宜春大学英语系的。）"

"Could I invite your classmate and you drinking？（我可以邀请你和你的同学一起喝咖啡吗？）"

"Why？（为什么？）"女孩问道。

"Because we seemed to know each other before, the more

important is that our hotel needs the talent who is owning outstanding appearance and speak English so well.（为我们似曾相识，更因为我的酒店需要像你这样容貌出众、英语说得这样好的人才。）"廖志雄自信地回答。

"Which hotel are you from and what is you job in there？（您是哪个酒店的？做什么职务的？）"女孩问道。

"Xiang Zhou Hotel. I am the general manager, Liao Zhixiong.（香舟大酒店，总经理廖志雄。）"说完，他从兜里掏出一张名片递了过去。

女孩儿露出内地少女见到香港老板后普遍反映出的惊喜，立刻拿着背包和书坐到廖总的对面谈了起来。廖总从酒店的管理谈到宜春的气候，谈到香港的繁华，女孩儿的脸上露出羡慕和崇拜的神情，他们一聊就是两个小时。临走时，廖志雄请女孩第二天到香舟应聘，他说香舟公关部缺一名像女孩儿这样气质的副经理。

第二天，女孩儿应聘成功，顺利地当上公关部的副经理。第三天，廖志雄就和刚上任的副经理上了床。第四天，一盘录着廖总和副经理床上颠鸾倒凤的录像带到了我的手上。这个"纯情女大学生"就是章语惠。在与廖总上床前，她把一部装着微型摄像机的皮包放在梳妆台上，对着那张大床。摄像机清晰地记录下廖总脱掉她的裙子，到疯狂做爱的全过程。我拿着这部经典作品敲响了廖总办公室的门。

我走进廖总的办公室，他正坐在老板椅上闭目养神，见我进来，先是一怔，接着满脸疑惑地问："你是干什么的？怎么进来的?为何不和我的秘书打招呼?"

我没答话,将警官证扔到他的办公桌上,从兜里抽出支烟点燃,坐在沙发上。

"刑警队的何队长,有事吗?"

90

"廖总的办公室戒备森严,不过,这是宜春,不是香港。在宜春,除了火葬场,剩下的还没有我进不去的门。今天有件看似不小的小事,不过不是案子,而是关于廖总的隐私。在内地,也叫生活作风问题。我手下的兄弟到音像商店买片子,无意中买到一部顶级片,拿回来一看,片中的男主角竟然是我一向尊敬、崇拜的廖总。我就把带子拿来了,想请廖总过过目。"

说完,我把录像带塞进录像机,打开电视。屏幕上的廖总赤身裸体,贪婪地用嘴、用手吻着、摸着,动作越来越大。

廖总的眼睛瞪得很大,嘴微张着,脸通红。他结结巴巴地说:"这……这是怎么回事?不是我,是电脑剪辑的。"

"不会吧?片子里除了有你们痛快而又痛苦的呻吟,还有你和公关部副经理谈香舟未来发展的对话。不是你,又是谁呢?不过你还算幸运,遇见了我,否则现在这部带子已经邮到香港了,明天你就会出现在香港所有报纸的头版。这盘带子也会被聪明的音像商翻录成几十万盘,到时你将红遍东南亚。许多人都会欣赏到廖总的床上功夫和猎艳技巧,你将要名扬天下了。"

我的一席话如同一枚炸弹在廖总的身旁引爆,不过,廖志雄毕竟是见过世面，久经沙场的人物。他没说话，转身从身后的柜里拿出一罐咖啡，又取出两个杯子。不一会儿，他把一杯热气腾腾的咖啡，放在我面前的茶几上，屋内顿时充斥着浓香的咖啡味。他给我放咖啡杯的一瞬间，手有些抖。

"在宜春，能品尝到廖总冲的咖啡，我是第一个吧？"

"何队长，无须多言，我闯荡江湖多年，上过山，下过海，见的多了。你说吧，要多少钱可以买回这盘带子？"廖志雄拿起另一杯咖啡坐到椅子上，啜了一口，故作镇静地说。

"我看你们只认识钱，这个世界上，有些事用钱可以办，还有些事用钱也办不了。钱对我来说意义不大，因为我有公司，钱足够了。再说我是警察，拿着廖总的隐私要钱是犯罪，我不会干的。我今天来，一是为廖总消灾解难，二是想跟廖总交个朋友，提高一下自己的档次，不知你这个总跟市长、市委书记打交道的大老板肯不肯放下大驾，和我这个'小捕快'当哥们处处啊？"

"当然可以，当然可以，老弟有话有事尽管说，在香舟一亩三分地，我说的还是算的。"

"好，爽快，想不到香舟'5·3'特大抢劫案告破连个谢字都不肯说的廖总竟然如此慷慨，看来还得用事实说话，让事实教育人哪。"

"哪里，外界都以为我狂傲，其实我非常喜欢交朋友，我在香港、澳门，包括日本都有许多好朋友。我不是看不起内地人，而是大家的思维方式、生活方式、经营方式不一样，有时沟通起来很难。"廖志雄没了往日的威风，敞开心扉和我交流。

"既然廖总愿屈尊与我做朋友,那咱们就是哥们了。按东北的习俗,哥们就像亲兄弟一样,不分你我,除了媳妇不能交给对方,其他的都能舍出来。廖总放心,在宜春,无论哪级流氓、老大,在何东面前都会老老实实的。你有我这哥们儿,香舟就可以无黑道骚扰之虑了。至于这盘带子吗?我已通知手下的弟兄,将宜春的存货统统收缴,确保不会流落到市面一盘。对了,还有录像带中的女主角,也就是你手下的副经理,她已被告知把嘴闭严,如果漏一点风,那她在农村的家可能会出现一些不小的意外,有可能是房子着火,也有可能是她父亲的腿会落下一点残疾。总之,能替廖哥想到的、做到的,我都想到了、做到了,我这个哥们够意思吧?"我眯着眼睛,品着咖啡,看着廖志雄局促不安的神态和硬挤出来的笑容,心中有种说不出的惬意和快感。这个曾经不可一世的香港大老板在我面前赔着笑脸,不知所措,这正是我要的效果。

"何老弟确有大家风范,堪称宜春精英,既在警界吃得开,又在黑道行得通,这在香港都不多见。我也算幸运,结识了何老弟,今后宜春的香舟有仗老弟关照了。"说完,廖志雄从书架下面的柜子里拿出一个小盒,放到我面前的茶几上说:"这是日本精工机械表,送给老弟,作为见面礼吧!"看得出,廖总拿出这块表,是真心的,但我担心这块表成为告我的物证。

"廖哥错了,我不会要你的东西,即便是礼物,也是公安纪律不允许的。再说,戴上你这块精工,我腕子上的劳力士就没地方放了。"说完,我一撸袖子,露出一块价格不菲的劳力士,廖总脸上露出惊讶的表情。

"我不会难为你的，只想求你两件事。一、长期提供给我一套香舟的客房，因为我没房，一直在外租房住，就要那间一二〇八吧，我们通过这间房认识的。二、我希望自己可以随便出入香舟的各个场所，当然，我是正常花钱消费，如果廖总方便，可以给我打打折。我这么做，主要是为公，为办案方便，当然，也是为了保护香舟的安全。重案中队长天天住你这，什么神啊、鬼啊，我都能给你镇住。"

"好，没问题，没问题。"廖志雄痛快地答应着。

91

一九九八年九月十九日晚上，干妈病逝了。这位一九四四年参加革命的老人是在睡梦中心脏病发作去世的。老人的面容很安详，熟睡一般，看得出她走时没什么痛苦。据老一辈人讲，能以这样的方式离开人间是福分。

按干妈的身份和级别，省政协要为老人开追悼会，省里主要领导都要参加。郑副部长当天就坐飞机回到宜春，办理母亲的丧事。远在上海的文萱哭着给我打来电话，说她乘当天下午一点的飞机回来，让我去机场接。我通知晓凯、常五，准备三辆奔驰，两辆宝马，组个车队接机。同时，我与机场的朋友联系好，把奔驰开到机场内，在飞机下接机，显示对文萱的重视。我也想借机让她看看，她的前任警察男友在宜春的分量。

下午三点三十分，上海到宜春的班机降落了。机舱门打开，第一个走出来的就是文萱。她一身黑裙，黑色墨镜，庄重而又神秘。我站在舷梯边迎候。

　　文萱见到我,吃了一惊,问我怎么进来接了。我说:"接副部长的千金,规格必须超过副部长。"我接过她的行李箱,将她引到奔驰车边。三辆奔驰整齐地排放着,司机都是清一色的黑色西服,晓凯接过行李放到后备厢,又给我和文萱打开车后门,我们上了车,三辆奔驰打着双闪驶离机场。机场外两辆宝马也打着双闪跟随。

　　车上,文萱又问了一遍老太太去世的经过,边问边在我怀里哭。我搂着她,用手帕给她擦眼泪,让她节哀。我们直接去了殡仪馆,干妈的遗体安详地躺着,想起她对我的恩典,我的眼泪像断了线的珠子流了下来。文萱更是痛哭不止,她边哭,边说她不该去上海,应留在宜春伺候奶奶。要不是我拉着,文萱差点扑到老人身上。

　　干妈的追悼会很隆重,省里五大班子的主要领导都到了,省政协主席致了悼词。当干妈的遗体被推进火化室的一瞬间,文萱哭昏了过去,我的心一紧,我知道老人这一走对我意味着什么,我在宜春最大的靠山没了。还真怪,自打干妈走了以后,我是霉运连连,接二连三地出事儿,直到今天,我确信干妈是我的保护神。保护神没了,我的运气也跟着没了。

　　郑副部长办完丧事回京了。文萱因为伤心过度,再加上宜春入秋天气转冷,感染了风寒,发起高烧,我陪她打了一周吊瓶。从文萱回来后的神态和话语中,我隐约感到她在上海并不如意。在她病好后的第三天晚上,我请她在香舟吃饭,两杯红酒下去,她告诉我,她和男友在上海的公司开得很顺,也赚了些钱。可有了钱,她男友花花公子的本性暴露出来,跟公司的三个女职员都有染,其中的两个因为争风吃醋竟然在公司打了起来,让文萱伤心不已,他们已经分居了。唯一让她庆幸的是她没要孩子。她说她随时都可以离开他,过新的生活。她想在宜春多住几天,帮助父亲料理一下奶奶的后事再说。

婚姻的不如意,再加上奶奶的去世,让文萱一直很忧郁。我怕她闷出病来,总找机会陪她吃饭、聊天。当我听说宜春吉祥大戏院的二人转能让人笑破肚皮时,就让晓凯订了最好的位置,带文萱去看。

我和文萱坐在第三排的雅座,晓凯带几个弟兄在后排坐着。我是头一回看二人转,原以为一男一女在台上哼哼唧唧的没啥意思,谁知这些看似不起眼的演员个个都有绝活,尤其是小品,让文萱乐得直不起腰来,她终于开心地笑了。我们正看着,旁边座位一名男子起身上厕所,从我们这过时,一脚踩在文萱的脚上,疼得她"哎哟"叫出声来。哪知这名男子也不道歉,照旧往前走。我忍不住了,喊道:"回来,踩了脚,连个声都不吱,是不懂人语,还是装糊涂啊?"

"嘿,瓜子里嗑出个臭虫,什么人都有。踩了她的脚怎么了?这么漂亮的妞,别说踩她一下,让她跟我睡觉都得来。"他此言一出,一股热血涌向我的脑门。不过,我吸取了上次打武大可的教训,我冲后一扬手。晓凯领着几个弟兄冲了过来,连拉带拽把这个男子拉到戏院外边,先是一顿打,临走,一个弟兄拿刀扎进他的小腿肚子。

92

这个被扎的男子是宜春华兴商贸公司严董事长的独生子,叫严晓松。当晚,严家到当地派出所报了案。吉祥大戏院地处南市区,归明街派出所管。严董事长找到市局常务副局长钱永生,钱副局长给南市分局的一把手打电话,让马上调查处理,结果要让严家满意。南市分局主管治安的副局长亲自挂帅,连夜组织人调查,这位副局长就是曾在站前当过我所长的林英男。

我和文萱没拿这事当回事,照常看完戏,大模大样地上奔驰车走了。当林英男带人到大戏院调查时,戏院把门的将我的车牌号告诉了林英男。很快,林英男查到了我。

林英男把我约到他的办公室,给我倒了杯茶说:"东子,你现在在宜春可大了,开丰田,坐奔驰,一身名牌,威风啊!"

"林局,别逗我了。威风啥,这不外地来了几个朋友,壮门面呗。"

"吉祥打仗的事咋回事?我听说严晓松踩了你女朋友的脚,你找人把他给打了。"

"前边说得对,一百八十多斤的大小伙子,踩在我女朋友三十六号的小脚上,可以想象一下我女朋友的承受力。我问了他两句,他一句人话没有。后排几个男的看他不惯,路见不平,把他揍了,打他的人我一个都不认识。"

"何东,我说句话你别不愿意听,我当警察那会儿,你还在农村做豆腐哪。我当警察十八个年头了,还没碰到过无缘无故抱打不平的。看在我们同事一场,又都是穿这身衣服的,我可以给你透个底,市局钱副局长的儿媳妇是严晓松的亲姐姐,钱副局长有话,要严查速办,要当作涉嫌黑社会的案子来办。这事必须得给钱副局长一个交代,能像你说的不认识,一推就拉倒吗?"

林英男的话很重,也很直白,甚至可以说将窗帘拉开了一大半,基本透亮了。我没想到严晓松还有这层背景,看来这事挺棘手。不过,我不能随便把事揽过来。林英男说了,要把这个类似流氓殴斗的案子当涉黑案件来搞,这样一来,案件性质就变了。如果我承认是我指使人干的,对我相当不利。

"林大哥,你直言不讳,也为我好,我很感激。可那天的确很巧,严晓松踩我女朋友脚后,出言不逊,大吵大闹,影响了后排人看戏,激起公愤,这种情况下,抱打不平的事是很容易发生的。"我辩解着。

"何东啊,自打我离开站前,我们虽然没见面,但我一直关注着你。你收拾'韩老六',智擒陈少武,战功显赫,又接二连三地升迁提职,连我这个副局长看你都眼热呀!不过你和新东方的事,包括和陆文正、胡晓凯、张常五的关系我早有耳闻,有的传闻甚至让我都感到震惊,不用我说,你也应该懂得后果的严重性。我已查清了,那天在吉祥带头打人的就是胡晓凯,而胡晓凯是新东方餐饮娱乐有限公司的副总兼洗浴中心总经理,你怎么能说和打人者不认识哪?"

林英男把这层窗户纸彻底捅破了。看来他真的已经把案子查清了,不能再抵赖下去了。此时此刻,逃避和回避都不是明智的选择。此事由我引发,弟兄们为我动的手,我必须把这个责任揽过来,把事摆平。

"林局,你既然把话说这么亮堂,我要是再不识相有点不识抬举。事已至此,所有的事我担着,请大哥帮我指条明路。"

"其实我完全可以先把打人的几个收进来再找你,但那样对你不利,显得我林英男太不讲究,有冲自己弟兄下毒手之嫌,好歹我们都在一个槽子吃过饭。从严晓松被打的伤势看,还没严重到重伤害的程度,我的意见是私了。你通过关系找找钱副局长,把事情解释清楚,做通他的工作,再拿点钱去慰问一下严晓松。严晓松不告,钱副局长点个头,默认,我这就不再深究,这事不就摆平了吗。"

"明白了,林局,我按您的意思办。这事处理完,我把老站前的曲所、孙洋约出来,咱们找个好馆子聚聚。"

"行,你早就应该请我们了。在宜春,能开新东方那么大买卖的,没几个呀!"林副局长回答说。

我根本就不认识钱副局长,能找动他,让他默认此事私了,非得程小宇不可。我给程小宇打电话,把我打严晓松的事说了。小宇一听说找钱副局长,满口答应,说他家和钱副局长家是邻居,他没事就到钱副局长家下象棋,和钱副局长熟得很。果然,不到两天,小宇来信了,钱副局长答应了。前提是让我到医院看看晓松,赔礼道歉,扔点钱就拉倒。我和可欣买了个果篮,带着两万块钱,到了医院,向晓松赔礼,又把两万块钱放桌上,这事就算过去了。

93

文萱有个大学同学叫郭淇,据说长得像香港电影明星李嘉欣。郭淇毕业后,嫁给了香港某地产大亨的小儿子,过上了少奶奶的生活。在学校时,郭淇和文萱最好,无话不说,是死党。她听说文萱最近心情不好,就约文萱到香港散散心。文萱让我陪她去,她有意与我再燃旧情,报复她老公。

我恰好也想出门散散心,前一段时间,干妈病逝,又处理严晓松被打的事,搞得我又累又紧张,加上我没去过香港,很想见识见识这个花花世界。可出门是要请假的,我没敢跟领导说去香港旅游,怕影响不好,而是撒了个谎,说陪我母亲去北京看病,顺便办了休假手续。潘大队、盛副局长都同意了。

我不能跟可欣说陪文萱去香港,只是说去北京找郑副部长办点事情,否则可欣会闹翻天的。她自从当上新东方的总经理,夜间工作,白天睡觉,生物钟完全颠倒了,人也憔悴了许多,渐渐又患上了失眠症,每天只能睡几个小时。可欣想到自己在幼儿园那阵儿,每天吃得香,睡得甜,和孩子们在一起,无忧无虑。到了新东方,开餐厅时也没什么事,自从有了洗浴中心,养小姐、逼劝章语惠卖淫,做了丧良心的事。于是可欣跟我提出不干了,让我再雇个总经理。她准备拿出一笔钱,开个新东方示范幼儿园,干她的老本行,我答应了。开幼儿园之前,可欣去了她乡下姥姥家养病。在农村,她喝井水,吃小米饭,调养了两周,脸上有肉了,人也精神了。

飞机缓缓降落在香港启德国际机场,与内地机场不同的是,启德机场的跑道伸进维多利亚海湾。走下飞机时,我有点担心地想,飞机要是在指定距离内飞不起来或停不下来,一定冲进海里。我把这种担心讲给文萱,她听了笑得合不上嘴,她说特喜欢我这种土里土气式的幽默。

郭淇亲自开着宝马接机,和我们一见面,她和文萱就拥抱在一块,说她瘦了,她白了之类的小女人之间的话。文萱毫不避讳地把我以她男朋友的身份介绍给郭淇,郭淇十分热情地伸出手和我握了一下。郭淇给我的感觉并不是她的美貌,而是她身上的那种超越一般美女的高贵气质。据说香港的名门望族给子孙找女朋友有一定的标准,重气质而不是容貌,气质好的女人会助家族兴旺。

郭淇的家位于太平山下的别墅区,独门独院,总面积有三万多平方米,院内有游泳池,家中有三个保安,五个仆人。按当地人的习俗,男女不能在朋友家同居一室,易坏了风水。郭淇让文萱和她同住一屋,把我安排在二楼的一间客房。

吃过晚饭,郭淇开车带我们去了九龙尖沙咀,这里可以饱览维多利亚港的全景。站在路边,不远处就是大海,海风轻轻袭来,带着阵阵咸气和凉意。向启德机场方向望去,不时有一架架飞机起降,机上的红灯忽而向天空闪烁,忽而从天而降。向对面的香港岛一看,高楼林立,霓虹闪烁。

香港人有吃夜宵的习惯,晚上十点,正是香港人吃夜宵的高峰期。郭淇没有带我们去大酒店,而是去了铜锣湾附近的一家大排档,品尝香港小吃。当地的小吃品种不少,鱼蛋、鱼蛋粉、牛杂、叮叮……文萱是个小吃迷，一见这么多好吃的，乐得直拍巴掌，既想大吃一顿，又怕胃受不了。郭淇很了解文萱，就让店主将各类小吃一样做一点，都让我们尝尝。

在香港玩了两天，郭淇又带我们坐船去了澳门，白天游览了大三巴牌坊、松山灯塔、西望洋山顶主教堂。晚上，我们走进了闻名中外的葡京赌场。郭淇换了两万港币的筹码，让我和文萱试试运气。文萱去玩老虎机，运气不错，不到一个小时就赢了一万多块。我玩的是押大小，起初输了七千多。后来，我看开盘三个色子加在一起十七点出的多，就押了六回一赔五十的十七点。果然，第六回，十七点出现了，我押了二百块，一次就赢回一万，不仅把本捞回来，还赢了三千。"金三指"曾跟我说过，赌场不可久留，学会见好就收。我本来不是想赢钱的，只想试试运气。既然运气不错，不妨到此为止。

我找到赌兴正浓的文萱，见她正好运连连，就劝她撤。郭淇在一边笑着说："何先生是干大事的人。在葡京，能想到做到'刹车'的人太少了。不知多少赌客因为不会'刹车'而倾家荡产。文萱，咱们走吧！"文萱这才恋恋不舍地离开。

我们回到香港。郭淇听文萱说她感情上不顺的事，就带我们去香港最有名的一位风水先生家算算。据说，许多大老板，包括政府要员都到他这取经问道，测福祸。然而，当我们走进这位先生的家时，我不禁大吃一惊。我不得不感叹天地太小，这位风水先生竟然是我在宜春当巡警时打过交道的"乔铁嘴"。

94

"乔铁嘴"见了我，也愣住了，随后哈哈大笑说："缘分，缘分，我自从离开宜春，到了香港，就没见过宜春人，想不到今日不仅见到了，而且还是老相识。何老弟，一向可好啊？"

"好谈不上，勉强度日。"我笑着回答。郭淇见我与乔大师认识，感到特别惊奇。"乔铁嘴"听了我的话说："不用看相，单凭你穿的这身衣服，和你带来的这两个女人，你现在是人生鼎盛时期啊！不过，我记得六年前给你看过相，还说了十六个字：深不可测，福祸相倚，天堂地狱，一纸之隔。我刚才又看了一遍你的气色，有句话不知当讲不当讲？""乔铁嘴"深沉地说。我原本不想算的，算好了不信，算不好心里犯厌恶。可干妈一走，我不知今后的路会怎样。何况"乔铁嘴"现在是香港风水界的名师，也想听听他的高见。我说："乔先生，请赐真言。"

"我一生看过的相无数，但像你这样面相的人不多。你的相应了那句老话，三十年河东，三十年河西，世事盛衰会发生轮转变化。你前些年有贵人相助，要风得风，要雨得雨，一顺百顺，好运挡不住，富贵在身！不过，盛极而衰，从现在开始，你要注意了。从你的眸子看，黯淡无光，你的贵人相继离你而去，你的气数已尽，如不及早准备，恐怕要出大事。"

"会出多大事？"我有些着急地问。

"恕我直言，往轻了说，牢狱之灾，往重了讲，杀身之祸。"

"有没有解救的办法？"文萱在一边惊恐地问。

"有是有，只是怕何先生不肯听啊！""乔铁嘴"叹了口气说道。

"请先生直说。"我笑着回答，用微笑掩饰着内心的紧张。

"乔铁嘴"喝了一口茶说道："古人云：小杖则受，大杖则走，你现在面临大杖，甚至生命难保，我劝你三十六计走为上计。"

离开"乔铁嘴"的家，我在车上回味着"乔铁嘴"的话，牢狱之灾？杀身之祸？

回想自己到站前派出所以后的所作所为，贪污赞助费，步入黑道，收保护费，敲诈勒索，设计廖志雄，介绍、容留妇女卖淫……这几项，哪条拿出来都够把我送进监狱的。至于杀身之祸吗，我想还不至于，不管怎么说，我手里没人命。仅凭上述那几件事，放在一起也不足以让我的脑袋搬家。要说有点可能的话，那就是死于黑道人之手。这两年，晓凯、常五在道上没少结怨，许多人都知道我是他们的大哥、后台，他们干的不少坏事都是受我指使。为了报复，黑道上的人也有可能对我下杀手，这倒不可不防。走为上？去哪？往哪走？宜春市公安局科级干部的花名册里有我的名字，我还是刑警大队的后备干部，新东方餐饮娱乐有限公司的老板，固定资产就达三百多万。在宜春，我何东头上有衔，脸上有光，兜里有钱，手里有权，到哪都有面子。离开宜春，去一个陌生的地方，又有谁会认识我何东？又有谁会买我的账呢？干妈这个贵人虽然走了，可胡局长、盛副局长、潘大队长这些大哥还在，还有程宇光。他们还会一如既往地关照着我，培养我。这么多的贵人保我，我怎么会有灾祸呢？

可"乔铁嘴"的话，虽不可全信，但也不能一点不信。要说能让我倒霉,让我担心的还是黑道这块。自打坐到陆文正的位置，我几乎没有一天不担心，怕弟兄们出事。虽然财源滚滚，但进钱越多，加在我身上的精神枷锁就越重。我感到金钱背后的罪恶，担心有一天会恶有恶报。我每天睡得很少，很轻，很少有踏踏实实睡一大觉的时候，我真正体会到人生最大的痛苦不是贫穷，而是心灵的不安。我又想起了陆文正，这个颇有韬略的大哥在他功成名就、风光无限的时候选择了急流勇退，退出江湖，消失得无影无踪。也许他早已厌倦了这种睡不好、吃不香、每天心灵不安的生活吧！对于手下弟兄收保护费、替别人讨债要钱的事，我觉得再这么下去不行。虽然公司在壮大成长的过程中需要资金，但长期以这种形式搞钱，早晚要出事。我决定回宜春后，把收保护费的事先停了，替人讨债的事也逐渐减少。考虑到宜春人爱到歌厅唱歌，可到大场子太贵的实际情况，公司向餐饮连锁店的方向发展，多开一些小规模、收费低廉的练歌房。可欣不是要开一家最好的私立幼儿园吗，回宜春后就准备，明年春节后就开业。总之，就是要让公司，包括我自己向良性、健康的方向发展，减少灾祸发生的概率。

我对去"乔铁嘴"家多少有些后悔，他这一番话，让我想了这么多。也许世上本无事，庸人自扰之。郭淇早就看出我心事重重，她边开车边说道："何先生无须多虑，这些算命先生、江湖术士也有看走眼、失算的时候。就凭何先生一表人才，加上你在葡京赌场'刹车'这一手，足见你的内涵和功力。如此稳重、成熟的人怎么会有灾祸？"文萱用手在我的大腿内侧画了一下，笑着冲我使了个颇具意味的眼神。我明白，她想晚上跟我睡一起。她对郭淇说："少奶奶，今天我不去你家了。何东算命算得不如意，晚上，我开导开导他，你帮我找一家好酒店。"郭淇没再坚持让我们去她家，把车开到了香港有名的半岛大酒店。

95

我和文萱办完入住手续，走进了豪华客房，还没等把门关严，文萱转身扑到我怀里，搂住我的脖子，踮起脚在我的嘴唇上吻了一下，我就势将她抱起来，用脚将房门关严。文萱在我怀里，边吻着我，边用脚将高跟鞋踢掉。我把她直接扔到大床上，文萱重重地落在床上的瞬间，兴奋地尖叫着。

之后，文萱爬到我身上，摸着我的下巴子说："东哥，刚才大师给你算命，不是让你走吗？我当时真挺高兴，要不你到上海来吧！我在上海这几年已经把上海房地产的路子摸透了。我手头有五百多万的资金，你再拿一些，咱们在上海开一家房地产中介公司，我考察过，前景能不错。到时候，我们就可以天天在一起了。"

"哪有你想的那么容易啊！如果我仅是一个商人还好办，我毕竟是穿制服的警察，是刑警。别看这职业挣得不多，又苦又累，可我已经深深地爱上了这一行，在侦查破案过程中得到的那份欢乐是我内心最激动的欢乐。让我不经商赚钱可以，但让我脱下这身警服，放下我的事业，根本做不到。还有我手下的这帮弟兄，这次回宜春你也看到了，我现在是宜春黑道名副其实的老大。我得对手下一百多号人负责，怎么能因为算命先生一句话说走就走了呢。"说到这，我忽然想起自己离开宜春已经四天了。因为我的手机在香港不好使，与宜春的联系处于中断阶段，我担心单位和晓凯那边有什么事，就用酒店的电话先给康敏打了电话。康敏说队里没啥大事，入冬了，案子不是很多，她让我安心休假，陪母亲把病看好，队里的事她会处理好。我又给晓凯打了电话，电话一通，晓凯急促的声音就传了过来。

"东哥，您总算来电话了，跟您联系不上，家里出事了，'小丹东'让人把腿给打折了。"

"咋回事？谁干的？疯了，敢打咱们的人？"

"前天晚上，'小丹东'带两个弟兄到城东区嘻嘻哈哈歌舞厅收保护费，谁知来了一伙捣乱的。'小丹东'说他是我的人并出面制止，对方没当回事，双方就干起来了。咱们人少，对方四个人用镐把将'小丹东'的左小腿打成粉碎性骨折，我们已经把他送到医院住下了。"

"哪的？查清没有？"我有点生气，在宜春道上混的人可能不知道我何东，但不会不知道晓凯和常五，谁敢在太岁头上动土？

"查清了，这伙人是谭耀宗的手下。据嘻嘻哈哈的老板讲，他们来过一次，要保护费，老板因为有咱们在就没搭理。他们这次来是找茬打仗的，常五要带弟兄们跟他们干，为'小丹东'报仇，让我拦住了，就是要等东哥回来再说。"

"谭耀宗是干什么的？我怎么没听说过？"

"谭耀宗是宜春八十年代的老流氓,四十七岁了。当年与陆文正拜的大哥是把兄弟,按道上的辈分,陆哥都是他的晚辈,都尊敬他。谭耀宗上个月释放后,就回到宜春,宜春道上不少人都去看他。有的人说陆哥不见踪影,劝他树大旗,坐老大。谭耀宗也想在黑道发展,重振雄风,就收了一帮兄弟,其中不少以前是陆哥手下,后来被你开出去的人,最可气的是被咱们打折腿的韩小朋也投奔了他。陆哥出走,包括咱们公司的事,谭耀宗已掌握得清清楚楚。从他们对'小丹东'下手的狠劲看,谭耀宗下决心要和咱们争一争,斗一斗,他是想坐宜春黑道头把交椅。"

真是神奇,我刚刚萌生公司向正当生意转轨的想法,就有人出来逼宫,还打折了"小丹东"的腿,这分明是向我示威。这事要是处理不好,势必会影响公司的声誉和我的威信。

"晓凯,我明天下午坐飞机回宜春,你到机场接我。我到家之前,告诉弟兄们不许轻举妄动。对了,报警没有?"

"没有,这不等您的话吗。"

"你现在就去刑警队找康敏报案,就说我让的。我要先在公安局给谭耀宗挂个号,不管他是哪辈的,混得有多老,也不管他是什么南下支队、北下支队的。在宜春,跟我对着干肯定是自讨苦吃。就这事,姓谭的要是不给个说法,百分之百没完。"

96

第二天下午,文萱和我同时离开香港。她回上海,我回宜春。

一下飞机,我坐晓凯的车先到了医院。"小丹东"看见我,哭着说:"东哥,打我那帮人太狂了。动手前,我说我是凯哥、五哥的人,谁知道他们根本不当回事,还说将来连凯哥、五哥的腿也要打折。"我看了"小丹东"的腿,是粉碎性骨折。听大夫讲,将来即使痊愈,多少也会落下点残疾。想到'小丹东'从小就没了爹妈,出来流浪,跟我后,忠心耿耿,立下汗马功劳,刚过几天好日子,就被打残了腿。我的火一下子就蹿了上来,我对晓凯说:"你现在就去找谭耀宗,就说我说的,被打折腿的'小丹东'是何东的把兄弟,让他拿出能说得出口的解释和让我满意的解决办法。如果他拿不出来,我这有三条:第一,交出打折'小丹东'腿的凶手,不交也可以,拿出二十万,作为赔偿;第二,姓谭的要在宜春聚宾楼酒店摆酒谢罪;第三,谭耀宗回来可以在宜春道上混,但老大的位置永远是陆哥的,让他死了这条心。如果他能按这三条做,一了百了。如果做不到,你让他等着倒霉吧!他现在不是有一帮弟兄吗,我何东有两帮,我比他多公安局这一帮。敢跟警察斗,他是活腻了,看我怎么用政府的力量收拾他。看来,他对监狱的生活很习惯,那就让他去习惯的地方生活。"

　　当天晚上,晓凯在一家洗浴中心,找到了正在泡澡的谭耀宗。晓凯与他有过一面之交,是通过陆哥认识的。晓凯也泡在池子里,俩人就在水里谈了起来。

　　"谭哥,有七八年没见到您了。您是陆哥的前辈,我是陆哥的手下,算隔代人了。"晓凯先捧他几句,以表示对他的尊重。

　　"别那么说,文正是我老弟,你是文正的兄弟,你我还是以兄弟相称为好，四海之内皆兄弟吗。"谭耀宗边把毛巾搭脖子上，边说。

"我的来意，在电话里说了，谭哥已经清楚了。您的手下把陆哥手下的腿打成粉碎性骨折。被打折腿的人是城东分局刑警大队重案中队中队长何东的把兄弟，新东方餐饮娱乐有限公司也是何东的买卖，我是他的副总。刑警队长的把兄弟的腿被打残了，何队长的面子过不去。这事已经立案了，他原想直接抓人。不过，看在陆哥的面子，他让我先来跟谭哥唠唠。"

晓凯把我讲的三条一字不差地告诉了谭耀宗，谭耀宗听了哈哈大笑地说："何东在宜春的确大名鼎鼎，刑警队的队长，新东方的后台，陆文正钦定的接班人。英雄不问出处，想不到农村一个豆腐匠能混到今天这步，造化弄人，不可思议。不过，他何东拿我当小孩子吗？我四十七了，吃监狱的饭就有十年，什么风浪没见过。我出来混的时候，他还在娘肚子里睡觉哪。赔二十万？等我抢完银行再给他送去吧！赔礼谢罪？我的手下到歌厅唱歌，让老板宰了一把。我们去讨个说法，在理吧！那个叫'小丹东'的，从中打横，不收拾他能行吗？至于大哥的位置，按何队长的说法，这老大的位置还应该给陆文正留着，可陆文正已经销声匿迹，生死未卜。不管怎么说群龙应有首吧！陆文正也不知演的哪出戏，道上的规矩都让他坏了，怎么能把警察引到道上来呢？这不引狼入室吗？何东把武大可和他的二十多个弟兄都送进了监狱。这样往死里整弟兄的人，有什么资格过问道上的事？我劝他还是当好他的警察。大路朝天，各走一边。至于他要抓人吗？让他尽情地抓。但要抓我，难。我坏事的确干了不少，可他没有任何证据。你让何东别把事做绝了，他要敢抓我的弟兄，就有人敢冲他的亲人下手。他妹妹何多在站前开了家福生旅店，他女朋友叫孟可欣，是新东方的总经理。没准这两个女人会出什么意外。别把我惹急了，我谭耀宗在宜春喊一嗓子，换命的朋友能站出一堆，替我杀人的大有人在啊！"

说到这，谭耀宗从热水池出来，猛地扎进冷水池。据说这一热一冷，能刺激血管，强身健体。谭耀宗从冷水池出来，披上一块浴巾对晓凯说："还有一件事，你告诉何东，我这次回宜春，就不想再走了。在监狱蹲了十年，早把我改造好了。小偷小摸'蹬大轮'的事我不可能再干了，奔五十的人了，只想过几天安生的日子。不过，我也得吃饭呀！我不像何队长，公安局给他月月发薪，新东方天天进钱。以后，我就靠宜春这些大场子、大老板养活了。同在一个江湖混饭吃，将来有可能和何队长的弟兄共用一张桌，共吃一盘菜。我希望大家都能吃上饭，都能活。但谁吃得饱，谁饿着，这就看本事了。"说完，谭耀宗连道别的话都没说，一瘸一拐地搓澡去了。

谭耀宗的话对我不仅是侮辱，而且是挑战，说白了就想和我一争高低。话说这么绝了，我要是再找他谈，他会以为我怕他。"小丹东"还在医院躺着，这事要是不了了之，我以后还怎么带兄弟，看来一场争斗已不可避免。陆文正教过我，解决江湖上的矛盾，上等的方法是靠谋略和威慑，其次靠谈判，再其次才是打斗厮杀。不到万不得已，以不动刀枪为最高。可怎么才能既不动刀枪，又能制服谭耀宗这头猛兽呢？

97

常五听晓凯说了谭耀宗的妄语，气得暴跳如雷。他见我一直没动声色，就说："东哥，我在乡下藏了两支双筒猎枪，威力不小。我带两个弟兄把姓谭的干掉，咱们不就省心了吗！"

"把他干掉不妥，出了人命，警方必然介入调查，这一查，极可能引火烧身。谭耀宗一旦被杀，江湖上立刻就会知道是咱们干的，他的手下肯定报复。谭耀宗这人，我对他多少还是了解的，很有号召力。他养的那些人都不是吃素的。"晓凯叼着烟说。

我心里挺赞同晓凯的见解，警方一定会把谭耀宗的死同黑帮之间火拼联系起来，而谭耀宗的人和新东方结怨的事在道上已经传开了。如果追查谭耀宗的死因，肯定从新东方开始。更让我担心的是，谭耀宗提到了何多和孟可欣，看来他已经把我的底摸得一清二楚。如果处理不好，这帮小子什么事都能干得出来的。这是个难缠、心狠手辣而又不得不面对的对手使我陷入进退两难的矛盾之中。

回想起自己穿上这身警服，一路之上，遇到的坎坷、挫折、困难不少，每次我都能迎难而上，化险为夷。我的经验是，处理矛盾最好的办法不是退缩，而是面对。在谭耀宗的问题上，如果我让步，那么我将无法在黑道混下去，也无颜面对晓凯、常五这帮弟兄，离开江湖将是我唯一的出路。但我不甘心以这种方式离开，还有我的新东方也会因此而走向衰落之路，看来，我必须也只能打赢这场战争，我已没有任何退路。

我从包里抽出一支烟,晓凯为我点着。我吸了两口,吐了个烟圈说:"既然谭耀宗非要跟我比个高低,分个胜负,那我只有奉陪到底了。别忘了,我是警察,手里有枪,手下有人,怕他?笑话。我要让他变成第二个武大可,黑不与官斗的古训他都忘了,那就让他来吧!常五,你明天去乡下,把那两支猎枪取回来,放到车的后备厢,做好干掉'跛豪'的准备。这是最后一手,也是万不得已才用的一手。"

我决定和"跛豪"斗一斗,让他知道,也让他见识见识刑警的铁拳。他不是说我没什么证据吗?那我就先冲打折"小丹东"腿的四个凶手下手。我派潘展公、彭亮秘密来到嘻嘻哈哈歌舞厅,找到了老板和几个服务员,把谭耀宗的手下到歌舞厅找茬闹事以及他们使用镐把打折"小丹东"腿的证词拿了下来,这一行还有个意外的收获,他们在打"小丹东"的同时,还把歌舞厅一套价值两万多元的音响砸坏了,老板怕报复,没敢报案。这回出师有名了,这几个人涉嫌寻衅滋事罪、伤害罪和故意损坏公私财物罪。

前期准备完成后,我让晓凯派弟兄去查打人凶手的踪影。两天后的晚上七点钟,晓凯接到信儿,打"小丹东"的四个人正在鱼香肉馆喝酒。我亲自带领彭亮等六名侦察员来到鱼香肉馆,我们装作吃饭的客人走进饭店。果然,在一间小包房,有四个男子正在饮酒。我们冲进去将他们摁住,当即在其中的两个男子身上搜出两把匕首,在他们开来的捷达车后备厢发现十把镐把,其中的两把还有血迹。

回到刑警队,被抓来的四个人很快把到嘻嘻哈哈夜总会收保护费及打折"小丹东"腿的事全交代了，砸坏音响的事也承认了，但就是不供他们是受谭耀宗的指使，而我最想要的就是这个结果，我觉得这几个小子收拾得轻，亲自动手，把他们打得鼻青脸肿。其中的一个撑不住了，说他们拜谭耀宗为大哥，谭哥让他们到场子去赚钱，至于怎么赚，让他们自己悟，有事谭哥罩着。

看来谭耀宗的确有一手，身居幕后，不上前台，连说话的把柄都不留下，看来想通过他手下这个口子拿他，证据不足，不具操作性。不过先把这几个人刑拘，杀杀他的威风。

不出我所料，被刑拘的几个人的亲属知道谭耀宗是后台，就凑了五万块钱，让他找公安局的人说情。谭耀宗吃不住劲了，派人找到晓凯，想跟我谈谈。我让晓凯告诉他，东哥没时间。他见这招不行，又托分局刑警大队的一个刑警给我送来五万块钱，让我把人放了。我知道谭耀宗这种人什么屁都拉，也想捉弄他一下，就假装把钱收了，装出一副给他办事的样子，可我转手就把钱交到分局纪检组。

一周后，谭耀宗见我没啥动静，就找晓凯，晓凯不露面，找给我送钱的刑警，我就躲出去，不着面。这一等又是两周。谭耀宗以为我收了钱不办事，就让被抓的家属去告。可当市局和检察院来调查时，分局纪检组的岳组长说这纯属诬陷，何东当天就把钱交到纪检组了。

98

我抓了谭耀宗的人,又戏弄了他,让他很没面子,我取得了第一回合的胜利。可还没等我把微笑的嘴合上,谭耀宗就出手了。两天后的一个晚上,我妹妹何多在去超市买东西的路上,被人用锥子扎伤了屁股。因为天黑,何多只觉得屁股一麻,谁扎的根本没看见。不用说,肯定是谭耀宗派人干的。谭耀宗对此事也不回避,托人给我带话,说他对这件事负责。还说这次给何队长面子。如果何队长再不识相,下次就破何多的相,再下次的目标就是可欣。

我深知这伙人的毒性,说得出干得出。我让国子回旅店,把何多和母亲送到可欣的姥姥家和可欣一起在那休息一段时间,等我搞定谭耀宗,再接她们回来。

可怎么搞定?宜春不少场子的老板都在观望我和谭耀宗的这场争斗,关注的人越多,这个面子越重。双方都下不来这个台啊。谭耀宗不倒,让我寝食难安。

像收拾武大可那样收拾谭耀宗几乎不可能,这人蹲了十年大狱,啥都明白,不会轻易留下罪证。我去找他谈?不行。他找我我都没理他,我主动找他,他肯定一还一报,撅我一回。再说,谈什么呀?一山难容二虎,只有一山一虎,此事才会平息。"跛豪"已经成为我的心头大患。我想起常五的话,干掉他。也许只有他在这个世界消失了,我就消停了,心也就安了。可杀人毕竟不是儿戏,一旦败露,参与的人是要掉脑袋的。谁去干?怎么干?杀完之后如何处理后事?

我是不可能亲自动手杀人的,倒不是胆量大小的问题,而是源于我是警察,一个在一线专门破大案的警察,从心理上无法下手。由谁去完成这个常人不敢也无法完成的任务呢?据说谭耀宗每天出入时,身边至少有两个弟兄跟随。光靠一个人是完成不了这么大事的,咋也得三到四人才行。晓凯、常五跟陆哥在道上混了多年,跟我也有两个年头了,讲义气,为朋友肯两肋插刀。我让他俩干,他们会同意,尤其是常五,早就想靠枪杆子解决谭耀宗,何况谭耀宗又直接威胁到公司和弟兄们的利益,除掉他,也是为了维护公司的利益。还得再找一个人,"小丹东"很合适,可他已经跟我请假,回丹东老家养伤去了。我身边最近的人中,只剩国子了。这个我儿时的伙伴,自从进城后,帮我开旅店,开出租车,后又在晓凯手下混事,现在是醉秋风歌舞餐厅的总经理,独当一面了。公司每月给他开两千块钱,配公车,户口也进了宜春。国子他妈知道儿子在城里混得有模有样,乐坏了,逢人便说我的能量和恩德。她让国子忠心不二地跟着我,报答我。就算他一个吧!这事办好了,也算对我的报答!

离一九九九年的春节还有十天的一个晚上,我把晓凯、常五、国子约到香舟的高间儿。对我的这次正规的邀请,他们三个人感到很意外。别看我们平时总在一起,但在一个桌上吃饭的时候并不多,尤其是去香舟五星级的馆子。更让他们惊奇的是四个人吃饭却摆了五把椅子,正对门的主位空着。晓凯问我是不是陪贵宾吃饭,我笑而不答。

我点了八道菜。晓凯说四个人六道菜就够了。

"这你就不懂了,点菜不能点六道,忌讳。"我神秘地笑着说。晓凯、常五忙问为什么。

"古代官府在死刑犯行刑前,给犯人做六道菜,叫归天宴。所以点菜不能点六道,不吉利。"我得意地做着解释。也许是巧合,也许是天意。我虽然点了八道菜,但和古代的六道菜一样。我们四个后来都被判了死刑,这顿饭真成了我们四个人的归天宴。

菜上了桌,都是鱼翅、鲍鱼类的名菜,仅一盘鲍鱼就得一千多。晓凯觉得有点异样,但没作声。国子从未来过这么高档的饭店,摸着晶莹别致的餐具爱不释手。常五觉得不对头,问道:"东哥,今个啥日子?吃饭行,怎么跑这么高档的地方?还叫了这么好的菜,东哥是不又要升官了?"

"常五越来越会说话了。东哥不升官就不能在香舟请你们吃顿饭吗?"我觉得常五人憨,特像水浒中的李逵、三国里的张飞。

我让服务员取来两瓶五粮液,亲手打开其中的一瓶,站起身,给他们仨人倒满。而后,我让服务员出去,有事再喊她。我回到座位,举起酒杯说:"快过年了,我挺想一个人,想跟他喝顿酒,可又见不到他,你们知道这个人是谁吗?"

晓凯、常五、国子互相看了看,摇了摇头。

"陆哥陆文正。"

三个人恍然大悟。

"今天这个主位我仍给陆哥留着,在我心里,他永远都是宜春的大哥。陆哥出走快两年了,这两年我没少下功夫找他,可他音信皆无。看样子,他归隐的决心很大,我们恐怕很难再见到他了。当年,他把这份家业和你们这些兄弟交给我,尤其是希望我带着大家走正道,我深感责任重大!男子汉大丈夫活在世上,就是要成就一番事业,要干大事,否则枉活一生啊!是陆哥给了我这个机会,他还教会了我许多做人的道理。这第一杯酒,我们敬陆哥。"说完,我举杯冲主位举了一下,一饮而尽。他们仨人也效仿我,全干了。晓凯从兜里掏出手帕,摘下眼镜,擦了擦眼睛,然后起身为我和常五、国子把酒倒满。

99

"东哥,我知道您是个重情重义的人,这么长时间了,你还记着陆哥,可见你的为人。晓凯过去跟陆哥混,现在跟着东哥干。一生遇到这样两个领路人,是我的福分。我现在出门有车,每月高工资,这一切都是东哥、陆哥给的。今后,为东哥,为公司,上刀山,下火海,我胡晓凯决不后退一步。我敬东哥一杯,我干了。"说完,晓凯把酒倒进嘴里。我也干了。第二杯酒下肚,我的脸有些发热,开始上脸了。常五给我俩把酒倒满。我举起杯说:"小时候就盼过年,因为平时吃得不好,只有苞米楂子粥、土豆炖白菜。过年就不同了,有鱼有肉。说起来不怕你们笑话,年三十那顿晚饭,恨不能都吃进肚里去。哪像现在呀,想啥吃啥,甚至都想不起吃啥好。国子,咱小时候敢想到宜春最好的酒店吃饭吗?那时寻思这辈子能去趟宜春,吃顿油条浆子就行了。如今,咱们有了公司,有了家业,日子越过越好,来,为了新东方,咱们干了。"

三杯酒下肚，我们四个都有些高了。我也有些醉，但脑子很清醒。我请他们到香舟，绝不是怀念陆哥，更不是叙旧的。我有个急迫的想法，要跟他们三个摊牌——杀谭耀宗。

"今天咱们哥几个喝酒，还为我的一桩心事。这件事搞不定，我是觉难眠，食无味，可称得上是我的心腹之患。我思来想去，想了很久，把你们三个找来商量一下，我要干掉谭耀宗。"

说完，我装作用毛巾擦脸，顺带用余光扫了一下他们，看看他们的表情。常五表情正常，没啥变化，更没有丝毫的惊讶，看来他赞同我的主张。晓凯眉头一皱，表现出很突然的神情，看来他对这件事仍有疑虑，不大赞同。国子也许喝了酒的原因，一直很亢奋，一副满不在乎的样子。

我见时机成熟，就把我的打算和盘托出。

"之所以萌生了这个念头，都是谭耀宗逼的。他仗着在宜春道上的老底和'南下支队'的招牌，非要跟我比个高低，做宜春大哥。目前我俩僵这了，宜春道上的人都看着哪，谁都要这个面子，谁也不会做出让步。要么我倒下，他站着。要么他倒下，我站着，别无选择。如果我妥协，今后就甭在道上混了，甚至在刑警队都混不下去，更要命的是咱们公司的利益将大损。他要是赢了，今后宜春场子的老板还会买咱们的账吗？一年一百多万的保护费，八十多万的摆事提成款都得进谭耀宗的腰包。没有这些，我们还能每月开着工资，车接车送吗？我也想过卸他的那条好腿，让他告别地面坐轮椅。可一想，以谭耀宗的风格，只要他还有一口气，就还得和咱们干。何多的屁股都给扎了，没准下一个目标就是对准咱们哥几个。所以，不等他干掉咱们，咱们先把他剎了。现在只有他彻底倒下，我们才有安生日子过。当然，杀人是要掉脑袋的，你们跟了我这么久，也知道我从不蛮干。这件事做成了查不出来的把握有八成，要干就在城东区干，这是我的管辖范围。一旦把他杀了，我们重案中队肯定要上这个案子，到时我会好好给我的手下和上级确定一条侦查方向，顺着这条线查到天边都查不明白。我作的案，由我去破，除非我疯了去自首，否则谁也甭想查出来。"

晓凯听了我的话，尤其是听到在城东区我重案一中队的一亩三分地干这起重案时，心里有了点底儿，他点了点头说："这样就稳妥多了，既然东哥有八分的把握，那就干，我听东哥的。"常五在一边接过话说："把谭耀宗这样的人物杀了，道上的人知道是咱们干的才好哪，看谁还敢跟咱们斗。杀了他一个，至少能换来十年的平安与和平，那两支枪，我已从乡下取回来了，就放在我车里，就等东哥一声令下。"

国子已经多了，满脸通红，嘴哆嗦着说道："杀，杀，把敢和东哥作对的都杀了。我这辈子就跟东哥干了，谁要跟东哥过不去，就是跟我过不去。"

我没理会国子的豪言壮语，让常五去吧台拿个湿毛巾给国子敷敷脸，而后对晓凯说："给你个任务，从现在起全力追踪谭耀宗。他的车牌号你不知道吗？一旦发现，不管几点钟，马上给我打电话，我二十四小时开机。你们几个的手机也要做到二十四小时开机，保证随叫随到。我的车里有两副假车牌子，你和常五一人拿一副，分别放你们车上。一有谭耀宗的消息，你们先把假牌子挂上，再开车过去。"

晓凯、常五连连点头，晓凯说："我再买几双女式黑色长筒丝袜，干活时套脑袋上，不露脸。"

100

商量好做掉谭耀宗的计划后，我的心里踏实了许多，好像谭耀宗已经倒在晓凯、常五的枪口下，永远消失在我的世界里。离春节不到一周了，我面临着又一项折磨人的任务——送礼。这一年来，我的买卖越做越大，自己的地位稳如基石，得益于良好的人际关系，尤其是各级领导的爱护和关照。借过年，我该好好表示表示。我拿着礼物，首先来到胡局长的办公室。他正在看材料，见我进来，笑着摆摆手，让我在沙发上坐下，说："何东，你在刑警这一年干得不错呀！"

"还行，我这个人，只要有活干，有事干，在哪都一样，但无论在哪，都得把活干好，不出活，干不好，别说领导，我自己都觉得对不起自己。"

"我就喜欢你这一点，当初程局到城东提你当警长时，我对你不大了解，心里有些不认可。但程局说话了，理解要执行，不理解也要执行。自打你当上警长，尤其到刑警队之后看出来了，你小子的确有一套，城东分局这几年露脸的案子几乎都有你的影子。程局这个伯乐相中的是匹千里马呀！最近去程局那没有啊？"

我见胡局提起程局，想提高一下自己的身价，就顺杆往上爬，吹嘘地说："去了，上周我去了他家。程局家不像个局长的家，倒像是大学教授的家，书太多了。我托朋友在香港给他买了套港版的《中国通史》，程局爱不释手。他还说盼着退休，到时有时间，好好过过读书的瘾。"我编得很逼真，程局确实爱看书。

"是呀！我们都应向程局长学习呀！不读书，不学习，别说当不好领导，想做个合格的民警都难啊！不过，我得提醒你几句，你小子有能力，有政绩不假，但这一年来市局、分局收到反映你各种问题的举报信不少啊，有的写得很严重。虽然最终都查不实，但无风不起浪，这说明你多少还是有对自己要求不严的地方，还要多磨炼。我品了，你总喜欢站在风口浪尖，锋芒外露，这是不成熟的表现啊，记住，木秀于林，风必摧之。要学会收敛，学会示弱，否则你的麻烦会更大。"

"谢谢胡局的教诲，我一定牢记在心，不辜负胡局的培养和殷切希望，把工作干好，为分局争光。要过年了，我想表示一下心意。可我知道，胡局是出了名的廉洁领导，送钱您不收。我前一段时间去北京陪母亲看病，在商场给您买了块手表，留个纪念。这表就如同过去同志之间送个茶杯、钢笔一样，是个纪念品，您千万得收下。"

说完，我放下表盒就走了。胡局刚要起身，我已离开了他的办公室。这块表花了四万八千元。

离开胡局的屋，我路过廖政委的办公室。屋门开着，他正在看报纸。我原打算也给他买点东西，可听盛副局长说，廖政委在市局、分局收到反映我的举报信后，主张对我这样的问题干部好好查查，即使查不出什么问题，也要加强思想教育，诫勉谈话。他还建议把我从重案中队长的位置上撤下来，怕我将来出大事。好在胡局、盛副局长为我据理力争，说我这几年屡破大案，功勋不小，还是刑警大队的后备干部，这才保住我。他既然对我看法不少，那就由他去吧！如果我给他送礼，还不得把我挂墙上示众啊。甭理他，只要胡局在，他不敢把我咋样。在城东分局，我抱住程局、盛副局长这两棵大树足够了，他俩足以为我遮风挡雨。

打点完胡局。我又给盛副局长、潘大队、孙洋、程小宇分别买了些礼物。新东方的邵总这一年对我的帮助最大，没他这块牌子，新东方不会赚那么多。除了上交管理费外，我给他个人送去五万元。

大年三十的上午，我先开车来到我在站前派出所时的师傅徐厚家，徐厚这几年身体一直不好，糖尿病很严重，天天打针，爱人下岗了，负担更重了。我给他扔下两千块钱，徐厚流泪了，说想不到我还惦记他，他说他女儿快上大学了，万一考不上，让我帮着找个差不多的学校，我答应了。随后我又到了曹建民的家，这是一套新房，有一百多平方米，是曹哥牺牲后，组织出面帮助调换的。我进屋时，嫂子和青青正在屋里贴福字。建民的父亲被他弟弟接走了。青青见了我，高兴坏了，搂着我的脖子，在我脸上亲了一口。

"嫂子，过节了，我挺想青青的，来看看孩子，一会儿我带她去吃肯德基。这有三千块钱你拿着，想吃啥就买啥，别太仔细了。"曹嫂现在也是警察，在南市分局户籍科工作。她一见我拿钱，眼泪下来了，说："何东，我现在最怕过年过节，一到这日子，就想你曹哥。别人家团团圆圆的，我们家却缺了一口。

建民在世为人不错，前两天潘大队和孙洋也来了。谢谢你还记着我们孤儿寡母。"

"嫂子，建民大哥虽然牺牲了，但在我心里，他永远都活着。"说完，我拉着青青走了。

101

我先带青青去了一家商店，从头到脚给她换了身最时尚的新衣服，又领她去了肯德基。青青要了三样，鸡翅、鸡腿、鸡米花。孩子吃着吃着，速度慢了下来，我一看，青青哭了。不用说，她想爸爸了，想爸爸带她来吃肯德基的情景。是呀，没有父亲的孩子太可怜了。

我把青青送回家，开车来到鞭炮市场，买了两千块钱的鞭炮，将车的后边塞得满满的，随后直奔可欣乡下的姥姥家。妈妈、可欣、何多都在那。我们一家没回乡下的家过年，我担心谭耀宗把我乡下的底也摸过了。我不怕他，但我怕他伤害我家里人。

我有一个多月没见到可欣了。她这段养的，脸上红润了不少，人也比当总经理时精神多了，我仿佛又看到在幼儿园上班时的可欣。我们吃完年夜饭，把满车的鞭炮卸在院子里，摆了个一字长蛇阵。点燃之后，整个院子响声震天，浓烟滚滚，足足响了十分钟。

农家说道不少。客人来，即使是夫妻也不能住在一起。我原打算挨着可欣睡，但可欣的姥姥不让，让我挨着我妈睡。可欣和何多睡在小炕。自打我离开农村，快七年了，我还是头一次挨着妈睡。妈说:"东子,你也不小了,过完年三十了。这要是在咱们乡下,我的孙子都得十岁了。我看过完年,选个日子,你和可欣把婚事办了。也了了我的心愿,这也是你爸的心愿哪。"

七年了,每次和妈见面,都是急匆匆的。我们几乎没有长时间在一起聊过。今天妈妈像有很多话要说,有很多事要交代似的。首先她就提到我和可欣的婚事。结婚?我还真没细想。其实可欣挺可心的,是个贤妻,尤其对我妈,特尊重。她很懂我的心思,从不提结婚的事。她说过,只要我心里有她,结不结婚无所谓。如果我心里没有她,结了婚又有什么用。她最大的理想就是开个幼儿园,我们已商量完,过完年就从公司拨一笔钱,操作这件事。从我的内心讲,我不想结婚,一方面,这些年我在外面打拼忙碌,跑野了,也跑疯了,我担心自己不会习惯有家的生活。另一方面,我的心里还是放不下文萱,尤其这次香港之行,她和我在一起很快乐。我们在机场分手时,忧郁又挂到她的脸上,她竟然在我怀里哭了,好像再也见不到我似的,我感觉她的心里装的全是我,而且她还说过希望我能去上海。

细品我生命中的三个女人,文萱漂亮高雅;中贺现代狂野;可欣清秀纯洁。一个男人一生能拥有这几个特点的女人,可以说死而无憾了。我都曾深爱过她们,但要说在我的骨子里最爱的,也是最难舍的,还是文萱。我也动过按"乔铁嘴"的说法,去上海发展的心思。可又一想我去上海好办,可我一走,宜春的事业怎么办?可欣怎么办?还有晓凯、常五这帮弟兄,我舍不下这些呀!唉!等处理完谭耀宗这件事以后再说吧!我越来越感到人在江湖，身不由己的无奈。我已经不是我自己，不是何东，我不知道我究竟为谁活着，为什么而活着。

妈说得也有道理。她这些年不容易，父亲早逝，她又大病一场。好在我这些年总算熬出点模样，这是她唯一值得欣慰的。作为老人，她现在最大的心愿就是我结婚生子，我和妹妹都能平平安安。这次妹妹被扎，我没让妹妹告诉妈真相，怕她担心。

"妈，这事我会考虑。等过完年手头的几个事处理完，我就研究结婚的事。我已经在宜春东湖小区买了套一百八十平方米的房子，四室两厅两卫，节后就装修，到时你和妹妹都跟我住一起。等将来妹妹出嫁时，我再给她买套房子。我的婚事不办则已，要办，就一定办得亮亮堂堂，让您老人家风光风光。"

"妈年龄大了，还风光啥，只要你和你妹健康平安就行。一过年我就想起你爹，他要是活着，看到他的儿子这么出息，多好！可他没那个福啊！"

我在乡下住到初二。初二一大早，我就开车回宜春了。我先来到分局，到队里给值班的同志拜年，恰好碰上刚值完班的潘大队。他见到我，张罗着要打麻将，放松放松，过年吗，还把一起下夜班的综合中队的李队长和侦察员小蒋叫了过来。潘大队让我找地方，我想起香舟，一〇二八号房间里就有麻将桌。

我们来到香舟，让服务员取来麻将，玩了起来。我今天的牌很顺，手气好得出奇，四圈就赢了两千多。正玩着，晓凯、常五给我打电话。他们闲着没事，要给我拜年。我让他们到香舟，中午一起吃饭。二十分钟后，晓凯又来电话了，他的声音很急促，也很激动。

102

"东哥,你猜谁的车在香舟门口停着呢?"

我一听就明白了,晓凯说的一定是谭耀宗的车。我怕潘大队他们听见,就来到里屋,低声说:"是不发现谭耀宗的车了?"

"是的,他昨晚可能住在香舟。"

"好,马上准备行动,通知国子到香舟集合。晓凯,别用你和常五的车,借辆捷达,换上假牌子。捷达车在宜春遍地都是,不起眼。千万别在香舟门口干,这地方敏感,容易被人发现。谭耀宗出来上车后,你们开车跟着,等他到地方就下手。"

我又回到麻将桌前,继续打麻将。这回我的心有些慌,一连打错好几张牌。李队长说我讨好潘大队,故意让他吃牌。

半小时后,晓凯又来电话了,我赶忙到里屋接。晓凯告诉我,谭耀宗从香舟出来了,只领着一个二十多岁的女孩儿,没带其他弟兄,谭自己开车。我告诉他按刚才部署的下手。

谭耀宗拉着他的女朋友,直奔城东区的江山路,那有家夜总会,叫猛龙,是谭耀宗的一个兄弟开的。谭耀宗闲着的时候,喜欢去那打牌。当他的车距离猛龙不到五十米时,晓凯开车超过了他的车,突然横在他的车前。谭耀宗一脚刹车停住,晓凯他们头戴丝袜冲下车,国子和常五各拿一支猎枪,将驾驶座边的玻璃打碎,对准谭耀宗头部连开三枪,他的头顿时出现几个洞,鲜血喷了出来。谭耀宗的头一歪,倒在女友的身上。她女友虽没伤着,但吓昏过去了。

晓凯三个人迅速上了自己的车,扬长而去。此时是正月初二的上午十点十分，整个杀人过程不到三十秒。因为过节，枪声与鞭炮声混在一起，加上马路上行人稀少，几乎没有谁注意刚刚发生的一切。猛龙夜总会的保安见马路上停着一辆车，以为出了车祸，跑到跟前一看，才知道出大事了。保安将手往谭耀宗的鼻孔一摸，发现他早已断了气。

城东分局指挥中心接到报警后，第一时间通知了正在和我打麻将的潘大队。潘大队今天的手气不好，输了不少钱，正恼火，一听说发生了杀人案，而且是持枪杀人，火大地说："我说咋这么背，大过年都不消停，又被打死一个，走，马上去现场。"

我们到达现场时，附近派出所的民警正在保护现场。谭耀宗倒在驾驶座位上，他的女友被送到医院抢救。市局主管刑侦的副局长荆震东带领刑侦支队的领导及侦察员赶到了。潘大队马上和分局胡局长、盛副局长联系，因为市局领导到了，分局主要领导必须到场。

市局的技术人员对现场进行了勘查。经法医验尸谭耀宗头部中了两枪，脖子中了一枪。技术人员在车的周围找到了三个猎枪子弹弹壳。从猛龙保安那里得知，被害人叫谭耀宗，无业，曾因抢劫被判刑十年。三个月前，他刚释放回来。

一听说死者是谭耀宗，荆副局长说："江湖上又一个大佬倒下了，看来这个案子不简单，杀手目标明确，作案手段凶狠，是有备而来啊！"他给在外地父母家过年的程局打了电话，报告了案情，又通知各分局主管刑侦的副局长马上到城东分局研究案情，部署侦破工作。

胡局长让潘大队把刑警重一、重二的人马都召回来，案发地附近的五个派出所民警停止休息，马上到所待命。

对这样的现场安排和部署，我是再熟悉不过了。不过，我心里多少有些慌张，这可是一条人命啊！我隐约感到一丝凉意，说实话，这时我对杀谭耀宗有些后悔，觉得自己做得鲁莽，我担心万一案子破了，后果不堪设想，杀人偿命。我们是用四条命换他一条命啊！我故作镇静地给康敏打电话，让她通知队里的刑警，马上到分局集合。随后，我又偷偷地给晓凯打了电话，他说已把借的车还了，车牌换回来了，枪支已藏好，都各回各家了。

案情分析会上，技术人员说除了弹壳以外，现场没有提取到任何有价值的物证。市局刑警汇报了刚才对现场周边的居民进行走访的情况，不少居民听见三声枪响，但都以为是鞭炮响，没人见到凶手的杀人过程。只有附近一个烟摊的业主记住了那辆驶走的捷达车的车牌号宜A××××。经查询，这个车牌号是假的。谭耀宗户口所在地南市分局永康派出所的卢所长来了，他详细介绍了谭耀宗这些年的生活经历，重点谈了谭耀宗刑满释放后，在宜春拉杆子，树大旗，纠集"两劳"释放人员在一些场所收保护费的情况。我觉得这是个转移侦查视线的机会，就起身说道：

"我是刑警重案一中队长何东。不久前，我们打掉了一个收保护费的团伙，他们打着谭耀宗的旗号，在我管内的嘻嘻哈哈夜总会收保护费时，将老板朋友的腿打折了，还砸坏了夜总会的音响。我们已将这四个人刑拘，原想在这四人身上找到突破口，查出谭耀宗组织领导黑社会组织的证据，但收效不大，证词体现的不明显，证据不足。谭耀宗在宜春的场所胡作非为，寻衅滋事，得罪了不少老板。从这几个凶手杀人的手法上看，有职业杀手的痕迹，会不会是场所老板雇凶杀人？另外，我听说谭耀宗喜欢玩女人。他临死前还拉着一个二十多岁的女孩儿，是否有情杀的可能性？"我讲完后坐下，从兜里拿出一支烟。也许是激动，也许是内心的胆怯，我的手指有些发抖，划了两根火柴才把烟点着，满屋的警察和领导谁会想到，我就是这起杀人案件的主谋。

103

荆副局长对我讲的谭的手下收保护费的事很感兴趣。他说："城东分局对涉黑组织露头就打，并已刑拘了谭耀宗的手下，做得很好。从谭耀宗刑满回宜春的种种活动迹象看，他的确是在组织黑社会团伙，并已经有了雏形，开展了一些犯罪活动。他的死有两种可能：一种是刚才何东讲的个别场所老板受其欺负，雇凶杀人；还有一种可能就是谭耀宗的涉黑活动触动了宜春原有黑帮的利益，新旧两种势力火拼，争地盘，旧势力将其杀死。我觉得通过对这起案件的侦破，有可能将宜春黑社会的组织体系翻个底朝上，弄好了可以全部摧毁。至于情杀吗？可能性微乎其微，因为个女人，找三四个拿猎枪的杀手行凶杀人，不大现实。"荆副局长正说着，去医院调查与谭耀宗同车女人的侦察员回来了。据谭耀宗的女友回忆，凶手是三个人，都戴着袜套，其中两个人持双筒猎枪，驾驶一辆白色捷达车，她当时以为发生了车祸。出事之前的晚上,她与谭耀宗在香舟住了一宿。荆副局长听完,示意侦察员坐下。他接着说:"刚才我已给程局打了电话,他明天就从外地回来。他指示,对这起光天化日之下持枪杀人案件要迅速侦破。相关单位和人员要结束节日休息,马上投入到案件侦破中。市局、分局组成联合专案组,以城东分局为主,市局刑侦支队一大队配合,我任专案组组长。会后,专案组马上对谭耀宗的所有接触关系开展调查,从中发现可疑人。各分局要针对此案组织各派出所进行摸底。我对这起案件的侦破决心很大,希望大家别把心思放在过年上了,争取早点把案子破了。此案不破,决不收兵。"

荆副局长的话让我心里一阵阵地发凉,我有些后悔刚才转移视线的那番话,视线没转移,反倒将侦查方向引到打黑这边来了,尤其是荆副局长提出的新旧两派黑势力火拼,争地盘,这极可能引火烧身,将新东方,包括晓凯、常五暴露出来。

会议一结束,我来到分局楼外,又给晓凯打了个电话,让他把两支猎枪送乡下藏起来。新东方洗浴没回家过年的小姐全部放假,何时上班,听候通知。我还让他以新东方餐饮娱乐有限公司的名义给宜春敬老院、孤儿院各送去五千块钱的大米、白面和豆油,找个电视台的记者跟着去,在春节期间把这条消息发出去。

胡局长和市局刑警支队一大队张大队长碰了一下,就侦破任务做了分工。城东分局负责现场周边的走访及对谭耀宗各种接触关系的调查,市局一大队负责督促其他各分局的摸底工作及对谭耀宗组织黑社会、收保护费的事进行调查。我们重案一中队负责对谭耀宗的接触关系进行调查,这正合我意。

　　我和康敏各带一路人马,从初二案发到正月十五,一天没休,将谭耀宗的所有接触关系都查了。上来一些好线索,比如谭耀宗的一个朋友反映,谭耀宗与新东方餐饮娱乐有限公司的副总胡晓凯矛盾很深,谭的手下收保护费与晓凯的弟兄收保护费撞车了,双方结了梁子,要干。对于这些足以使这起杀人案败露的线索到我这就被吞没了。专案组一天一开会,一天一碰头,重案一中队只有我有资格参加汇报会,我咋汇报,汇报啥,手下人根本不知道。转眼间,二十多天过去了,案件无突破性进展,我心里暗暗高兴。再过一段,新的大案子一发,这起案子就得挂起来,我紧张的心情轻松了许多。

　　就在我暗中得意之时,宜春市委调整了宜春市公安局领导班子。

　　对于这再正常不过的人事更替,我感到特别失望。我通过干妈认识了程宇光,又通过小宇,与程家处得不错。程氏父子这几年对我帮助不小,甚至可以说,没有他们,不可能有我的今天。干妈走了,程局长又调任他职。我忽然想起"乔铁嘴"说的话,"你的贵人相继离去,你就要大难临头。"难道这一切都是上天安排好的?贵人走了,我的末日真的快到了吗?我的心在杀掉谭耀宗产生恐惧之后,又增加了一丝不安。我给小宇打了电话,怕他因受父亲离职的影响,产生失落感,提出请他吃饭,还想去他家看看程局长。小宇说吃饭过一段再说,他挺好的,没啥。他家老爷子说了,这段儿谁也不见,想在家好好休息休息再说。我告诉小宇,我对他一如既往,有事缺钱,只管跟我说,小宇连连称谢。

104

随着程宇光的离去，宜春的公安民警都把目光对准了新来的曾与峰。许多人通过各种渠道打听曾局长是个什么样的人，喜好什么，得意什么样的干部，看不上什么样的干部，甚至连他的老家在哪，他的妻子儿女干什么的都研究。我也不例外，想如何才能攀上曾局长，确保我仕途、商途平坦无忧。

曾与峰今年四十八岁，出生在大林市市郊一个偏僻的屯子里，自幼丧父，母亲靠做煎饼供他上学、当兵。一九八三年，他从部队转业后分到宜春市检察院。他从基层干起，一步步走上副检察长的岗位。他最大的喜好是看书，肯钻业务，是中国政法大学的研究生。他为人低调、清廉，在市检察系统口碑极佳。我没见过其人，据说他个头不高，瘦弱，看上去文质彬彬，更像是个书生。不知道这个书生样的局长能给宜春市公安局带来什么，又会给我带来什么。

一转眼，曾与峰走马上任半个多月了。但我没听说市局召开大会，曾与峰也没做施政演说。听人说，曾局长上任后一直扎在基层，喜欢微服私访，许多分局、派出所都留下了他的足迹，但他访问过的单位领导都不知道这位局长已到过他们的单位。

曾与峰还有个习惯，愿意打出租车满城转，不喜欢坐公车。他怕坐公车私访难以获得宜春公安局和宜春市社会治安的真实资料。

一九九九年三月初的一个晚上,曾局长带着秘书江帆坐上一辆出租车。他想到宜春站前看看夜晚治安的情况,一上车,他就同出租车司机聊了起来。

"师傅,我们是外地的商人,想到宜春投资做买卖,不知宜春地面的治安怎么样?"

"治安?凑合事吧!说不上好,也说不上坏。但要我看,将来好不了。"出租车司机是个五十多岁的老师傅。

"为啥说将来好不了啊?"曾与峰来了兴趣,问道。

"你没听说宜春社会流行个顺口溜吗?叫警察领导黑社会,胡作非为也没罪。"

"这话怎么讲?警察是打击黑社会的,怎么会领导黑社会呢?"曾与峰问话的时候,出租车正好到了站前新东方洗浴中心的附近。出租车司机用手一指新东方洗浴中心的霓虹灯说:"看见没?那家洗浴,里面有三十多个卖淫小姐。开这家洗浴的后台老板就是公安局的。我的出租车天天晚上在他家门前等活,里面可火了,不信你进去看看。"

"公安局谁开的?"曾与峰问道。

"城东分局刑警大队的何东,他手下有一帮弟兄,其中,胡晓凯就是这家洗浴中心的总经理,还有个叫张常五的是醉秋风歌舞餐厅的总经理。他们都是宜春黑社会的大哥级人物,可在何队长面前,俩人恭恭敬敬的。我就看见过多次,胡晓凯亲自给何队长开车门。你说不是警察领导黑社会是啥?"

"噢,这洗浴有这么多小姐,就没有人管吗?"

"谁管?现在是官官相护。能管的,该管的与何队长都认识,都称兄道弟的,还管啥?"

"你怎么知道胡晓凯和张常五是黑社会?"

"宜春社会上的人都知道。他们到场子收保护费,如果谁不交,第二天不交钱的场所就得出事。以前站前这有六七家歌舞餐厅,现在就剩一家了。就因为那些家歌舞厅抢了新东方的生意,全让胡晓凯他们给搅黄了。光搅黄还不够,还得低价兑给新东方,醉秋风、如梦醒以前都是别人的,现在都变成了新东方的子公司了。前几天有个叫谭耀宗的,也是个老大,他跟新东方争地盘,据说是让新东方的人给杀死了。"

曾与峰没吱声,他使了个眼色,让江帆装作客人到新东方洗浴看看,他在车里等着。二十分钟后,江帆回到车里说,洗浴里奥妙无穷,与出租车师傅讲的,有过之而无不及。

曾与峰当晚回到市局,将荆副局长找到局里,详细问了谭耀宗被杀案及侦破进展情况。第二天一上班,他让纪检委将一年来接到的举报违法违纪民警的名单及反映的问题报给他。在这个二十七人的大名单里,我的名字列在第一位,反映我的问题有三:与涉黑人员交往过密;为家属经营娱乐场所提供便利;女朋友经营的娱乐场所涉黄、卖淫嫖娼问题严重。

曾与峰问纪检委的同志,对何东的举报查了没有。纪检委同志回答:程局指示查过,但查不实,最后都不了了之。何东这些年案子没少破,功也没少立,工作干得很优秀。纪检委的同志还把我与郑副部长家的关系介绍了一遍。曾局长没言语。

105

群众的举报，微服私访，加上查而不实的结论，让曾与峰感觉到，我的问题绝非是虚而不实、枪打出头鸟式的诬陷。对我这样多次举报的问题干部，再用纪检委的人去查，无疑是隔靴搔痒，不起什么作用，他将刑侦支队二大队的大队长肖旺春单独找到办公室。

肖旺春，四十五岁，是宜春刑侦系统的标兵，也可以说是一面旗帜。他对公安事业忠心耿耿，屡破大案，功勋卓著，曾两次被评为全国优秀人民警察，受过党和国家领导人的接见，曾与峰没到市局任职之前就认识他。

肖旺春一进他的办公室，曾局长让他坐在沙发上，亲自给他倒了杯茶水。说："老肖啊，今天找你来是有项重要而又艰巨的任务，我思来想去，此案非你不可。到目前为止，这件事只有你我知道。你将手头的工作交给大队其他同志，对外就说执行曾局长的特殊任务。跟任何人，包括你们的支队领导乃至荆副局长，都不要讲这件事。你在大队挑几名政治立场坚定、业务素质强、可靠的同志，组成专案组，秘密调查城东分局刑警大队的何东。从目前我掌握的信息看，何东的问题绝非是无中生有，事实恐怕比我想象的还要严重。"接着，曾局将怀疑我涉黑、涉黄的问题讲了一遍。最后，曾局再次强调保密两字，并让肖旺春与他单线联系，单独汇报。

肖旺春听完曾局的话，大吃一惊，但随后就表示，要旗帜鲜明，立场坚定，坚决完成党交给的艰巨任务。

对曾与峰的秘密部署,我一无所知。我更想不到曾与峰上任后,第一件事竟是拿我开刀。我仍沉浸在谭耀宗被杀案即将不了了之成为悬案的侥幸之中。殊不知,肖旺春和他的五人秘密小组已将我和晓凯、常五全天候地监控起来。

我对肖旺春的调查毫无察觉,每天仍开车往返于香舟与单位之间。让我万万没想到的是,肖旺春竟然在香舟找到了突破口。他见我每天住在香舟这个五星级酒店,感到惊奇。香舟的房间最便宜的也要四百元一宿,而我天天住在一〇二八这个带套间、一天宿费将近八百元的房间。这得是什么样的消费水平啊!专案组从香舟总服务台得知,一〇二八房间是总经理特批的,不收一分钱,白住。服务员还说,何队长每次来香舟游泳,都带一帮弟兄。他们一下水,其他正游泳的客人都不敢再游了。

是什么样的力度,或者是什么样的交情能让香舟总经理特批何东长年白住呢?何东又为何敢在香舟这家市领导都特别关注的酒店如此嚣张呢?肖旺春决定,单刀赴会,会会香舟的总经理廖志雄,一探究竟。

在廖志雄的办公室,面对肖旺春的提问,廖志雄苦笑地摇摇头说:"内地讲究警民一家,我也是入乡随俗。何队长又为我们酒店破了抢劫、轮奸大案,香舟为他提供点方便是应该的,再说,何队长在这住,也是对我们的保护。"

肖旺春火眼金睛,他从廖志雄的苦笑和摇头中看出他言不由衷,不是真心话。他更加肯定了自己的判断,里面定有隐情。他十分严肃地说:"廖总,论年龄,我们相仿,论经商能力,你强我百倍,但要说识人心理,你就不是我的对手了。其实你有难言之隐，对何队长这样的人，面上是笑脸，心里是痛恨。我告诉你，宜春的天还是共产党的天，宜春的地还是共产党的地。你作为港商，到宜春投资开酒店，既是为赚钱，同时也是在帮内地发展。作为共产党领导下的公安机关就是要为外商创造良好的治安环境，就是要充当你们的保护神，而不是欺负你们，祸害你们。我这次来你这是奉了新上任的宜春公安局曾与峰局长的密令，专门来查何东一伙违法犯罪活动的，我希望你配合我们，搞清何东霸占香舟客房的情况。我是全国优秀人民警察，我以我的警徽和党性向你保证，为你保密，同时保护你和香舟的利益与安全。"

肖旺春的一席话，语重心长，发自肺腑，让廖志雄大为感动。一想到被我欺负、设计敲诈勒索的事，这个香港老板流下了眼泪。他把我如何安排卖淫女拍下他的床上丑事，又如何占用香舟的客房长达一百三十二天，欠宿费、饭费近六万元的过程讲了一遍。肖旺春让侦察员取了廖志雄的证词。廖志雄还提供了同他上床的卖淫女章语惠的去向，章语惠受我和晓凯指使，拍完廖志雄床上丑闻的录像后，良心发现，主动找廖志雄道歉。她向廖志雄讲述了被晓凯强奸，又被逼迫做小姐的事。廖志雄对她十分同情，担心她遭到我和晓凯的报复，把她介绍到香舟广州分店做前台经理去了。

106

肖旺春当即派两名侦察员乘当晚的班机飞赴广州。在广州香舟大酒店，侦察员找到章语惠，取下了胡晓凯强奸章语惠及威逼胁迫她卖淫的笔录。章语惠还提供了新东方歌舞餐厅一个叫张爽的陪舞小姐。胡晓凯强奸章语惠时，张爽进胡晓凯的房间送开水，正好看见了。张爽的证词十分重要，她现仍在宜春。侦察员立即将情况报告给肖旺春，肖旺春连夜派人找到张爽，秘密取了她的证词。胡晓凯强奸、逼迫妇女卖淫的证据拿到了。

　　肖旺春还根据出租车司机提供的线索，找到海棠花、醉秋风、如梦醒的老板，调查胡晓凯、张常五一伙在这三家歌舞厅寻衅滋事的情况。这几家老板恨透了新东方，也恨透了我和晓凯、常五，主动配合，找了大量证人。

　　对谭耀宗被杀一案的调查也取得了进展。肖旺春通过查询我和晓凯、常五的手机通讯记录发现。谭耀宗被杀案发前后的半个小时时间内，我与晓凯之间的通话长达五次之多，通话时间累计近五十多分钟，这是极为反常的，说明谭耀宗被杀案很可能与我及晓凯有关。专案组在调查胡晓凯的接触关系时，发现胡晓凯的一个在工商局工作的朋友有一辆白色捷达车，经侧面了解，这辆车在正月初二的上午被晓凯借去了，而杀谭的三名凶手乘坐的正是白色捷达车。这绝非是一种偶然，种种迹象表明，胡晓凯、张常五是枪杀谭耀宗的重大嫌疑人。

　　肖旺春不愧是刑侦专家。他担心专案组调查取证，人多嘴杂，一旦走漏风声，后果不堪设想。他决定先将胡晓凯秘捕，通过撬开胡晓凯的嘴，揭开我们黑社会组织的真相，而后再对我及团伙的成员进行抓捕。

　　一九九九年四月八日晚上，晓凯驾车离开新东方洗浴中心后,奇怪地失踪了。他的手机关机,车不见踪影,毫无音信。我派人找遍了晓凯所有亲朋的家,一无所获。当时有一种不祥的预感袭上心头,联想到曾与峰上任后,神龙见首不见尾,让我心里没底。我清楚自己这些年的所作所为,市局纪检委关于我的问题的举报太多,曾与峰会不会安排人查我?晓凯是我的左膀右臂。公司,包括我这几年干的坏事,他全知道。他会不会被抓起来了?我在以往办案中也这么干过,主要针对犯罪团伙,挑团伙成员中最关键的人物,秘密逮捕、审讯,从中获取团伙的犯罪事实及团伙成员的情况,而后再将团伙一网打尽。我隐约感到市局刑侦系统的人在查我,晓凯极可能被他们逮捕了。

我的预感相当准确,胡晓凯的确"失踪"在肖旺春的手里。那天晚上,晓凯开车一上路,就被几个交警打扮的人截住,连人带车都被带走了。

为了保密,肖旺春把"何东案专案组"设在了远在市郊的市局警犬基地的一栋废弃的办公楼。对胡晓凯这样重要而又关键的人物,肖旺春决定亲自审讯。

"胡晓凯,知道为什么把你带到公安局吗?"

"知道,我开的车是走私车,无正当手续,车牌子也是假的。但这车是新东方餐饮娱乐有限公司按级别给我配的。"看来晓凯真把肖旺春的人马当成交警了。

"胡晓凯,如果你是真糊涂,我可以给你纠正过来,让你清醒一下;如果你是装糊涂,那你可就错了,我们是宜春市公安局刑侦支队'何东案件专案组'的。你犯的事绝不是驾驶车辆的合法性问题,而是涉黑、涉黄、强奸、敲诈勒索、伤害、故意损坏公私财物的问题。实话告诉你,今天既然把你请到这,肯定有请你来的抓手,而且就不想让你回去了。现在摆在你面前有两条路:一条是配合我们,老实、全部、干净地把自己的问题,新东方的问题,何东的问题交代清楚,争取个好态度,也许还能保住你的性命;另一条吗,那就是死扛到底,最终下场会很凄惨。"肖旺春的话直接打中了晓凯的要害。晓凯当时就觉得脑袋嗡的一声,心中暗想,完了,一定是谭耀宗被杀的事漏了。东哥啊东哥,我的话就是不听,市局这次不是纪检委来查,而是刑警,还成立了"何东案件专案组",看来,新来的局长拿何东开刀了,这一关不好过了。可又一想,东哥上边人硬,北京还有大官保他,不会有事。东哥说过,警察审人喜欢连喊带诈,其实并没掌握什么,但装作啥都掌握的样子,目的就是让被审的人开口。

他定了定神,稳了稳情绪,慢条斯理地说:"你们找错人了吧!我现在的身份是新东方餐饮娱乐有限公司的副总经理兼新东方洗浴中心的经理,是商人。我每天的任务就是赚钱,至于你说的强奸、涉黑、勒索,跟我不沾边,我也没那个必要。公司每月给我的固定工资是三千元,各种补贴三千元;吃饭、用油都不花钱。如此高的待遇,我总不至于再去冒着坐牢的危险犯罪吧。至于强奸吗?更是荒唐,都什么年代了?凭我胡晓凯的身份,我不敢说夜夜做新郎,但要说有足够的女人供我寻欢还是没问题的。投怀送抱的我还玩不过来呢,哪还有精神头去强奸。不过要说涉黄,这点我承认,新东方洗浴中心确实有出台小姐,可这在宜春洗浴很普遍,你可以去看、去查,稍微有点档次的洗浴，哪家没有出台的？没有也不赚钱哪。春节期间，公司拿出一万多块慰问宜春的敬老院、孤儿院，电视台连报了三天，感动得那些老人直哭。这样的公司，宜春不多呀！何东吗？我们的关系的确不错。他是我们总经理的男朋友，刑警队长。他可真能干，这些年大案没少破，立了五个三等功，还被评为城东区优秀共产党员呢，这样的人会有什么问题？"

胡晓凯没白跟我混一回，颇有条理又很合理地向肖旺春做出解释。听了晓凯的回答，肖旺春心中生怒，但他没有表露出来，反而哈哈大笑地说："你的辩解很精彩，如果这段话讲给别人他们也许会相信，可惜，你面对的是人民警察。告诉你，我肖旺春十九岁当警察，至今已经二十六个年头了。这二十六年，我破的案子有两千多件，审的人有一千七百多人，经我手抓的、被法院拉到刑场枪毙的就有三十六个，我得的奖章可以把我的上衣挂满了。你可千万别小看我了。"

"肖大队，您不需要介绍，您的大名我早已如雷贯耳，您的确是条顶天立地的好汉。不过，我们可是打过交道的，您手下有个线人，是我的一个小兄弟。您前年破的金库系列盗窃案，就是他从我这获取的情报。从这论，我还间接为你做过工作呢，我从未小看过您。但是，法律重的是事实，是证据，如果您掌握了我犯罪的各种证据，干脆用证据把我押进去，该判判，该毙毙，我一句怨言都没有。总之随您便，怎么都行，但要说问题，我真的很难做出回答。"胡晓凯以牙还牙，策略地进行着反击。

肖旺春与胡晓凯斗法的时候，我一刻也没闲着，除了动用一切力量查找胡晓凯以外，我还四处探听消息，看是否有查我的迹象。这招很奏效。一个小兄弟报告，前几天，海棠花的一个服务员被市局的人找去取了笔录，调查晓凯、常五到海棠花闹事的事。听到这个消息，我的心一紧。联系到程宇光的离职，曾与峰的上台，胡晓凯的失踪，要说前几天还是不祥的感觉的话，那么现在，一个活生生的现实就摆在我面前。曾与峰在查我，而且不是一般力度地查，看来真叫"乔铁嘴"言中了。轻则是牢狱之灾，重则性命难保。

怎么办？如何应对？找关系摆？找谁能和曾与峰说上话呀？上北京找郑副部长，可怎么开口啊？惹这么大个祸，别说他，干妈活着也未必愿意帮我呀！硬挺？不是个办法。如果晓凯真的在刑警手里，他的嘴巴早晚得被撬开，到那时全完了。"乔铁嘴"说过，小杖则受，大杖则走，三十六计走为上。我萌生了逃的念头，可又一想，现在我还没什么事，如果一逃，我的事马上就败露。在我去留难定、进退难选的时候，可欣给我打来电话："东哥，告诉你个好消息，你听了一定高兴。"

"什么事？"在我最闹心的时候，她的一句好消息让我为之一振。

"你不是说想要个孩子吗？我怀孕了。"可欣兴奋地回答。

我的确跟可欣说想要个孩子。前一段她身体不好，一直没要。她在乡下养了两个多月，身体康复了。谁知这次竟真的有了。这孩子来得既是时候，也不是时候。说他来得是时候，是因为我感觉自己难逃一劫，一旦谭耀宗命案告破，我肯定上断头台。如果我死了，这孩子无论是男是女，都算给我们何家留下个后代。说他来得不是时候，是因为自己现在麻烦缠身，不能好好照顾可欣。

107

我忽然想起郑副部长离开宜春时跟我说过，有事让我以他的名义去找宜春市委的邱秘书长，这个关系一直没用过。邱秘书长是市委常委，有力度。他或许是我新的贵人，没准能救我。我打着郑副部长的旗号，见到了邱秘书长，讲了我这几年屡遭举报及陷害的事，请秘书长在曾局长那说句话，保护我。邱秘书长听了，说他过问一下，让我回去听信儿。邱秘书长给曾与峰打了电话，但曾与峰手里已有了大量证据。他没向邱透露任何案情，只说他会照顾的。邱秘书长给我回话后，我心里平稳了不少，但我还是做了另一手准备。掌握公司秘密的不光是晓凯，还有常五他们。

我给常五和徐予国拿了十万块钱，让他俩马上离开宜春，到南方躲一阵子。去哪都行，到地方给我打个电话报平安。他俩拿钱走了。这一走又如同晓凯一样，全无音信。我猜想，他俩也被刑警抓去了。我后悔不该拿钱让常五和国子跑。我中了肖旺春敲山震虎之计，他是故意制造紧张气氛，看我如何应对。常五他们一跑，更说明新东方有事。看来，对我、晓凯、常五及徐予国的监控是全天候的。我估计我现在想跑都跑不了了，外面不止一个人在监视我。不知道晓凯他们进去后，能不能扛住审，会不会竹筒倒豆子，全摆了。

我虽然照常上班，但坐在办公室已无往日的精神，对中队的工作问得很少，早会也不开了，让大家把自己手头的活干好就行了。康敏问我是不是病了，我点点头。她说我脸色不好，让我回去休息几天，我说没事，挺挺就过去了。我真想这一劫能像得场感冒那样，挺挺就过去。康敏是个绝顶聪明的人，此时，她对我说了句意味深长的话："自己的梦自己圆，解铃还须系铃人哪。"是啊，作为战友，她已知道我的处境不妙，但她也无能为力。

晓凯进去后，就是徐庶进曹营，一言不发。常五被刑警抓获后，挺有钢条，任专案组的人员怎么劝，怎么讲政策，就是不承认。唯有国子，别看平时喊得挺响，叫得挺凶，一来真的就完了。他一进带铁栏杆的门，腿就哆嗦了。不到十分钟，他就把我们如何在香舟喝酒策划，又如何在年初二早上发现谭耀宗的车，以及我打电话让他们动手的过程详细地招了。最致命的是，他将常五藏枪的地方讲得一清二楚。专案组在乡下将两支杀死谭耀宗的猎枪取了回来，经检测，这两支枪正是杀死谭耀宗的凶器。在两支猎枪面前，常五无法再坚持了，接下来，晓凯也扛不下去了，我就如同多米诺骨牌的最后一张，倒下只是个时间问题。

四月二十六日早上八点三十分，我刚进办公室，刑警大队的张政委找我，让我把中队全体民警的枪交到大队，分局要检查。我心一怔，分局查枪从没有这么个查法呀！但还是执行了。枪交出后，我刚坐下，胡局长来电话，让我到他办公室去一趟。我忐忑不安地来到他的办公室，一进门，屋里有四个陌生的男子正和胡局谈话。胡局说："何东啊，这几位是市局刑警支队的，找你核实几起案子，你配合一下。"他的话音刚落，四个男子中的三个冲了过来，将我的双手按住，用手铐将我背铐起来。我身上的现金、卡及电话、车钥匙也被搜了出来。我心里明白，但仍装作无辜的样子说："胡局长，这咋回事？核实案子有这么核实的吗？别忘了我也是刑警，纵使我有天大的错，刑警对刑警也不该这么个态度吧！"

"何东，我叫肖旺春。咱们见过面。既然你这么说，好，给你留点面子，把他的手铐铐前面，让他拿件衣服将戴手铐的双手盖住，否则一会儿出去不好看。"

我像拿件衣服一样跟着他们出了胡局的办公室。下楼时，许多同事还跟我打招呼，我笑着点头回应着。出了分局的大门，我看了一眼城东分局那几个大字，酸、甜、苦、辣、咸集中在一起，让我无法品出究竟是什么味道。

车开了半个多小时，来到了市局警犬基地。我被带到一间临时布置的审讯室，主审我的还是肖旺春，屋里还有四五个侦察员。

108

"何东，我们既然能把你铐着带离城东分局，就意味着你永远也回不到你的工作岗位了。都是干这行的，你更应该明白我手头要是没有足够的证据，是不敢如此粗暴地对待自己的战友的。我可以直言不讳地告诉你，胡晓凯、张常五、徐予国、马刚放都在我的手里。党的政策我无须再对你讲了，你比我都明白。

你掂量掂量自己那些事，看怎么说好。是一点点往外挤，还是痛快地往外倒，我都奉陪。曾与峰给我打掉以何东为首的黑社会犯罪团伙的任务，也给了我足够的时间。"肖旺春说完，从兜里拿出盒烟，自己抽出一支，又让侦察员将我的铐子打开，而后递给我一支，亲自给我点上。我狠狠地吸了一大口，吐在地上。我足足沉默了十分钟，直到把这支烟吸完。这十分钟，我脑子里乱哄哄的，始终理不出个头绪。是呀！该怎么说哪？直来直去全交代？那不等于自己往刑场那跑吗。肖旺春的确有不少证据。但他手里究竟有什么底牌，我还不清楚，我先试探他一下再说。

"肖大队长，我何东出生在一个农民家庭，自小根红苗壮，长大后有幸进入公安队伍，在党的教育下，我从一个对法律、对公安业务一无所知的苦孩子，成长为一名刑警中队长。七年来，我在基层摸爬滚打，披星戴月，打掉了'韩老六'，活捉了陈少武，光大案就破了八十六起，荣立个人三等功五次，集体二等功一次，是城东分局刑警大队的后备干部之一。俗话说，出头的橡子先烂。这么多年来，每年举报我的信、电话多了，市局也派人查过，可查来查去，都无实据，都是些子虚乌有的烂材料。上次谭耀宗托人给我送来五万块钱，我立刻交到纪检组。我真的不明白，这次又是谁在诬陷我？看来我何东不倒，许多人觉都睡不好啊！"

肖旺春双手扛着下巴，微闭着双眼听着。待我讲完，他睁大了眼睛，看着我说："你说的这些与我想听的，想得到的大相径庭。评功摆好，现在不是时候，场合也不合适。按你的说法，你是冤枉的了。要想人不知，除非己莫为，我们都是执法者，执法者执法的前提和基础是什么？是守法。而你呢？总以为自己聪明绝顶，总以为自己上面有人，总以为身上穿着警服，腰里别着手枪，干啥都没人敢管你。我不明白你这些年怎么受的党教育？更不明白你这么聪明的人，而且是干刑警出身的，怎会自己往火坑里蹦呢？我直截了当地告诉你，你身上的事不少，像敲诈香舟总经理廖志雄的事，你接替陆文正的位置，组织、领导、参加黑社会性质犯罪组织的事，这些我都不问，就像抽软烟似的，没劲。我只问一件，就是谭耀宗被杀的案子，你把这事说清楚。"

肖旺春不愧是宜春刑警的一面旗帜，的确厉害，是个足以让我仰视的前辈。他没有拿小事作为突破口，包括组织、领导、参加黑社会性质犯罪组织的事，他都没放眼里，因为这些事加一起也判不了我死刑，而是直插足以让我脑袋搬家的要害——杀谭耀宗的案子。我什么都能承认，唯独这事不能认，何况我根本就不占有作案时间。谭案发时，我正与潘大队打麻将，潘大队可以为我作证，至于我指使他们三个杀人嘛？我完全可以说他们在往我身上推案子。

"肖大队，这你可冤枉我了。我与谭耀宗并无冤仇，为何杀他？另外，谭耀宗被杀时，我正与潘大队在香舟打麻将。难道我分身有术？别的事我认了，但这件事，我确实清清白白。"

"好，说得好，这才是我想听的，那咱们就按你说的往下捋。现在胡晓凯、张常五、徐予国承认是他们杀的谭耀宗。他们还一致供认是你组织、策划了这起谋杀，你又做何解释？我可不是忽悠你，这是胡晓凯三个人的笔录，我可以把他们笔录的复印件交给你，你回看守所好好地研究。你们在香舟吃饭时，你说你有八成的把握,在你何东的辖区,保证没事。这话是你说的吧?"

"人都有喝多的时候,那天在香舟喝高了,信口胡说,当时我还说要杀克林顿呢,他们这次没说?"我反将了肖旺春一军。肖旺春成竹在胸,一点都不恼火,笑呵呵地说:"有道理。可我查了你大年初二全天的手机通话记录,在谭耀宗被杀前后的一小时内,你和胡晓凯通话达五次之多,累计时间达五十分钟,而且都是在香舟一〇二八里屋通的话。我想象不出胡晓凯在大战来临之时,结束之后,还有闲心跟你唠闲嗑。你能告诉我这五十分钟你跟胡晓凯都说了些什么吗?"

肖旺春的话如同一柄铁锤砸在我的脑袋上。完了,他已经把我算计到家,他讲的都是实情,即使我死不承认,这些都可以作为证据定我的罪。我红着脸,低下了头,我不想再做任何辩解和抵抗,再进行下去的话,我只能是自取其辱。

109

面对肖旺春咄咄逼人的气势,我这个自以为经过风雨、见过世面的重案中队长也难以招架。甚至有过想撂个干净,痛快等死得了的想法。可又一想,纵使肖旺春手头有几百条证据,我也得挺。否则,一旦传出去,我堂堂重案中队长,宜春道上的大哥,竟然在被审时,一个回合都不到,就倒下了,还不如晓凯、常五他们有钢条。即便判我死刑,毙了我,我的名声还得要。否则,太没面子。当然,我还有更深层打算。一方面,我找了市委邱秘书长，没准曾与峰在他的重压之下，放弃何案。另一方面，我进来之前，曾嘱咐过可欣，一旦我遇不测，让她马上给上海的文萱打电话，请文萱到北京找她父亲救我。这是最后一招，也是我最后的救命稻草。如果我这阵儿全交代了，即便邱秘书长和郑副部长有心救我都不行了。想到这，我运了一口气，决定抵抗下去。

"我的确在谭耀宗被杀前后与晓凯通了几次电话，但谈的内容与杀谭耀宗毫无关系。晓凯与我通话，是向我报告几条破案线索，还有新东方歌舞餐厅春节后换主持人的事。面上晓凯既是新东方的副总，但也是刑警重案中队的秘密线人，是协助我们工作的，这一点你们可以到大队特情档案那查。我和晓凯这样的人亲密接触不是毫无原则，毫无立场的，我们接触也是在工作，在研究如何破案。至于他们背地里打着我的旗号狐假虎威，胡作非为，也不是没有这种可能。

"至于说我组织、领导黑社会活动，这简直就是无稽之谈。的确，晓凯、常五，还有一帮弟兄过去是做错了事，判了刑，蹲过监狱。可这些犯过罪的，也有生存、生活、发展的权利吧！我把他们安排在我女朋友的公司，也是帮助'两劳'释放人员转化再就业呀！怎么能说成是黑社会组织呢？还有那个陆文正，他是宜春道上的大哥，确实把晓凯、常五交给了我，但他是让他们跟我学好。我也是把他们往正道上带呀！至于新东方容纳卖淫嫖娼，以及砸海棠花的事，都属于企业经营过程中存在的问题，是竞争中的矛盾，与涉黑不沾边，我不知情。"

我自觉这番辩解合乎情理。话说出去，能自圆其说，我的底气又足了些。肖旺春一直趴在桌子上听。待我讲完,他坐起来,挥了一下手,对看管我的侦察员说:"先送大号。我已经跟看守所田所长说了,何东是曾局点名的重要嫌疑人,不仅要严加看守,不能出一点问题,而且不许向外界透露。谁给何东通风报信,同罪。"

随后,肖旺春又对我说:"何东,今天咱们不唠了,过两天我再找你。你回去好好想想,我希望你不要心存幻想,我可以把底儿透给你,你要是能清清白白地从看守所出来,我肖旺春就进去。我相信我不会让这种天方夜谭式的神话出现在现实生活中,我是不会拿我的职业生命开玩笑的。"

我被送到我曾经多次把别人送进去的看守所。因为我是曾与峰亲自抓的案子,加上我警察的特殊身份,看守所把我安排到一个八平方米的小号。凡是在城东分局工作过的和认识我的看守统统换到别的号去了。小号里还关着两个犯罪嫌疑人,这俩人是从大号在押人员中挑出来的,专门看我的,防我自残、自杀。在这间小屋的一个角落里还安了一个摄像头,值班人员对我二十四小时监控。

躺在生硬的地板上,我翻来覆去地睡不着,回忆着从出生到现在生活中的一个个镜头。自己离开田间地头,离开豆腐坊,穿上警察服,当上警长,直到官居重案中队中队长,也算干出一番事业,光宗耀祖了。我开过名车,住过好房,吃过名宴,穿过名牌。就我穿的那套西服,足以让五个农民在地里忙活一年,还得赶上风调雨顺。哪承想曾经风光无限、呼风唤雨的何老大竟会落到今日这般田地,人上人成了阶下囚。我现在只有反思的权利,恐怕连改正的机会都没了。

我输在哪?败在哪?折在哪?是贪欲?有这方面的因素。如果我不贪污那笔赞助费,就不会开旅店,养出租车,更不会有机会把雪球滚大,开起歌舞餐厅。不开歌舞餐厅就不会遇到武大可,就不会求陆文正摆事,就不会做黑道大哥,与谭耀宗产生矛盾,更不会组织策划杀人。如果不贪,我也就不会再开新东方洗浴,直至把祸惹大。是个性膨胀?有这方面的原因。自打当上中队长,开了新东方,有了钱,靠送礼织成关系网,支起保护伞,我觉得自己大了好几圈,眼里谁都没有了。没有谁能管得了我,制约我。天老大,地老二,我老三。要不我怎能容不下一个谭耀宗?还有一点,也是我败的因素,耍小聪明,我总觉得自己比谁都高,比谁都聪明,我想得最周全,做得最完美,天衣无缝。结果呢,聪明反被聪明误。冯梦龙先生曾经说过,人这一生,势不可以使尽,福不可享尽,便宜不可占尽,聪明不可用尽,这几样尽了,人的生命就尽了。快活大劲儿,人活得就快,死得也快。

110

何东进去了。尽管专案组封闭何案的一切消息,但没有不透风的墙。这个爆炸性的新闻很快传遍了宜春,甚至可以说到了家喻户晓的地步。堂堂的刑警重案中队长,竟然成了宜春黑道老大,还一手策划了震惊宜春的持枪杀人案。一时间,宜春的百姓议论纷纷,问责声不断。谁该为何东一案负责?宜春市公安局是怎么抓的队伍建设？何东幕后是不是有保护伞？这样的人是怎么进的公安局？又怎么会步步高升……

面对社会上掀起的何东巨浪，新任公安局局长曾与峰处之泰然。他让市局宣传处召开了新闻发布会，公布何东团伙的犯罪事实，曾与峰到会讲了话。他说，公安机关在任何时候抓队伍建设的思路不变，决心不变，对公安内部的蛀虫、败类，是毫不手软的，是勇于用自己的刀削自己的把的。何东被抓证明：无论是谁，胆敢向法律挑战，向人民挑战，是绝无好下场的。

宜春市纪检委调查了我如何进的公安局，包括如何离开巡警队，乃至升迁的每一步。这其中涉及一个重要人物——程宇光。程宇光面对调查，十分坦然，他把我救郑副书记母亲及老太太为我说话的事做了详细的解释。但老太太已去世，这条线无法再查。纪检委的同志和肖旺春来到北京，拜访了郑副部长，了解了我与郑家的关系。我盗用城东分局的名义，骗取郑副部长的信任，取得了新东方洗浴中心的承包权的事真相大白。郑副部长对我的堕落感到吃惊，连说三个想不到。肖旺春来之后的第二天，文萱从上海飞赴北京，哭求父亲出面救我，被郑副部长严拒。郑副部长说，自己脚上的泡是自己走的。如果老太太活着，知道何东变成这样，也不会出手相救，再说也救不了，国法无情，人命关天。纪检委的同志回宜春后，找我谈话，问我如何编织关系网的事，我只说了与几位领导正常的礼尚往来，关于送礼金和名表的事，我只字未提。我心里很清楚，即使我说了，他们也不会承认，因为那都是一对一的，没有证据。

肖旺春拿着我最后一根救命稻草，与我进行第二次交锋。

"怎么样？何东，这几天在看守所生活的不习惯吧！欲知今日，何必当初。其实你完全可以避免今天的惨剧发生，但你没有制止自己的奇异思维。证据的事我不想再跟你谈了，没什么意思。即便你一个字不谈，也够了。但我觉得你并非一点活的希望没有，我再给你一次机会，今天谈，仍算你主动坦白。也许你今天的供词在法官那里会对你量刑起到一些作用。我知道，你可能在想，郑红生在北京会来救你。但你错了，你骗取郑红生的信任，盗用他的名义，找刘广清取得新东方洗浴的承包权，郑红生十分气愤，别说救你，他现在十分恨你，希望我们依法办案，严惩不贷。如果你不信，我这有走访郑红生的录音，如有兴趣，我可以给你放一放。"

肖旺春的话让我彻底绝望了。这最后一根救命稻草在他手里，我已无法再扛下去了，人是扛不过命的。我答应配合专案组，交代全部问题。

尽管我交代得很彻底，但罪孽深重，已无从宽的可能。我成了宜春历史上第一个因组织领导黑社会组织而被判死刑的警察，我将被永远钉在耻辱柱上。

我走下警车。法警让我跪在地上。黑洞洞的枪口对准我的后脑。我喘了一口气，脑海中浮现出我家乡的小河，河东是我的家，河西是我的坟墓。